中国专业作家作品典藏文库

王棵卷

我不叫刘晓腊

王棵／著

WO
BU JIAO
LIU XIAOLA

中国文史出版社

目 录

再　生

一、有　病

哑鼓说他喜欢老女人。他的"老"跟真正的老有很大误差。在哑鼓的规则里，二十五岁以上的女人都是老女人。这不怪他，只能说年轻这种东西太霸道了，它可以让人自主裁定人类的各种定论——哑鼓那年十九岁。

再具体一点，哑鼓心目中的老女人是指那些有沧桑感的女人，人老心理状态不老的女人不算。论定沧桑感的第一标准，是皱纹的有无。要有鱼尾纹，不要太多，一条两条就够了，能够维持住沧桑的格局就成。

安倪第一次听到哑鼓关于女人的这种论调时就嘲讽地笑了。她一笑，鱼尾纹就上来了，两条都不止，粗粗细细的，三四条，故意挑衅哑鼓的规则似的。哑鼓却很激动。他大叫，我喜欢你！真的，我就喜欢你这样的女人。安倪收起笑容，把比嘲讽更险恶的蔑视藏在心里，不说话，面无表情。她不想拆他的台。有什么意思呢？向

1

这么小的人展示她的智识，就算把他震慑，又能怎样？她拒绝利用小挑战去证明自己。只有难度够大，她才有精神去战斗。但她终究是个有思考癖的女人，忍不住就揣度起哑鼓来了。她想，哑鼓无非是个恣意消费年轻的男孩而已。年轻人喜欢用过头的话去撩拨这个世界，不然他们该说什么？当哑巴吗？他们并不真正具备揭发真相的本事。她看过哑鼓的日记，是他自己给她看的。她是个地道的作家，他看过她的东西，很佩服，因此愿意向她敞开心扉。随便从他日记里摘几句话，就可以说明她对他的认识不属于以偏概全。

    我踩着黑夜的尸体，走在人生的背影里，没有人看见我的孤独。

    寂寞像一把流沙，撒入我心田，枯萎我的思绪。

    冷漠、迷茫、悲伤、无助，这就是我。我不想说话。我已经老了，在出生前就死去了。流星划过天际，负载着我黯淡的灵魂。我就是一颗流星，追寻着未知的你，等待你的到来，与我一同走过日夜星辰。

    ……

看吧，都是些不着边际的鬼话，空泛、刻意、假深沉。真正的孤独，他体会过吗？黯淡的灵魂到底是个什么样子，流星给予人的启迪到底多么叫人无望，人生怎会叫人绝望，他真的深入想过吗？不可能，就算他有意探寻，也将无功而返，年轻终究是根鸡毛掸子，轻飘飘地拂过冰面，却留不下任何痕迹。哑鼓们只是为了孤独而孤独，为了寂寞而寂寞，他们什么都不是真懂，什么认识都不坚实。

所以，哑鼓说他喜欢"老女人"，只是他的一句话而已，不代表也不准确对应他真实的潜在意识。他对"老女人"的喜爱，是不可靠的。凭什么要去喜欢皱纹呢？那些光洁的女孩子的脸、身体、气息、娇嗔，该有多么美妙。哑鼓是在用青春蒙蔽自己，还自不量力地试图蒙蔽他人。

可是，等安倪看到哑鼓收藏的一辑照片，发现有点看低他了。在日记本封皮的夹层里，几张照片滑落了下来，掉在地上。她捡起来，看到的是哑鼓痴迷的表情。与这表情对应的，是一具尸体。哑鼓拿着手术刀，已经在尸体腹部切开一个口子，他正盯着那个瑟缩的创面。这是他在上解剖课时请同学拍下的。我喜欢尸体，哑鼓说，我考医学院，是因为我对手术刀感兴趣。他如是告诉她。这次他的话因为与他未来的事业对上了号，就变得合乎逻辑了。那么是真的？真的吗？他对尸体有好感，难道不是说明他对老去事物的喜欢是自发的？年长的女人容易激起他的兴趣，看来是一种真切的生理和心理反应。然而她把思路往别处挪了挪，心不由凉了一下。哑鼓的那种喜欢，脱不开怪癖的嫌疑。他之所以没有落入年轻的窠臼，原来是一个怪癖帮了他的忙。她抬头审视哑鼓。若干年后，她终究洞察到，哑鼓确实是个有着奇特思维的人，他不是凡人。

哑鼓是个网名。让安倪一五一十地说出她与哑鼓认识的过程，那真是太难为她了。这样的回忆太伤脑筋，她早就失去了回忆的动力。不好玩啊，回忆这种脑力劳动。需要用脑子的事都应该靠边站，安倪的前半生差不多就是给它们毁掉的，她怕了。能有什么特别之处吗？一男一女，在网络聊天渐为盛行的一九九九年，还能怎么认

3

识？无非是先在某个聊天室对上号，接着把彼此拉入这一年刚刚发明出来的一种专用聊天工具，QQ。聊天室太吵，QQ上见吧——喏！就这么直白。通常都是这套程序，例外很少，即便是安倪的年龄刚好是哑鼓的两倍。多么无耻的老少配。安倪想，那个晚上她真是不知羞耻，竟然放任自己去诱惑一个十九岁的男孩子。怎么不是诱惑呢？对一个喜欢成熟女人的少年来说，安倪只要愿意让哑鼓认识就是个诱惑者。如果那天晚上安倪是理智的，哑鼓不会进入她的QQ——正常情况下，她其实是个挺自律的女人。

给我看看你的照片。这是他们进入QQ这个狭小世界一刻钟后，哑鼓打出的一行字。安倪说，不。她精得很，在没弄清楚对方的情况下把照片抛出去，就跟没打疫苗便去跟人做爱一样，万一那人是个乙肝病毒携带者怎么办？就像十九世纪，在那些麻风病的高发地区，谁都有必要在接纳另一个人之前对其高度警惕。这就是我们眼下的生活，警惕牢固地主宰世俗生活中的人们。

哑鼓到底年纪轻，不懂得疫苗哲学，安倪不发他不但不恼，还美滋滋地主动把自己的照片晾出来了。不是蜻蜓点水式的晾，简直是个人影展。他把存在电脑里的照片全给安倪发过来了。嚯！一百多张。安倪才没精神头一张张地看，那得花多长时间啊，她可不想把时间花在巨量的重复性工作上。她是有兴趣知道一个陌生聊友的样子，可是要达成这种兴趣，一张两张照片足矣。

哑鼓不是个美少年，充其量他只是五官各就各位而已。但是安倪只看了哑鼓一张照片就心动了，并且决定浪费掉一些时间去做重复性工作。她一边搭哑鼓的话，一边点击下翻键看那些照片。总体讲哑鼓只有两种表情：眉头轻蹙、大笑。鉴于安倪对年轻的理解，她确信哑鼓蹙着的眉头是出于装酷的需要，因为他大笑时候的样子，太天真，太纯洁了。有一张照片，哑鼓站在一个风景区的花海里，人面与花相互辉映，可以看清哑鼓黑白分明的眼仁。安倪用鼠标把它放大，使那眼睛霸占了屏幕，然后她就走神了。她揣度，在自己的少女时代，会喜欢哑鼓这样的少年吗？不，不会的。年龄的不同，会使一个人对迥异的人感兴趣。她还是个少女时，绝不会喜欢这种单纯的男孩。可是现在，偏偏就是单纯的有无，是决定她是否接纳某人的重要标准。于是，男孩子们普遍能激起她的兴趣。假使这个男孩子身上的男孩特质还十分显著的话，安倪就只好喜欢他了。

真的单纯得要命呢，哑鼓这孩子。他根本就没准备去提防这个世界，一点都没。仿佛他来自另一个星球，与我们这个警觉至上的新时代没有交集。那个愈来愈静谧的夜晚，他跟安倪诉说一切，好像吃了话药似的。后来安倪知道了，他那次如此无拘无束，是因为上了大学的他最近一年来才得到自由上网的机会。之前他跟母亲在一个小镇上生活，她在所有方面都掌控他，极可疑地控制着他，不能干这，不能干那。那真是个叫人失控的夜晚，哑鼓的单纯逐渐对安倪形成了一种攻势，她在他并不知道的情况下慢慢就自动松懈了。我有视频，给你看。把这行字打出去，安倪快速跳到卧室对着梳妆镜把自己的脸整理了一遍，顺便脱光自己换上了吊带裙。等她再度坐到电脑前，博大、深广的女性世界就此在哑鼓眼前洞开了。你，你太迷人了！对话框里，哑鼓带着惊喜的字咯噔噔地涌动。我喜欢你！你就是我梦里追寻的女人。

我有皱纹！喏！鱼尾纹，你看。安倪把脸凑到镜头前，向网络深处的陌生男孩展示岁月对女人的无情。她并不是要去考验哑鼓激动心情的真实性，根本就无所谓，他喜欢也好，不喜欢也罢，只是她要让哑鼓搞清楚，她真的有点老了，而老这种东西，一点都不好玩。他真喜欢成熟，这个"老"的近亲？别逗了！他肯定是没搞清自己，在胡说八道。看到没？好深刻的鱼尾纹，吼吼！

太好了！我喜欢你的鱼尾纹。哑鼓如是说。

哦！安倪无话可说，深深地往后靠过去，陷在椅子里。她没有觉得不可思议，只是有点小失落。她还以为是她的美战胜了哑鼓的少年情怀，结果竟然是老。

别动，就这样坐着。你这个姿势，太有味道了。哑鼓急切地表达。

不动就不动吧。安倪轻轻地叹息着，对镜头瞥了两下，善意地对着空洞的哑鼓笑了笑。

不想又成就了对哑鼓的一个魅惑的动作。哑鼓惊喜连连：啊……好迷人的……

我要见到你！哑鼓情有可原地冲动了。

我要见到你见到你见到你！接下来几日，哑鼓天天在网上等候安倪，一旦她登录 QQ 就向她如是宣告。安倪不忍也无力拒绝了。她的心都快生锈了，让一个亮闪闪的小人儿来摩擦那么一小下，也未尝不可。见吧，后来一次她有气无力地回应。

明天，我明天就坐汽车去上海。

不坐轮船吗？安倪醒了一下子，她记得，从与上海一江之隔的那个地方过来，以往要坐轮船的。可是哑鼓告诉她，早在几年前，人们渡江去往南边，一般都选择坐长途车了，江上开列了好几条汽渡线。上车，由汽渡船捎到江南的马路上，比坐轮船省时一倍。

这个样子啊。安倪发觉自己果然闭塞。她养成不爱出门的习惯已经快十年了。十年前她就二十八岁了，已经给列入了哑鼓的"老"。时间过得太快。

可是，她在干什么呢？与一个明确可以被归为"下一代"的男孩约会？天！她到底在做什么？

自责到底还是把安倪制服了。在他们约好见面的当天早上，安倪打了退堂鼓。她给哑鼓打电话，命令他原地别动。没有用的。几天后，哑鼓专门去街上买了个摄像头，请安倪看他忧伤的脸。比之于那些照片，镜头前的哑鼓更清澈、洁净。安倪动情地安慰自己：如果不见面，就会对这个少年造成伤害了。好吧，好。

他们在十一月到来的一个周末见面。哑鼓住在她租住的小户型房子里。他服从她不爱出门的坏习惯，跟她待在房子里吃饭、看书、打扫卫生、小声交谈。做爱是免不了的，他们都想。多数时候电话响起来，安倪懒得接就不接，哑鼓就用很羡慕的语气赞美她的生活。安倪说，这就是做作家的好处，可以不用害怕得罪人。还有一个做女作家的好处是，适时不接电话可以增加神秘感。这个狷介行为的好处还不止于此呢，她还可以偷偷地、全力以赴地享受艳遇，而全世界惦记她的人却会因为她的突然消失误以为她正陷身苦海，她的艳遇因为有对立的外来判断而更加刺激了。她随心所欲地抒发这些小感慨时，哑鼓就弄懂为什么被她迷住了。有那么多与众不同的小思索，怎么能不让她有味道呢？相，因心而生。我爱你！在窗帘拉得死死的房子里，哑鼓灿烂、恣意地笑着，不停这么跟安倪说。安倪不为所动。

安倪几乎没有朋友。别说朋友了，偌大的上海市里，跟她有往来的人，也就两个。这跟人们对她的普遍认知大相径庭。这个"人们"，特指那些跟安倪一样搞写作的人，至于它的数量，安倪是难以搞清的。写作这个圈子，表面看清清朗朗，实际水深得很，就拿身份来说，很多人都有别的社会身份，他想说自己不是作家的时候就不是，想说是的时候，又是了，超级飘忽。人就跟钱一样，钱要流通了才能实现价值最大化，人得飘忽了才更强悍。所以那些关于安倪是文坛交际花的传说，始作俑者是谁，都有谁参与了这种谣言的传播、扩散和升级，甚至是不是有某人在数年如一日持之以恒地捣安倪的鬼，都只能是笔糊涂的账。只能说，安倪不善于经营自己的文坛生命，要不然她怎么会落得这样的声名呢？她脑子又不是不好使，情商也未必比别人低。有的谣言离谱得很呢，说安倪从出道以来就被某个文坛大鳄承包了，中途还被转包过，转了好几手。看看，她都快成黄金地段的地皮了。吓！这些、那些诡异的人。不过，与安倪的文坛身份对应的"人们"，数量再模糊，也只能是个不成气候的数字——安倪名气不大，也就是圈子里面那些更小的圈子里有人知道并愿意对她津津乐道而已。她写的那些破玩意儿，没法让她声名显赫。"破玩意儿"——这是本地跟安倪有交往的二人之一，那个笔名为意米的女孩的口头禅。

　　意米把任何能看到的国内当代文学作品，都喊作破玩意儿。她是个现当代文学专业的在读研究生，这样喊虽然不足以让人对她刮目相看，但至少可以杜绝人们把她当成蠢蛋。其实她不怎么看当代文学作品的。更过分的是，她连名著都不怎么看，但这并不妨碍她对名著的作者和散落其间的外国人名如数家珍——她经常看名著介绍、名著点评。要实现攻击或标榜的目的，往往吧，知道这些介绍，差不多就够了。在安倪眼里，以攻击抵制被攻击的人都挺可爱的。他们就那么一招啊，简单。不像有些人，成天不动声色，你就搞不清楚他掌握多少绝招。但是往往，像意米这样喜欢充当急先锋的人，最招人烦，让人恨。原因是有宽容心的人太少了。其实吧，人的心胸里只要能盛住宽容这厮，就天下无敌了。要想永立人世的潮头，你要么变得够奸诈，要么懂得宽容。奸诈太博大、精深，钻研此道的人太多，安倪自问在这个方向上无力成为一代宗师，只好委身于宽容。这道儿不挤，门庭冷落，她旱涝保收，挺好的。说来说去，安倪能与意米交往，依赖于宽容。安倪得把那颗坚硬的心奋力撕开一个小口子，勉为其难地把宽容嵌进去，她们的交往才得以成立。只要它不往下掉，交往的态势就稳得住。哪天它滑脱了，就是她们的绝交之日。

构成安倪交际圈的那二分之一，有个怪姓：银。安倪因为小了五岁，就叫她银姐，可是她偏要叫安倪舅妈。她的理由很无厘头：她贵州老家曾经的舅妈姓倪。安倪当面修正过她几次，她矢志不改口，于是就这么着了。爱怎么叫怎么叫吧，安倪最烦打嘴仗。说白了银女人在哄安倪开心，这她们都清楚。就跟说相声一样，有爱唱的，再有愿意和的，就一拍即合了，大家都不失去什么，还得到了肤浅的愉悦，双赢，挺好。可是银女人干吗那么抬举安倪？希冀呗！她认为安倪能成为她进入文坛的一个突破口。挺让人唏嘘的，这个叫银淑莲的女人。她离异单身，社会上刚有下岗这词她就失去了误以为会伴她一生的铁饭碗。她开过餐馆，摆过地摊，还被劳务输出到日本过，有阵子她赚到一笔钱，却因为炒股蚀了本，一九九九年秋天这一时段，正值她领受新一轮沦落的人生低潮期。也不知道她哪来那么大的野心，有一天，她发现自己经历跌宕，又兼略有文采，没准能靠写作另辟生存蹊径，就决定去搞搞写作看看。在网上一个文学论坛，银淑莲撞见了整天无所事事在那儿瞎逛的安倪，她以为安倪很有名，跟捡着通行证似的，就缠上安倪了。她天天在网上跟安倪的帖，极尽奉承。安倪没怎么深思，就把手机号给了她，从此银淑莲就开始单方面热线联络安倪。安倪有点烦她，真的烦，她俩不是一条道上的，但是，她又无法抗拒。

有什么办法呢？谁叫安倪那么淡漠，谁跟她伸出友情的橄榄枝，她都懒于伸手。她长得好，还从不在人前发脾气，得到友情的机会其实很多。但是一个人对另一个人的喜爱，最开初其实是特别容易熄火的，叫你主动一次两次，兴许没啥问题，次数多了，对方还那个无动于衷的死样子，往往就只能作罢。所以安倪很难交到朋友。一般人谁会把自己降到那么低下的地步，一而再再而三地来敲你这扇紧闭不开的门，你又不是金矿，不是王母娘娘。银淑莲对安倪来说，太珍贵了。她再烦她，也抵挡不了她。谁叫安倪是人呢。跟人交流，是人无法抗拒的天性。安倪啊，安倪。看情形能与安倪交往下去的，只有天敌。银淑莲是，意米也是啊。一个样子的，意米也是个会持之以恒找安倪的人。她隔三岔五就会冷不丁给安倪打电话，破玩意儿天破玩意儿地地骂东骂西，尽管安倪也常常被她搅乱了心神，但还是接纳了她。

那木也是。要不是他坚定不移地频频出现在安倪面前，她怎会跟他好？怎么说他都不是安倪的理想伴侣。他们差得太多、太远了。再说他不但是个有婚姻牵绊的人，还是个卡车司机。这职业，怎么说都太需体力了，与安倪纯度极高的脑力人生太不协调。她讲什么，他都听不懂。他讲什么，她也不爱听。可是这个如今奔波在上海与青岛之间的货车司机就有一招，安倪怎么都招架不住：就算安倪骂他，唾他，他都不恼，临到他的车开到上海那天，他依旧去敲她的门。他又有一身好肉，是任何女人碰了都舍不得丢的那类男人。就是说，仅就身体而言，这人挺性感的。所以安倪只好视这个与她根本没共同语言可言的男人为短期伴侣了。短期，一定要短期。安倪知道自己虽然无法抗拒一个人过分持久的逼入，但终究，她是个聪明的人。还有，她有足够的依据相信自己可以和那木短期，因为过往这些年来，她跟为数不多的男人都只是短期过，从未长期。既然她天生有短期的趋势，她就不用怕那木，接纳便是，顺便也从这人身上获得点消费的愉悦，挺好的。

这就是安倪与哑鼓认识时她生活的基本结构：两个姑且可以称之为女友的女性，一个与她半同居的男人。看看这个危机四伏的结构——喏！她有病。她确信自己有病：极度自闭，对世人、世事淡漠到几近于零度；该抗拒的抗拒不了，不该抗拒的拒之门外；还有长期独居导致的孤独感引发的诸多心灵恐慌……但是安倪知道，截至认识哑鼓为止，她的生活仍然是可控的。她还能够在自己的心理隐疾与诡异的生活之间找到平衡点，挤出点乐趣来，讨好自己。所以她不怕自己的那些病。因为不怕，她暂时敢于放任它们。这么说吧，她彼时的生活其实不需要哑鼓。如果一个人的生活是需要解药来维持住正常形态的话，她的生活那个时候挺正常的。哑鼓对她来说是突如其来的一道甜点。没他，她饿不死。有他，她的生活突然也可以像有些不动脑子的女人一样出现些熠熠生辉的迹象了，也

11

不错。

哑鼓不自觉地服从年轻对他的支配，他热衷于向安倪证明他是个已经老掉的孩子。身不老，心老，他积极要表达的，就是这意思。他这样只能更说明他年轻啊。只有年轻人才有精神劲儿去证明自己，证明这个证明那个的，为了证明自己而活、而说。他们开口的动机纯之又纯，就一条：把自己往需要的方向拔高。况且，说自己老，其实是没创意的，真正老的——不！成熟的人，都会尽量避免去说不新鲜的话。哑鼓以老或成熟为辩题的言论很多，今天一句，明天一句，他想到就马上说。

我不想跟同龄的人说话，他们什么都不懂。

安倪无动于衷，面无表情，摸他的头。哑鼓马上偎到她怀里。安倪说，还有呢？这么说过后她觉得自己很残忍，竟然，她在暗中享受洞察幼稚的乐趣。

我有孤独症。哑鼓第二次来上海时，盯着安倪的眼睛，义正词严地对她说。

喔！孤独症……

你不相信吗？我根本不想跟人说话，除了你。

安倪这次忍不住笑了。她恰好对孤独症有研究。有一次，为了写一篇小说，她读了大量这方面的资料。她发觉作为医学院大二学生的哑鼓竟然是在望文生义，跟任何对医学一窍不通的人没什么两样，那些人看到这三个字，就仅仅以为那是一种孤独的症，自闭、孤僻、迟钝，什么什么的。哪有那么简单。稍微研究过的人都懂，这种病复杂得很，很可能更是生理的，基因延续，脑子里的某个组

12

件有问题，中过什么毒。哑鼓不就是想告诉她，他是个内心孤独感很多的孩子吗？干吗要给自己扣孤独症的帽子，这就好比一个人嘴馋但不是美食家一样，哪儿跟哪儿呢。安倪终于驳斥他了，采用比他更专业的罗列。果然，哑鼓心虚了。

我们下周有一堂课，老师专门教我们怎么防止对号入座。医学院的学生容易犯一种心理问题：刚学什么，都要往自己身上套一套，想一想，参照一下。昨天我们课上讲到孤独症。

这就是了。看吧，她都快成精了。安倪想，怎么她就不能猜错哑鼓一次呢？看来她真的太成熟了。成熟得叫她心寒，意冷心灰。

谁叫哑鼓只能够不断给安倪制造她鄙视年轻的实证呢？安倪只好把他的话当耳边风了。他再说什么，她都不会用心听。她走神，不停地走。有时候，她望着哑鼓大放厥词的嘴，就感觉自己变轻了。哑鼓在变虚，她因了他的虚被托起，在某个无声的世界里飘。秋天过去了，冬天来了，她都不觉得伤心。什么都需要力气，哪怕是去伤心。她连伤心都不能，连一块冰都懒得做。只是涣散，她就是涣散本身，具体起来特别难。这才是病。

我有抑郁症。又有一次，哑鼓兴致勃勃地说。清亮的眸子里泛起光来，像是在说他有皇室血统。

安倪把他赤裸的身体拢过来，往身上紧着，感受他诋毁自己的无限激情，这样她就会觉得这个身体更加青春，她多碰碰，就能驱逐掉自己身体里更多的晦气。当然她的走神更专注了。气泡一个接一个置换了她的细胞、器官，她去了宇宙中心。

她才真的有抑郁症呢，还不仅止于此。

有抑郁症的人就该她那样儿：人前越来越妥善，就怕别人知道

13

自己整夜无眠，时常莫名心悸；该认识的人不去认识，不该做的事偏做。这显然不是桩值得骄傲的事，只能是个秘密。就好比，那个叫意米的攻击狂或那个有图谋的银淑莲跟她打电话的时候，她只能耐心地听，好言相劝，只能字斟句酌。因为，不妥善的结果，就是危险。把不妥善暴露给那些不纯洁的人，就是授人以柄。她太想让自己安静下来了，这样可以好好想想自己该怎么办。向别人暴露自我，是为是非自制铺垫。

我真的有抑郁症。哑鼓不依不饶。每次来他都这么说，在安倪默许他表达自我的时候。肯定是他暂时没有想到更新颖的青春口号，就只好赖上抑郁症了。安倪听得烦了，决定以暴力来杜绝这个话题的继续出现。

滚！安倪微笑着说，如果你真的有抑郁症，我就会让你滚蛋，嗯？

立竿见影，哑鼓的嘴从此再不敢为这个词洞开。他紧张地望着安倪，恨不得把自己曾经在她面前说过的错话全部吞进肚去。爱可以使人懂得自律，尤其对一个初恋者来说，爱就是一根指挥棒。因为有爱存在，叫他干什么他就干什么。那个时候，年轻的哑鼓太迷恋安倪了。

可是，哑鼓给自己下的那些定义，难道真的完全出于一个年轻人的另类标榜需要吗？等他们在一起的次数多了，安倪醒觉自己还是浅看了哑鼓。

深冬，哑鼓第六次住进安倪房子里的时候，忽然开了个玩笑，把她弄了个措手不及。那是在下午，安倪正坐在阳台上打瞌睡，哑鼓轻声踅过来，先把一张放得很大的照片从她的肩膀上塞过去，摆正到她的膝盖上，然后掰开她的眼睛。安倪就此确信，在那个下午，她明确地看到了哑鼓不正常的一面。

这是她看过的哑鼓上解剖课的那组照片中的一张，但这张那次她没看到过。哑鼓穿着白大褂，上体倾向前去，脸几乎要碰到平卧着的一具尸体，嘴型呈一种不合时宜的——

亲吻的状态！

他竟然向一具尸体献吻？这已经不仅仅是胆量的问题。安倪必须重新估量哑鼓了。正想着，她看到哑鼓的唇向她贴过来。他吻了她一下。

其实吻尸体，和吻一个活人的感觉，是一样的。

他还调皮地对着安倪的脖子，来了个抹的动作，食指代替手术刀。

安倪突然听到自己发出了一声低弱的惊叫。她手指着照片。

拿开！把它给我拿开！快！

哑鼓仿佛没料到她也会恐惧似的，迟钝地望着她。最后还是她自己把照片拨到了地上，哑鼓这才醒觉似的，跪趴到她膝前，恳切地道歉。对不起，真的对不起。哑鼓的那种恳切劲儿，令安倪意识到，他先前自己并没有预料到这个玩笑会对她构成一种惊吓。她惯以沉稳姿态面对他，致使他误以为她的意志坚如磐石。而在他自己看来，这仅仅是一个摆摆样子的空吻而已，平常得很。他会把不平常看作平常，这就是安倪必须重新估量他的地方。

让安倪进一步洞悉她浅看了哑鼓的，是接下来的当晚发生的一件事。夜里，哑鼓的手机突然响个不停。怎么不接呢？响到第五次的时候，安倪觉得哑鼓有点过分了。是我妈！哑鼓把手机屏幕上又跳又叫的那个号码指给她看。我现在一看到这个号码就想砸手机。有了下午带给她的警醒，安倪再没像从前那样走神。为什么？她是你妈。哑鼓瞥着手机，它正开始新一轮的锐叫。她何止是我妈，还是监控器。我给她监控十九年了，现在我出来了，她还是忘不了监控我。

安倪先前陆续听哑鼓说过他的家庭。他家有钱，是他父亲本事大，做床上用品生意，还做到海外去了，在毛里求斯，有一个厂，是他家的。他父亲常年不归，一直是哑鼓和母亲两个人在那个小镇上构成这个家庭的主体生活。哑鼓所说的监控，其实是一个有儿子使唤的女人聊解空虚的一种方法而已，怎么看都是可以理解的，并不能说这个母亲变态。安倪相信，如果她活在这种家庭结构下，也免不了会成天打儿子的电话。哑鼓的母亲只比安倪大五岁。听哑鼓介绍他家的那些时候，安倪常常会站到他母亲的立场上。他母亲是个老师，这更坚定了安倪对她的肯定。何况哑鼓也从来没有给予任何关于他母亲行为异常的例证，所以那个安倪未曾谋面的女人，对哑鼓来说，完全是个正常的母亲。

你不该这样对你妈。安倪把手机抢过来，替他接通，推到他耳朵边上，他只好接住。

哑鼓一开口就是骂。你这个女人，烦不烦的？给你一分钟，有话快说，有屁快放。

最终是，最多只到半分钟，哑鼓就把电话挂了。在那段被哑鼓克扣了的时间里，安倪凝神静听他母亲的声音。她跟哑鼓嘘寒问暖，追问他正置身何处。她的声音听着还有些柔美。安倪很奇怪地对这声音有种亲切感，她突然就教训起哑鼓来。

16

你怎么可以这么对她？她那么爱你。

我不需要她的爱。转而，他补充道，嘿！我只要有你爱我，就够了。

你这样很不懂事。

我不要懂事，我只想做我想做的事。

你不能不顾你妈的感受。

我顾她？那谁来顾我？

你自私。

我就是自私。我们这一代人，就要自私。

安倪终于发觉，她再也不应该仅仅把哑鼓当成一个年轻的人了，他已经变成了一个极其具体的年轻人。他不但具有年轻人的普遍特征，还比一般的年轻人更容易走极端。他是年轻人中的年轻人。就是说，他那些关于孤独症和抑郁症的自我论定，并非完全是不走心的空泛标榜，他确实认真地用它们去对照过自己。至少，他发现了他有被此类心理病攫取的潜质。哑鼓脑子很好使，他已经有能力认识自己了，不是吗？安倪回顾自己在哑鼓这个年纪时的心理状况，她发现那时候她远比现在的哑鼓正常。可是，当她三十八岁的时候，竟变成了这样一副鬼样子：时时刻刻都觉得自己不对劲，然后真的变得不对劲。以哑鼓现在的趋势，到了她这个年纪，不知道会变成什么样子。这种想象令安倪对哑鼓担忧。

下次你不好好跟你妈说话，我就不会再理你。安倪恐吓哑鼓。

不，不要不理我啊，我怕。我下次好好跟她说，不就行了吗？

哑鼓十足一副孩子气状，紧紧抱住安倪，头凑上来，索吻。安倪把头别开，以此惩治他。心里，却游过一丝震颤：她隐隐发现了一条新的生活线索。

就是在这一年，这个夜晚，这个时候，她明确意识到，她可以管控哑鼓的青春。

青春是缺乏免疫力的，它大方地面向四面八方，去往任何一种方向，对年轻的哑鼓来说，概率等同。仅只一个非正常亲吻的动作、一个该接不好好接的电话，就表明哑鼓身上具备择邪路而去的天性。但是哑鼓也有足够的天资跻身一条阳光大道，因为当他发觉自己惊吓到了安倪时，懂得立刻道歉。

安倪望着哑鼓，感受着越来越明晰地在心头浮现的关于她与哑鼓的那条线索，思维变得活跃起来。我可以管控哑鼓的青春，她暗中提醒自己。除了她，没人可以落实这种管控。而哑鼓，正处于危急关头。

安倪打心眼儿里鄙视银淑莲。每天总有那么一两个时刻，她会在心里挑银淑莲的刺。银淑莲几乎成了安倪洞察人性卑琐的固定标本。她怎么可以蹿到写作的道儿上来呢？这条路是对人设了门槛的，并非什么样的人都可以过来晃悠。比方说，你完全是抱着淘金的目的去的，就不具备进入的资格。写作对人格有要求，你得超然世外，最起码，你不能浑身都是世俗味。银淑莲就是一棵被市井生活泡透了的酸菜，不用挤，不必拍，就能往空气中扩散腌渍气息。卑琐对一个小市民来说，不算大错，可一个卑琐的小市民试图去做一个作家，就是搅局了。安倪从根子上与银淑莲对立，但是她却又那么地依赖银淑莲，这真是令人绝望。如果没有银淑莲频繁的电话、隔三岔五的邀约，没有在她们共处时她身上那些热乎乎的生活味儿激活安倪日渐沉寂的身心，安倪的生活会缺了一角。

　　换个角度去想，银淑莲有什么不好呢？安倪自己这样才不好。太过一根筋地沉迷于文学，结局很可能就是自杀。生活、生命、大千世界、浩瀚宇宙，都是经不起推敲的，越推敲越叫人绝望，可对文学的执着会使人痴迷于推敲。海明威、川端康成、三岛由纪夫、伍尔芙，还有她一度热爱的茨威格、杰克·伦敦，最终都自杀了，安倪难道也想走这一步吗？多么可怕的前景。照这样想下去的话，银淑莲的活法就值得称道了。她不具备做作家的资格，却是个最健康的人。安倪难道不喜欢健康的生活吗？是人都向往这个。安倪应该佩服银淑莲。

　　那一年快结束的前一天，银淑莲邀请安倪去七浦路——她在那里租了个卖衣服的铺柜，这才是她那个时候外在的主业。在市井气足到吓人的七浦路上，安倪看到了银淑莲。这个四十三岁的女人正蹲在她的铺柜下盘货，刻意盘过的发髻耸动在挂着的一排廉价衣裤下方。她白天晚上都是这种高贵得恶俗的发型，有时候安倪怀疑她晚上睡觉的时候，头是不用上床的，摘到桌上放着了，不然怎么可能这么恒定地一成不变？看到安倪，银淑莲就咋呼。舅妈你先等会儿，我马上就完。她却完不了。安倪坐在柜铺外面的一张凳子上，不停移动凳子以便避让行人，就这么烦琐而无趣地、无所事事地坐着。半个小时过去了，银淑莲终于完了，却打了个招呼就跑掉了。不久她提了个黑色马甲袋回来了，接着她打开马甲袋给安倪分发食物。安倪这次来，是因为银淑莲坚持要请她吃一顿饭。一小碟排骨年糕、一碗老鸭粉丝汤，这是给安倪的；银淑莲自己只有一份大排面。这就是请客的全部内容。安倪想，在上海这种把小气当事业钻研的地方，银淑莲连小气都这么没创意，还好意思树立当作家的理想，真是天有多大心就有多大，这样的人，赶明儿向世界宣告要去竞选国家总理，估计也有人相信。安倪自己从来不去吃街上这种小吃，她家境很好，吃东西方面从小就讲究。但安倪不好意思表现出抵触，不但做津津有味状，还绞尽脑汁说些赞美的话。天空灰灰的，安倪总感觉有尘屑掉下来，其实并没有。她特别想马上回到自己门窗紧闭的房子里去。终于吃完了，银淑莲开始和安倪谈写作。安倪很恍惚，另外就是吃惊。

我不想写中短篇了，什么时候才是个头啊。上个月往杂志寄的小说退回来了，都第五次退稿了。昨天，我在街上看到几个人手里拿着一本书，最近好畅销的，美女作家写的。现在是美女作家的时代啊，我老了……昨天看到论坛上在讲，文学要死了，过几年就死。大家都这么说。趁早吧，都要死了，还费那个劲干什么……我打算写长篇，也弄本书出来，下岗女工自学成才——觉得怎么样，能畅销啵，亲爱的小舅妈？

安倪听不下去，找了个由头回去了。夜里，银淑莲的电话来了，她请安倪帮她介绍出版社，真把安倪当成文坛交际花了。安倪应付了几句，掐了电话。睡觉前她拿定主意再不跟银淑莲来往了，可等第二天中午银淑莲又打电话过来，她发觉自己还是像以前那样对这女人和蔼可亲，因为她根本不知道怎么用言语抵制她。反而是，银淑莲热烈的话语歼灭了她的瞌睡虫。

我这是怎么了？安倪走到卫生间，坐在坐便器上讨厌自己。一坐就是一下午。对于病的认识，挤压着她的脑袋。她不用闭眼睛就可以产生幻觉：比钢丝细的寄生虫，在空中蠕动，有一些跳到了她脑门上，钻了进去。病啊，她的病，她何时才能甩掉它，有能力抵制不该交往的人，一个人在房子里坐一天都不觉得心慌？什么时候她真能像她所表现出的那么坚硬呢？一切都扑朔迷离。

意米又来施展攻击症了。没什么新目标，还是文坛里的新人新事、旧人旧闻。她跟安倪也是在那个文学论坛认识的。仔细想想，那论坛才是个最混乱的江湖，净是些动机不纯的人，当然还有愤青。愤青的普遍特点是爱发牢骚，但某些愤青还喜欢假装发牢骚。意米更应该归属于后一种愤青。这是在安倪去了七浦路的第二天晚上。意米扯着扯着，就打算停了。往常都这样，她突然来电话，骂一通，安倪一般只听不说，慢慢她自动熄火。意米主动来电话的热情肯定来自安倪的沉默，爱倾诉的人最喜欢的就是那些能当好一只优秀垃圾桶的人。偶尔安倪也会应和两句，在她刚刚被某件事把心情弄糟的时候。一旦这种情况发生，意米新一轮的演讲立即开场。不能给她回应，一回应她马上就获得新的进攻线索。那个晚上安倪突然跟意米贬损起银淑莲来。她要么不去损人，一损人其实比谁都到位，一到位就连那些个以损人为业的人都找不到插话的时机。所以那次安倪第一次在电话里牢牢地抓住了话语权，一说就是半个小时。意米竟然有种新鲜的兴奋，这种兴奋的表征是，她会恰到好处地迎着安倪的话题去积极充当一个诱导者。你说得对！对呀！太对了！她见机把这类诱导词插入安倪难得的演说中。终于安倪警惕地让自己戛然而止了。

怎么可以？她怎么可能对一个嘴巴四处漏风的人去阐述对另一个人的深刻认识？虽然银淑莲跟意米现在不认识，但终究经常在同一个论坛上出没的，万一她俩哪天对上眼了，交换起各自的所知所

21

识，那不是太危险了吗？

这一夜安倪怎么都难以真正入眠。起先她做了个浅浅的梦，看到银淑莲和意米坐在草地上畅谈，两个人同时转过头来盯着什么看。这时安倪发现自己站在她们视线的交汇处。银淑莲突然阴下脸来，指着安倪说，你真不知羞耻。安倪转身就逃。意米却站起来追她。安倪不用回头就看到了一把手术刀给意米攥在手上。安倪奔到一个桥头，一下子穷途末路了。她惊恐难当地回过身，白晃晃的一片什么东西在她眼前闪了一下，她醒过来了。安倪瞪大眼睛盯着虚浮的窗帘，对梦境回想了一阵子，接着就开始埋怨自己了。为什么她要去攻击银淑莲呢？慢慢她又埋怨起自己不该认识银淑莲和意米，应该迅速斩断与她们的交往。在埋怨中她又浅睡过去。这一次的梦里，没有杀戮，有的尽是悲伤。上下左右全是潮暖的水汽，她在什么地方走着，河道纵横，不断拦住她的去处。后来她走进了一个清朗朗的屋子里，那屋子的地面开始上升，她给托浮起来，心里却灌满了水银似的，想沉落到地上，却又不能。她痛苦得很，却无处申诉，一个人都找不到。她又醒了过来，满心悲凄地仰卧着，一时沦陷在那种悲凄感里，竟为这种感觉着迷，越着迷沦陷得越深。后来她想起了史上那些自杀的人，与自杀行为的诡异。为什么那些看着好好的人，某时突然自行走上了绝路了呢？像她彼时那种突如其来的悲凄感，是不是正是自杀之魔附身的例证？她一个凛醒，摆脱了那些悲凄，接着就是对自己的担心了。她突然想投身于谁的怀抱，如果这时候有那木在，就好了。可为什么她得依赖于那木这种危险的解药呢？那几乎是一种以毒攻毒。这么想着她又厌恶起自己来。安倪就这样一会儿醒一会儿浅睡地在床上躺到了天亮，最终还是浮起来的日光使她得以有所解脱。

　　清晨她坐到沙发上，失神地揣测自己。她想，她的病，真是愈来愈严重了。她不明确她得了什么病，但她清楚她有病。病得多深，她也不确切知道，但她知道是深的。她肯定不会去找心理医生，她认为自己本身就是。为什么她会有病呢？这个疑问因为它的不确定而无法深究。什么都显得虚无、不可理喻。有那么一两个时刻，她觉得自己再这么下去就不行了。她必须找到一条好的线索，去对付招之即来的那个病，去整饬那些对于病的恐慌。她深信，她正处于危急关头。

二、安倪在戒毒所的短篇小说习作：《线索》

　　我们几乎每周都见面。这种情况持续了一年。

　　他笑起来很美，纯净之美。如果不笑，他的嘴角是耷拉着的，表明青春期的副作用在他体内燃烧正盛，正慢慢对他的人生投下阴影。

　　"从现在起，你每天增加笑的次数，在原有基础上增加十倍，以后你的嘴型会长成这样。"

　　我在他面前弯下腰来，脸对着他。我把两手食指托住嘴角两边，使自己的嘴变成月牙形状。他很听话，笑，坚持笑住，笑住。我满意地检视他的笑，感受着对他的驾驭，同时心虚。

　　我觉得自己没有资格得到他的爱，我年纪大他一倍。每个周五下午稍晚时分、晚上，他跟着一辆不设空调的长途车过来，我坚持去接他。长途车在新客站北门的那个终点站停下前，他有可能被

"卖"掉，那条线上的长途车们爱干这种事，为了更精确地赚钱。这样的旅程是烦琐的。他每个周末都在烦琐中度过。为了爱，他承受烦琐。如果长途车停下的一刻，我不能让自己出现在他眼前，我会自责。

我们通常坐出租车往我的住处赶，都坐在后面。我坚持把他的旅行包横在中间，防止他激动难以自抑时抓我的手，用腿蹭我。后视镜里司机们低垂的眼睛对我是一种无声的警告。我没有勇气跟一个孩子在陌生人面前亲热。

进了门，他迫切地把双手交错到我腰后，勒住我，吻我，抚摸我，语无伦次地表白。我想你，都快想死了！他说。在这些必要的过渡后，我们就去了床上、沙发上、饭厅，有时直接在浴室里。他已经很熟练了。我是个称职的老师和性的标本。每次，我都会想起第一次的情形：他恳切地向我询问接吻的注意事项，各个部位如何配合。反观他如今的熟练，我心存自豪。我教会了他最重要的事，我之于他的价值、意义，不输于给予他生命的他的母亲。有时候，望着他依赖的表情，我深悉我有机会教会他很多的事。我可以成为他的第二种母亲。

"叫我妈吧！"

出于某种幸福感，某种自满，某种凌驾欲，我试着要求他。

"不！"

"叫叫试试，我喜欢听。"

我真的喜欢听。我想听到。这样一种呼唤，也许可以令我减少失眠。

"好吧，姐姐。"

"叫错了。"

只是为了满足我，他强迫自己叫了。"妈妈姐！"

他抗拒那样叫我。那几乎是他对我唯一的抗拒。他说如果那样叫，他会觉得怪，对我的感觉，会流失大半。他只遵从感觉对他的指引。本质上，他是个率意而为的孩子。率性，是年轻的题中应有之意。他本性不错。

他跟母亲的关系很糟。因为这种糟糕，他身上逐渐演变出一种与周围事物格格不入的趋势。却没有人关注到这种趋势。生活中，他机智地及时将这样的趋势扼杀。他不跟任何同学来往，他们免不了来挑逗他，他就笑，让他们误以为他的孤僻只是一种傻。他跟母亲在电话里吵，在吵得不可开交时，把手机拿到一边，听任电话里母亲兀自絮叨，给予她被说服的错觉。他的电脑里装有上百部恐怖片，常常他在看到某个血腥的、阴森的镜头时，按暂停键，痴迷地凝视那个镜头，下意识露出诡异的笑。但是他说，他从不跟同学、朋友、亲人分享他对恐怖镜头的迷恋。他还喜欢手术刀，暗中热切地期盼每一堂解剖课的到来，他说，一个优秀的外科医生应该长有一双天赐的"手术手"，他的手与"手术手"相去甚远，但是他比任何医学院的学生都热爱解剖……每一次相会，在有限的激情之后，他都会躺在我怀里，向我倾诉他的各种秘密。在那些时候，我对这个十九岁的男孩开始担忧。

有一个画面不知从什么时候开始的，总在我脑中盘旋。我并非在梦里看到它，是在青天白日里。通常都是在某个特别安静的时刻，它出场了。诱因可能是我对他的一次窥视——那些时候，他要么坐在我的沙发上看电视，要么沉睡，要么斜着身子倚在门廊边发短信，我在一旁凝视他。那画面整体上灰扑扑的，中间有条并不显明的路，他站在路中央，低着头，慢步行走。忽然，他抬起了头，我看到，他是个瞎子。

他的左边，是个魔域。一群人身兽面的怪物，以铺天盖地的散乱的队形，慢慢向他逼近。怪物们各式各样，高的头能顶天，矮的状若蚂蚁；它们或弓着身子，或挺胸叠肚。它们都把嘴张大，嘶叫。他始终低着头，这说明他听不到那些声音。他而且是个聋子？

右边的情况与之迥异。阳光普照，草地空旷、无垠，微风沁人心脾，白鹭徜徉在天际。他当然也未向那里转过一次头。

然后是，他左侧的怪物们终于扑倒了他。他迅速消失在由它们汇集成的巨大的黑色球状硬物之中，被其消化。路跟着也消失了，这画面不再存有左右的区分，一团黑，一片嘶叫。

面对这一大片令人绝望的黑，我不能无动于衷。终于，我鼓足勇气跳身进去。于是，那画面中出现了一个女人，看起来却完全不是我。是传说中的观音，她翩然飘向黑色大地，手中拂尘轻甩。黑色爆裂成复瓣的莲花，金光万丈涌起。他从黑暗的子宫中射出，一脸灿烂的笑。天高云阔。

"叫我妈妈！"

我撤离遐想，走过去，抓住或摇醒他。与从前不同，现在，仅只这种要求，不用听到他回答，我就有种快感。

"妈妈！"

这次他斩钉截铁地叫。他要服从我，这个要求战胜了对感觉的遵从。

我笑。

断章三：

1. 我推开他裸露的身体，拉起他的手，引导他坐进我书房的木椅上。你得看书。我从他的电脑包里取出他带来的医学教材，命令他。这个医学院的大二学生揉着惺忪的睡眼，如我猜测的那样，拒绝。不算果断的拒绝。我说，现在只能是你的学习时间，你除了学习，不可以做别的什么。他见我如此决绝，便开始哀求我。学习的时间多的是，可是，和你在一起的机会一次比一次少。他说。我们有一辈子的时间，去想方设法在一起，但你学习的机会，只是你年轻的时候最多。我这样告诫他。其实我心里不是这么想的。一辈子？太虚妄了。我让自己变得如此言情化，只是想敦促他开始学习。他低下头，若有所思，最终将手从我腰际抽离，捧起厚厚的那本教材。他又抬起头，一脸促狭。学半个小时，换一次做爱？我忍住笑，故作沉吟。五个小时换一次，得五个小时。不公平！他大声抗议，扔掉书，扑到我身上，他又来劲了。我推开他。那就三个小时，不再有商量的余地，开始吧。他恋恋不舍地重又坐下，沮丧地目送我关门离去的身影。事实上，那个下午，他看书的时间超过了三个小时，最后还是我克制不住去骚扰他的冲动，主动进了书房，使他从学习的专注中脱离。学习这种事就这样，关键点是进入的难度，只要你能够顺利进入，后面就是自动沉入其间，越沉越深。何况，他是个高智商的孩子。有了这一次成功的助学经验，下一次就容易多了。再下一次，他会主动坐进我的书房，专心捧读他的专业书。他说，就算在学校里，他学习也没有这么有效率过。他又说，自从与我相爱后，他变成了全班最爱学习的人。我的目标并不仅止于此。后来每一次，我打开书柜，让他挑喜欢看的书。我规定他来我这里一次，必须看一本书，还要读透。他竟至渐渐被我培养出博览群书的习惯。后来他在来与去的长途汽车上，都会捧着一本书，津津有味地读，不介意身边某个旅客的鼾声或体臭。我的人生阅历告诉我，知识对一个人来说，是最可靠的依靠。他的路还长，我希望他以后走在同龄人的前面。我在对他学习的管控中，产生乐趣，获得向往。我想象他在三十岁或者更早前，就变成一个满腹经纶的人。他将成为我最伟大的成果。

2. 我要他学会扫地、拖地、烧水、泡茶、洗衣服、叠衣服，晨起整理被褥，晚间洗完澡将浴巾、毛巾、牙刷归于原位，他还得提着垃圾袋下楼将它们扔到垃圾桶去。我做饭，他得试着去洗菜、刷碗，而且不能把碗摔碎，否则克扣相会的次数一次。我早已不再那么贪恋两性的相会，但他太年轻，贪图这个。必要的时候，我要让他尝试做饭，慢慢让他学会。我并非意在让他帮我分担做家务的负担，其实我是个做家务活也乐在其中的人。我就是想让他学会这些。是人就得学会。他早该会这些了，现在不会，老了再去会，就被动了。他时常嘟起嘴抱怨。我妈、我奶奶、我爸，如果知道我做这些，会心疼得掉眼泪。他们从小就心疼我，所以我这些都不会。的确，他连倒杯水都会把杯子冲倒。这种不会，肯定是不可取的。我坚信他的长辈们被爱冲昏了头脑，十九年来，他们在用爱害他。我肯定是对的。他必将成为男人。一个男人必须是顶梁柱，一根顶梁柱必须过硬，会得多，硬度更大。他起先一直抗拒做任何事。我只有一个杀手铜：他对我的依恋，还有纯洁的、真正的爱。我无数次利用它。我说，你不干这些就都得我干。要知道，如果你什么都不会，你来了我就得照顾你，我们的相会，就让我有了负担。长此以往，我可能会因为这种负担，杜绝跟你见面。这种话很有效。他去做了，越做越顺、越好。而事实证明，让他学会做事是好的，证明我的栽培是健康的。他说，有一天他回家，主动把母亲的衣服往洗衣机里放了一次，她幸福得泪眼婆娑，这说明他的家人心里是期望自己的孩子能干的，只是他们舍不得让他在摘取果实前摸爬滚打。就因为这方面的显著变化，他母亲再给他打电话时，不再那么问东问西了，他对她的烦，得以减少一些。但还是烦。我认真想了一回，替他找到了一种或许能解决烦的方法。我说，你以后可以试着主动给她打电话。人都是这样的，你主动把电话打过去，就掌握了交谈的主动权，而且，对方会来不及指责你。他依言去做，果然有些效果。他得学会去处理人与人之间的关系，用妥善的方式，凡事想在前头，而不是被动应对。被动，往往只能输。我希望他成为一个对人有把控能力的人。对他才刚开始的人生来说，获取这种能力和变成饱学之士一样重要。他将成为我最伟大的成果。这种想象使我生出无穷的管控他的动力，我也因此变成了一个有具体梦想的人。

3. 在新客站北门的广场上，我们看到三个鬼鬼祟祟的浅黄头发、深眼隆鼻的人：一个中年男人、一个半大不大的男孩、一个男童。三人面朝一个方向，走在人群中，保持着设计感很强的距离。他们是小偷，所设计出的距离是为了便于他们获得赃物后及时转运。在这个城市，我多次看到这些长相鲜明的人做偷盗之事。通常是，男童去抢或偷行人的东西，接着狂奔，转运，最终得手之物在瞬间消失于茫茫人海。我和他同时发现这三个可疑的人。我告诉他，他们是小偷。他站住，向他们张望。真的吗？他问我。我说，你敢不敢、想不想去抓他们？他犹豫地望着我。我希望他能挺身而出，这将促使他懂得正义的必要性，尽管满街的人都对这三人熟视无睹，包括我。我们对社会的态度已成定局，他不一样，他有无限可能。你真想叫我去吗？他问。我点头，期待地看他。依旧是出于对我的服从，他启步向他们走去。我抓住他。我说，回来，你得有计划，不能贸然行事。他说，那该怎样？我说，你先盯紧那小孩，看到他动手了，就打110。然后你直接去逮那个中年男人。抓住那小孩没用，他肯定不到十四岁，擒贼得擒王。而且，你得等赃物转到那男人手里，再逮住他，每一个动作都得准确掌握时机。他说，好，我知道了。但他还有些犹豫不决，他在害怕。我激他：你不敢吗？他终究还是拿定主意要去了。其实他最终并未得到去逮住贼人的机会，因为那伙人那天迟迟没有下手。下手，并不总是那么容易。后来我们走开了。但我觉得对他来说还是有收获。我只是想在他心里树立正义观。更重要的是，我要让他知道，凡事都需要策略。正义诚可贵，策略之于人的意义更为重要。我不想他以后变成一个对世事麻木不仁的人，不仅如此，我还需要他变成一个有能力掌控这个世界的人。这种能力的诞生，取决于他能否成为一个有策略的人，一个有智慧的人。一个人必须有智慧，才能去驾驭他人、世事。这世界太过复杂，策略会使他变得强大。强大的人可以使一切问题迎刃而解。在我们交往的一年中，我时时处处寻找时机，向他灌输此类做人的道理。他有潜力做一个妥善、强大的人。他将成为我最伟大的成果。这样的期待，在我心里愈演愈烈。

那一年，我沉浸在一种造人的快乐中。这种乐趣慢慢成为我与他相会的最大动力，后来成为唯一动力。我喜欢他年轻的身体，他纯净的笑容更令我着迷，他对我的迷恋亦常令我陶醉，但像我这样的女人，再美好的身体，再强烈的被爱感，都可以变得无足轻重，因为它们俯拾皆是。但是造人的乐趣可遇不可求，因为它对被造者的品相、质量有极高要求。我珍惜这个机会。

"叫妈！叫一下！"

"妈！"

这样的对话让我陶醉。它可以使我更加现实地感受到作为一个制造者的隐秘乐趣。而对他而言，这仅仅是一种语言游戏而已。这种游戏可以在瞬间激发他的情欲，巩固他心里的爱。我们目标相悖，却殊途同归。

"小妈，我要永远和你在一起。

"姐妈妈，我们会永远在一起的，对吧？"

在游戏促成的瞬间快意中，他难免勾画起未来。立刻，他会因为意识到自己对未来的无力掌控而黯然神伤。

"我们会一直在一起，一直能见到，对不对？"

他希望听到来自我的肯定的应答，帮助他歼灭对未来的惶恐，哪怕只是欺骗。

我不能骗他。让一个人迅速成熟起来的方式，是向他直陈人生最真实的面目，然后他会自觉地迎难而上，解决问题，走向下一步。人生就是这样一种上台阶的过程，一个台阶，又一个台阶。欺骗的

31

结果是使他原地踏步。我希望他在很年轻的时候，就大踏步走过爱情斗争的累积期，刹那间就变成一个对爱情有免疫力的人，一步登天，此后，一劳永逸。

"不，不可能。"我残忍地说。

我的生命里从来就没看到过一直和永远，我这是在实事求是。

"为什么？"这个初恋中的孩子恐惧地望着我，"你爱他胜过爱我吗？你要和他永远在一起，所以，不能和我？"

我曾坦率地告知他我生活中频繁出现的另一个男人，但那个人肯定也不是我的终点。没有人可以成为我的终点，这就是困扰我的最大问题，无法解决的问题。它几乎是我人生的死结。他还小，我无法向他说清这种死结。他也无法理解。我肯定不想让他觉得那个男人比他更为重要，可是，为了得到他的理解，我只能向他提供一种浅明的辨析。

"你要过好几年才能结婚，而我年纪大了，很快就会让自己结婚。"

"到二十三岁，我就可以结婚对吧？你等我四年不行吗？"

"四年？"我哈哈大笑。四年的确太长了。现在，我不用心虚就可以义正词严。"四年对你来说很短，对我来说太长。"

辩论就此终止，每次如是。多一次严苛的驳斥，他的神经自然会壮大一点。要不了多久，他会在我的潜移默化中认清形势，迈上人生的新台阶。

我对他说："你必须把我当成你人生的一个过客，你先得树立这种态度。"我说："你应该找一个与你同龄的女孩过一辈子，这才是你的幸福之道。"

他不语，陷入提前到来的人生困境中。

我确实应该给他好好规划他一生的感情。我以己度他，深信对他来说一份正常的爱情早来一天他的幸福会早来一步。我死死盯住他的眼。"我现在向你规定，你必须二十九岁之前找到一个女孩，跟她结婚。能做到吗？"

二十九岁，我之所以要他以此为限，缘于我对自己过往生活的参照。我二十九岁之前很好，然后就是一天比一天不好。

他继续用沉默表示抗议。而我脑海中出现了那个管控他的整体计划。我想了想，对他说："在这之前，你读完硕士、博士。二十九岁了，你赶紧结婚。能做到吗？"

"我不知道。"他老老实实地说，"姐姐，我只知道，我做不到不和你在一起。"

"如果你做不到。我们现在就别在一起。"我唯一的杀手锏再次出场。

"好……好吧。"

这样的交谈一次又一次，每次其实都是无果而终。但我坚信自己对人生的认识，从而坚信对他的规划绝对正确。这些坚信可以使我坚定既定立场，实施对他的再造工程。我需要我的这场造人行动最终成果卓著。成果越卓著，我将越能感受到我活着的价值和意义。我难得找到肯定自我的机会，得好好使用它一次。

我给自己一年时间精心育人，十年后去审核自己的成绩。一年，这是我在心里渐渐树立的期限，我和他交往的期限。我只想跟他交往一年。

在感受到那种隐秘乐趣的同时，我也会不自在，当他真的用"妈"来称唤我的时候，有时候我还会觉得恶心。这因逼迫而降生的称谓映照出我内心的乖张。我看到了这些投影，无地自容。

"妈！妈咪！"后来，他总是这样戏谑地呼唤我。他用戏谑换取呼唤的勇气。

我扭了扭身体。"还是……还是叫姐吧。"

"妹妹！"

他小心翼翼地油滑了一小次。他终于不再那么简单了，我又喜又怕，一时无所适从。

"闭嘴！"

他再不敢出声，狐疑地凝望我。在这些时候，这种凝视令我心虚。我的动机太不健康了，我对自己说。我这是在干什么？把他当成一种道具？制造虚妄成果的道具？从某种角度说，我是在亵渎他的爱。他的爱一直在被我蛮横、坚定地亵渎。

"该结束了。"终有一天，我狠下心来，我不敢看他，"到时候了，我们，结束吧。"

一如我料想中的那样，质问、哀求，他甚至流下泪来，甚至，以死相逼。因为失去一场爱情而自杀，这样的结果能成为事实的，毕竟少之又少。多数人临到最后还是会选择接受失恋。生命更为珍贵。想和做是两回事。我置若罔闻，一意孤行。我看到了更高远的、他的总体的人生图景，也看到了自己的力所不逮。我该和他结束了，让他快速走向人生的一下步。

结束的时刻总免不了悲悲切切，但这个时刻还是按计划到来。那是我们相识的第二年秋天，他理所当然地二十岁了。我和他两两相对地坐在房间里。我泡了一壶菊花茶，倒给他一杯，我一杯。我们喝着茶，说些未来的事。都是我在说，他完全沉浸在悲伤中。一个人一辈子总会大悲一次，再有大悲之事到来的时候，他将不会被悲痛所伤。我有理由放任自己对他现在的悲痛熟视无睹。

"我们还会再见面的。"我说，"就是……就是在我们认识的第十年，我会让你重新见到我。"

"不！"他愤怒着，"不！我不要！狗屁十年，我不要，我要一直能见到你！"

"这十年里，你知道自己该做什么了没？记住我说的话了吧？"

"我还是会像以前一样，周末了，就来找你。你不见我，我也会来，直到你见我。"

"如果你这样，我就让你找不到我。"我恐吓他，"嗯？"

他发现自己没有选择的余地了。在这样的辩论有过几次后，他终于认命。后来的一天，我们整夜躺在床上交谈。灯光幽暗，他整夜凝视我的脸。他说他要把我每一个表情牢记。这个承载着我宏大制造计划的男孩，我一生中短期情人中的一个，就这样，伤感地凝视了我一整夜。我们的这场不平凡、不平静的爱情，就此终结。

"我说话算话，到我规定的那个时候，我会让你见到我……当然，如果到了那个时候，你不愿见到我，忘了这个约定，我也不会介意。"

"我不会忘的。就算死，我也不会忘。我希望那个时候快点到。"

我确实不会介意。我只想让他快一点迈入下一步。除此之外的一切，我都不会过分在意。快走吧，我占用他的时候已经够长的了。我的制造计划需要我马上停止这种占用。况且，这占用本身，其实早就让我腻了。

有一件事尚值得一记。大约在我与他分手后的半年后，他的母亲隆重在我的生活中出现了一次。

"你把我们女人的脸都丢尽了。"那一阵子，她不停给我发此类谩骂的短信。

我的手机号是他不小心泄露给她的。据说，有一次他回到那小镇，她偷看了他日记的某一篇。因发现儿子曾与一个大龄未婚女人"畸恋"，她怒不可遏。她愤怒的一部分原因，是这件事发生的时候，她竟然蒙在鼓里，当然并不仅只于此。她的反应，一点都未脱离一个具有恋子情结的母亲应有的反应范围。循着日记本透露出的线索，她在儿子疏忽的某个时机，获得了我的手机号，从此开始了对我的一次次顽强骚扰。她一天二十个以上的短信，一副不把我折磨成精神病不罢休的劲儿。她还扬言，会跑到上海来，砸开我的房门，扇我两个耳光。尽管那些短信本身令我厌恶，让我烦，但我理解她，不生她的气。她在我眼前从来是一个可怜、可悲，不乏柔弱的母亲。

我倒觉得这是个机会，我想利用它来检查一下我的制造工程是否已有成效。一桩事故发生了，在我与他之间，他是否有能力将它妥善处置？是否，他学会了人世的部分必要策略？我把正在发生的纷扰告知他——在我们商定分手之后，我们最终并未做到我所要求的那样决绝，仍旧会偶尔电话、QQ 联络，也见面，只是很少。凡事都需要过渡。只要总体不违反分手的宗旨，稀落的交往是可以存在的。他得知此事后，与母亲深谈了一次。

据说，为了那次深谈得以实现，他沉思了数日。放在以前，他最讨厌让自己陷身于这种烦琐之中。他更多是为了阻止他母亲，为了让我的生活平静，强迫自己去进行这种烦琐。而这种行为的最终达成，对他的成长不无裨益。他在此过程中，获得向成熟迈进的经验。

"我们什么都没发生过。日记里记的，多数是我的想象。"他学会了善意的欺骗。而对他母亲来说，这种澄清举足轻重。这将促使她在心里树立儿子还是以前她心目中那个感情空白的儿子，从而遣散她将失去儿子的潜在危机感。这种危机感其实正是一个母亲失去理智的潜在动力。

"我不会喜欢任何女人。我喜欢的女人只有你一个。就算我对别的女人有喜欢，这种喜欢也大不过我对你的喜欢。"他哄她。男人对女人，屡试不爽的一招就是哄，即便是对自己的母亲。

只表达到这两层意思，他的母亲就被软化了。一个浸染于人间烟火中的女人，就是这么好对付。她的骚扰就此终止。

后来有一天，我和他在电话里小声谈论这件事，我们都开怀大笑起来。我笑，不是因为终于摆脱了骚扰，更多的是因为我看到了我的造人工程已初见成效。

我和他，慢慢就不再见面了，再慢慢地，也不再联络了。有一天，我打开我的QQ，发现他的头像好久没亮起过，我索性把它删了。而我的手机屏幕上，再也没有因那个熟悉的号码而叮咚响起。就这样，一年一年过去，我的生活中又有一些男人、男孩出现、离去。那个曾经令我激情四溢的制造计划，偶或会在我脑中闪过。

只是闪了一下，就不复存在。

三、再　生

　　哑鼓重新回到安倪的生活中时，她已经拥有很多条鱼尾纹了，光这样倒还算了，最痛苦的是，她有过不低于十次的机会，去攀附死神冰冷的双翼。她脑子越来越乱，白天乱，晚上更乱，天气再好，她都会在突然间产生一种被针刺了一下的感觉。偶尔，她也会在纷乱中回想一下过去，这个时候哑鼓纯美的笑容就踉踉跄跄地闪现了，可是，它越来越空灵，幻象似的。谁叫安倪的感情经历那么丰饶呢？在哑鼓之前、之后，有太多的男性从她的生活中穿行过去，还都挺隆重的，没有哪段情简单得一言可蔽。哑鼓对安倪来说，没什么大不了的，真的没什么。真要为那一段情找点特色的话，那无非就是：那段情的发生、延续，得益于安倪的生活因此获得了一条茁壮而对她有益的线索。因有那条线索存在，安倪在那一年里活得相对自如了一些。在那一年稍晚些的时候，她得已获得某种力量去和那两个准女友绝交，对那个叫那木的准白痴持续的敲门声置之不理，继而幸福地跟他一刀两断。

　　当然也有后遗症出现过。有一个时候，促成安倪与银淑莲、意米结识的那个文学论坛里出现了一个诋毁安倪的帖子。这篇不足一千字的帖子遣词造句上有些粗糙，还有不下十个错别字，一看就是一挥而就的。但它的粗暴程度却叫安倪咋舌。这位网名为"轰炸2000"的网友的帖子里大揭"某女作家"的所谓"老底"。他或她（它？）"揭秘"说，某位女作家是个性瘾者，因为染上了性的瘾，早两年，她就变成了一个艾滋病患者。得了艾滋病本不值得痛恨，可恨的是，这位女作家明知身患这种世纪绝症却还是"狗改不了吃屎"，仍大肆搜捕男人，并且慢慢在心里树立了成为一个超级传染源的邪恶目标。帖子没点安倪的名，但它详细地罗列了这位女作家的诸多特征：近年居住在上海、写作十余年、常发表她作品的那几本冷门文学期刊的名字、某篇代表作的主要内容……不用深究，人们就能推断出，这位女作家，就是安倪。这帖子发出不到两分钟，就有人跟帖让安倪的大名亮了相。紧接着，就是完全针对安倪的抨击、谩骂、诅咒和控诉了。等安倪自己在帖子发出第二日看到它时，它已被一家大型综合网站如获至宝地从浩瀚帖海中捡起来张贴到了这网站的首页。接着下来，几个门户网站纷纷转载，大大小小的网站再转载、再加工后转载，很快安倪就被世人瞩目了，成为那几日最具轰动效应的网络红人。

　　喔哟！安倪从未料到，她会以这样一个方式获得盛名。她还以为她会一辈子只能被为数不多的几人知道呢。说心里话，她还真的不喜欢做一个被太多人知道的人，因为在她看来，那本身就是件特别恐怖的事，她归根究底还是最喜欢波澜不惊的宁静生活。安倪很恐惧。开始，她还挺镇定的，一动不动地坐在电脑前，瞪着滚滚涌出的无数关于她的帖子，看西洋镜似的，有种置身事外感，不怎么上心。有一个夜里，她连着做了几个被射杀的梦，惊醒过来后吓得浑身打战，接着下来几天，恐惧便稳固地占有了她。她什么也干不了，只能一个人待在房子里思索各种各样的问题，包括这个帖子的来历。有一日，她还发了不高不低的烧，浑身酸痛，昏头昏脑地到处找水喝，差点误喝掉一碗白醋。银淑莲是帖子出现后第一个打电话给安倪的人。她颇为体己地询问安倪有没有什么事，要不要她过来帮她渡过这个难关。以安倪的敏锐，马上从银淑莲的语气中悟出了一丝线索。不会银淑莲就是那个匿名发帖人吧？想一想啊，就银淑莲的嫌疑最大。为什么？首先，她不是个有道德感的人；其次，她一个月前刚对安倪进行了一次严肃的责问，当然了，正是这场责问，导致安倪痛下与她绝交的决心。银淑莲那次责问的主题是：安倪为什么要到处说她的坏话。这责问是叫安倪心虚的，的确，她跟意米说过银淑莲的坏话。但是安倪不想跟银淑莲辩解，太不想了，她不想费这个劲。又怎么样吧？说到底她又不是空穴来风，不是胡编乱造，你银淑莲有胆量做文坛垃圾就没胆量听一两句难听话吗？要混文坛，没这种便宜事。需补充说明的是，那阵子银淑莲真让人不可小觑，她花了三个星期写了一个长篇，竟然真的很快在文坛闹出了点小动静，不少小有来头的人挺像那么回事儿地捧她的臭脚呢，真不知道这个连风韵犹存都谈不上的女人，是怎么跟这些人拉上关系的。银淑莲还真小小发达了一下子。她有本事攀着这次的小发达，抓获更多的小发达，最终大大地发达的，她有，安倪相信，她有这个能力。安倪恨的是意米。这个嘴巴漏风或喜欢故意让嘴巴漏风的女孩，不靠谱。

意米也来了电话。她倒坦率，承认有一次不小心把安倪抨击银淑莲的话说给了别人听，用以佐证她对银女人的某个更深入的论断。但是天地良心，意米发誓说，她真的是无意识地传播了安倪的话的。意米一步到位地断定发帖者是银淑莲，而她决断的语气倒让安倪觉得她亦有可能是嫌疑人之一。她想起同样是早前与意米绝交的情形。也是在电话里，她突然失控了，直陈意米的自以为是，并告诫她如果不改掉这个性格的话，她可能到头来只能一事无成，只能是用一

40

辈子去换取一个大大的笑话。当时意米差点要疯掉，对安倪恶语相向，大骂安倪是坏女人，而安倪没听她发泄完，就自行把电话挂了。现在，安倪还是武断地挂掉了意米的电话。那是在深夜，安倪深深地体悟着文人心的乖张、褊狭，她又将这种体悟推而广之，深察着世道人心总体上的叵测面貌、人世的不易。而这些，正是促成她变成一个潜在病人的导火索，抑郁症、自闭症、强迫症、分裂症、交往障碍……她不开心，持续地不开心，进而发现自己病得更加显明了。

排名第三的嫌疑人是哑鼓的母亲。有件事要说明，安倪后来在戒毒所里完成的那篇小说，多少有想象的成分。至于哪些部分属于真相，哪些是想象出来的，她自己后来也搞不大清楚了。这起网络纷争正好诞生于她跟哑鼓中断交往的一个月后。没这个可能吗？哑鼓的母亲，一个如梦初醒后难免变成攻击狂的女人，蛮横地对安倪造了一次世纪大谣。可能，可能得很呢。一切皆有可能，一切都在风中，不易知，微微可知，扑朔迷离，吓！

哑鼓在网上看到了安倪的事，在某几天里，持续不断地给安倪打电话、发短信。安倪这边自己都快抑郁得死掉了，哪有心思跟他交谈，再说了，她已经对这孩子没什么感觉啦，屏蔽他吧，永远，一直到永远，把这个世界上不该与她产生线索的人全都屏蔽掉，就这样。安倪一边决绝地抵抗着一切，一边发现着自己的脆弱。她有一天差点哭了，这把她吓了一大跳。她怎么可以哭？这是她不能接受的。她退掉了租房，该扔的东西扔掉，该烧的烧，然后戴着一副大墨镜回老家生活去了。在 D 省的那个小县城，她可以在什么都不去理会、什么都装作不知道的情况下，也能活得不那么痛苦。她父母在那里有权有势，足以为她提供丰富的物质。物质带来的即时娱乐，促使她对这个世界故作不知。就这样吧，走！快走！离开这个、这些、那些是非之地。

就是这样，在二〇〇〇年冬天刚刚来到的时候，一个叫安倪的冷门女作家、幽闭女人，从那些知道她的文坛人、伪文坛人、非文坛人的视野里消失了。这消失来得突兀，让安倪深深地洞悉，她其实是个挺缺乏技能与这个世界抗衡的人。

安倪真正吸上毒，是二〇〇九年春天的事。而一如事物发展的渐进性原则所要求的那样，在那一年之前的八九年里，她是一个一步步向毒品走去的女人。这个逻辑顺序的第一步，即是多年来困扰她的那些潜在的心理病；第二步则是因无力对抗那些病所产生的沮丧感，使她不下十次产生自杀之意；而第三步，是她为了摆脱缠绕她的自杀欲，去寻找解救自己的方式，她后来找到了，却是吸毒。

在开初挺长一段时间里，安倪在 D 省那个小县城整日待在自己的房间里发呆。她的心不在这里。到底在哪里，她自己也搞不明白。仿佛地球上任何一个地方，都已经落实不了她的思绪。很多时候，她觉得自己身在尘世，心却遨游在天上。在宇宙某个不能被世人感知的某处，有她。她游荡在那里，充当虚无的实体。她也跟亲戚、朋友来往，跟父母、兄妹和平共处，只是她几乎不跟他们中的任何一人面对面谈心。通常她就笑，笑着，坐在他们面前，很安静的样子，让他们误以为她很稳定、妥当。有的时候，她一个人开着车子出去，停在郊外某处路边，看着荒草、河流、尘烟，长时间地感受内心的空茫、稍纵即逝的思维失控。唯独夜晚时光里的痛苦是绝对性的，纠缠着她，夜复一夜。她还是那样，揣测白天出现的每一张笑脸背后可能隐藏的危情，风吹过草尖时微小的震颤所指涉的隐喻，这样的思索在一夜的末尾通常会演变成惊惧的高潮，这个时候，也是她自感最难熬过去的时间段落。反正就是这个样子，她挺神经质的，每天凌晨时分都很恐慌。恐慌之后接踵而至的是无穷尽的失落，进至绝望。渐渐就有一些凌晨里，她生出一种新的担心：我该不会，不会是要得精神病了吧？天才们最容易获得精神病的青睐，而她，悄悄揣想自己，常觉得自己身上是具有一些天才性的，她的那些冷门但被部分人称道的小说，就是证据。是啊，凡·高有间歇性精神分裂症，黑格尔有强迫综合征，拿破仑和孟德斯鸠都有癫痫，就拿写小说的世界奇才来说，精神有问题的，也不乏其人，同样是受癫痫困扰的陀思妥耶夫斯基、神经衰弱的安徒生、有歇斯底里症的巴尔扎克……安倪越想越觉得可怕，越觉得可怕就越失眠，越看不到光明。她想象自己患了精神病后的样子，那一定是非常耻辱的。真要沦落到那种地步，她行动不受思维控制，不知道自己在干什么，甚至连自己是谁都不知道，那太吓人了。想想街上那些衣不蔽体却一脸得意笑容的疯子，要是她成为他们中的一员，那岂不是奇耻大辱？

这么一想安倪就觉得自己前景凄凉。怎么办？要杜绝成为一个他人的笑柄而当事者本人却无法感知的疯子，最妥善的方法似乎只有一个，那就是在还有能力决定自己言行的时候死掉。死掉？天哪！她怎么真的想到了这个，像海明威那样用手枪抵住自己的太阳穴，砰的一声告别这个痛苦的世界，像芥川龙之介那样才三十五岁就干掉自己？喔！我的天！救救我吧！安倪小声在心里呼喊。有时候，她特别想把这些欲自杀却不敢的恐慌写出来，像她以前当作家时常干的那样，进行一番宣泄，而后换取到些许内心的平静，但她最终还是没有去写。写给谁看呢？这个社会并不欢迎、鼓励她这种文字，到处都是泛泛的、表浅的对平面生活的解说的故事，好像这就是人之为人的最大概貌，好像全天下的人都是一沾枕头呼呼大睡似的，事实呢，据她所知，许多作家都在失眠。去死吧！这些该写的不能写、不该写的却呈铺天盖地之势的所谓文学，她早就烦透这玩意儿了，还写它干吗？可问题在于，现在不是要她去充当一个文学的前锋、杀手，而是，仅仅只是，她需要解决自己的问题。她该怎么办？如何避免疯掉的结局，真的去自杀吗？天哪！不要，坚决不要，她不能，不要去做那桩事。

正如世人一度震惊过的那样，在二〇〇三年的那个愚人节，她一度喜爱过的年轻时有过天使面容的张国荣自杀了。也正是在那个夜晚，安倪更加明确地意识到，这个世上有很多危机不得已被人们自行遮蔽在心底，她有太多的同类，甚至于每个人都可能是她的同类，至少，每个人都有一部分是她的同类。可是这么想却并不能使她释然，倒使她更加绝望了。这就是人生呢，可憎、可恶的只能自行忍受的人生。就在张国荣自杀的第三天夜里，安倪尝试着把一瓣用来刮体毛的刀片搁到手腕上。她躺在床上，一只手捏着那薄而脆的刀片，手交错过去，让刀片抵在她细瘦的腕上。终究，她还是狠不下心来。她仓皇将刀片抛于床下，掩面而泣。刀片在灯下闪光，纹丝不动，安倪却听到了它发出的响声，吱吱嚓嚓的，令她耳鸣不止。第二天，她的母亲终于觉察到了她的异常，坐到房间里跟她倾心交谈。老人们往往都会把一切问题最终归结到一个通俗的事点上。

安倪的母亲说，你怎么还是不想嫁人呢？再不嫁，真出了什么事，我们该怎么跟自己这辈子交代，你怎么跟自己交代？安倪想了想，也许吧，也许真的是因为她该结婚的时候没有结婚，造成了这种局面。可是，又不是她不想，她是结不了啊，到了现在这个地步，她的心已经成了一窝蜂群，动不动就嗡嗡乱叫，狼奔豕突，使她无力去投身一场婚姻。不！不！再可是一下，她没试过，却又怎知是万万不行的呢？试试吧。就是这样，在这一年夏天快到来的时候，安倪见了一个各方面都叫人赞美的男人，用婚姻去自救了。却闹了一场大笑话。跟韩剧差不多呢，安倪，这个已经四十一岁的女人，在结婚的当日临阵脱逃了。逃得还挺远，一下子就去了深圳。不这样逃不行，浅浅的逃无法让她躲避那些即时的麻烦。亲戚、朋友，特别是家人，对她的临阵脱逃是无法理解的，需要她给予解释。解释，吓！她才不要去磨那种嘴皮子。那么就去深圳吧。在深圳，安倪却差点被吓死。那是个什么地方啊，男男女女都是架永动机，脚在动，心更在动，让安倪看不到真挚和久长，只能看到速朽、轻浮和强悍的虚伪，简直太不适合她了。安倪继续逃，一口气又去了北京。可是北京让她看到的是更庞大、浩瀚的躁动，叫她更加夜不能寐。她再逃，去了大西北、新疆，甚至海外。仍然是没有一个地方能叫她心安。真的是她不属于地球吗？不该站在这个尘世？那么她真该去尘世之外？不要啊，她还没想明白吗？那是死后的事，早晚属于她的，不用急着去，现在她的任务是面对尘世。安倪后来想，这尘世真要较真了去看，是没有一处好地方的，唯一能称为好地方的，只能是被概念化的所在，比方说家乡。家乡再惹人烦，也有很多历久弥新的回忆陪伴她，使她不至于那么寂寞，心里有根基感。而根，至少可以让人在恐慌的时候，不被风吹跑。就这样，安倪又回到了家乡。这已经是二〇〇五年的事了。她的父母敦厚、练达，倒是不跟她再提婚姻之事了，但要命的是，安倪突然在这次回到家乡不久后，就发现了她一再回避去想的另一种内心的现实，那就是，她需要性。仔细回想，她从很早开始就离开家乡，有性的原因呢。家乡太小了，男人的可选择面太窄，无法使她在突如其来的身体焦灼时分解决那种事。想来想去，她竟然在这一年又回到了上海。喔哟！上海，看来她早年选择来这里居住是种潜意识驱使的呢，她终究还是要回到这里。这里有什么好呀？她说不清楚的。反正，她用了几年的时间画了一个大圆圈，又回来了。可是，她在这里能干点什么呢？这得想想。

安倪这次索性在上海买下一套房子住了下来，并且又开始写作。真可笑，她竟然又开始写作了，可笑吧。她又回到了从前的时光：闭门不出地写些东西，有一个两个不见得算是朋友的朋友，慢慢又成为圈子里的话题。有一个情况早就发生了：银淑莲已经在圈里圈外都小有名气了。而意米，在发奋苦读两年却没能混出点名堂后撒手不干了，她家里也有钱，成天啥也不做，就是吃喝玩乐。也不知道怎么回事，安倪又和意米扎了堆。意米那时刚刚开始吸毒。她觉得这玩意儿不错，反正她家也不差那点钱，吸个毒也不见得会把家里吸空，就吸了。在绝交了多年后，两个女人倒还是那么互补：一个爱说，一个有能力充当废话收纳箱，于是颇有些紧密地交往着了。有一天，意米提议安倪也试试那个东西。这一提议就没完没了，见一次嬉皮笑脸地提一次。安倪倒是抗拒了挺长时间，却在一个夜里，主动把鼻孔凑向了那些白色的幽灵。

哑鼓再次见到安倪时，她已经有些形销骨立了，并且正在经受绝经带来的更大的恐慌。一点点的风吹草动都可以让安倪失魂落魄一整天呢，何况绝经。安倪真难过，整整一年，她一次又一次地感受着内心里对青年时代的怀念，进而勉为其难地眺望步步紧逼而来的暮年生活，心情沉重。一个人，就这样只能够往下坠落了，像抛物线，终究掠过了最高点，再也对抗不了地心引力。有一阵子，安倪在沉痛中天天忏悔。她想，若是回过来重新走一遍，她一定在迈出第一步的时候就懂得做个麻痹大意的女人，这样她指定幸福一生。多么的马后炮啊，时光要能倒着走，这世上还有苦痛吗？还是专心忏悔吧。这当然已经是二〇〇九年的春天了，也就是安倪刚刚吸过几次毒的时候。她吸毒，也和绝经附赠给她的更为致命的打击有关。每次吸过那玩意儿三四天后，正是她的忏悔情绪最深重的时候。在那种时候的某一次，安倪忽然让自己隆重地投入了回忆一大次。她回忆起男人们来了，那些风风火火地掠过她身边的男人。他们性格各异，都有弊端，也各有优点，如今再想起他们，安倪偏偏觉得他们都是可亲、可爱的，只是她自己是个怪而臭硬的女人，错失了他们。是她不好，她太可笑、可恨了，她想。这个春天她做了一件堪称可笑的事。她花了好几天翻箱倒柜地运用一切能够运用的方式去搜寻所有男人的联络方式，却发现他们都约好了似的钻到生活的更深处去了。找不到，根本就找不到。有一天，她甚至跑到从北边来的一条高速路的出口处，一站就是一整天。她暗暗期待有辆大货车突然停下来，一个脖子挺括的男人把头伸出来，对她说，嘿！俺是那木，你还记得俺吗？上车呗。走！快上来！跟俺走！无疑她落了

47

空。又有一天，她来到十年前租住的那个房子的门口，想等等看能不能遇到房东，以便把它重新租下来。她记得，她跟一个叫哑鼓的男孩有过一个约定。如果她这一整年都坐在这房子里等，哑鼓会不会过来呢？房子当然早就租给别人了，她不用问房东都知道。安倪自嘲地笑了两下，离开了。站在风起云涌的某个商场负一层的超市里，安倪又狠狠地嘲笑了自己一次：她竟然真的演起韩剧来了，以为一句几可称为戏言的约定能够落到实处。人啊，女人啊，真是奇怪，她这四十八年来的尖刻、敏锐，全白瞎了。

白瞎就白瞎了吧，既然人真要倒过来活，越活越幼稚，那也没办法。安倪认真地思索了一下，发现那个叫哑鼓的男孩还真的有点让她怀念，他能够从她记忆中的男人队列中脱颖而出呢。为什么？她想了又想，最终觉得，可能是，这是唯一的一个叫她想起来还能觉得自己有点美好的男性。她曾经很是费了些心血去步步为营地培养他呢。培养，真的是培养。别的男人，似乎都只是被她用来消费的，或者消遣。只有哑鼓身上，倒映过她去爱他人的能力。安倪又去了。这一回她真的去找了房东一次。挺让她意外的，那房东告诉她，有个看着二十七八岁的男人不久前来过一次，询问十年前租住在这里的一个女人。依照这男人提供的房号以及房东对安倪深刻的印象，安倪被断定为那个被找寻的女人。陡然听到这则消息，安倪心惊肉跳。喔哟！竟然真的可以韩剧的，真的吗？等等，她得冷静一下。她把心情平复了一下子，用力想了想这件事。末了她问房东能不能租给她一套与那套房子邻近的房子。挺好，就在同一个单元，有套房子租期刚到，正好可以给安倪。安倪租下那房子，隔三岔五过来坐一会儿，过后在电梯口一站就是好几分钟。如果哑鼓真的有心赴这十年之约，早晚会来。她如是揣想。就这样安倪见到了哑鼓，喔！她重又见到哑鼓啦。某一天，她看到一个仪表不凡的男人推开玻璃门，走向电梯口。十年后的哑鼓，一眼就认出了安倪。

哑鼓长开了：高了几公分，脸架子有棱有角了，身板厚实、稳健。他仍然爱笑，唇红齿白——伟大的、茁壮的、动人的那种纯美，依然在他的笑容里屹立不倒。安倪高兴坏了，是真的高兴。她好久没有这么开心过了，就为哑鼓笑容中那份持续到今天的纯美。她不要他沧桑，沧桑不好。她高兴看到他还保有一份纯美。他肯定不再幼稚、褊狭了，这从他有板有眼的一举一动中完全可以看出来。成熟着，还纯美着，这种人生最好，是她一辈子求都没能求来的人生。

他们实打实地拥抱了一次，但没有接吻。看得出来，他们对彼此都不再有那种男女间的小感觉。像亲人相见呢。春天耀眼地停止在这个时刻，他们齐齐地向外面看。那里有树，有花，有光芒，令他们欢喜。有一个两个时刻，安倪眯起眼睛打量哑鼓，心里有种饱胀感。她仔细推敲哑鼓给予她的感觉，就觉得，那是一种儿子带给母亲的感觉，好，好得很啊！

我找过你几次，特别头两年，我总来这里找你。哑鼓说。

安倪"哦"了一声，沉默了下来。歉意真实地从脸上淌出来，她也不想掩饰。

后来我去北京了，硕博连读。去年我刚拿到博士学位。现在我在上海工作。你呢？都好吧？

安倪听得惊住了。多么神奇啊！一切与她对他的勾画吻合得如此紧凑。她是来为她的造人计划验收的吗？她的人生终于满分了一小次了吗？喔！不要太把自己当回事呢，也就是巧合吧。如果没有她当年的刻意，兴许哑鼓还是会变得像今天一样棒的，他本来就有上佳的天资。安倪说，我挺好啊，你女朋友呢？

只是下意识这么问而已。在她对他有过的构想中，这个时候，他应该有女朋友的，或者妻子。

她在外面车上等你。你等一下，我叫她过来。我们上个月刚结婚。

哦！是吗？不……不方便的吧？

安倪想摆出一副笃定的样子，就像从前她凌驾于他的那种样子。她想诱使他们的心理关系回到从前的格局：她在上，他在下。但是哑鼓显然今非昔比了。她也今非昔比。她现在多老啊，甚至，丑。眼前的她是劣势的，从心理到生理，她感觉是这样。但她发现自己甘于这种新型的落差。

就等三分钟，我很快的，等着我。

哑鼓风驰电掣般推门而出。少顷，一个二十三四岁的女孩跟在他后面走过来。女孩主动向安倪打招呼，好像早就认识安倪一样。这么说她早就知道安倪了？哑鼓把他们的事告诉她过？

三个人进电梯，去安倪的房子。他们说了很多话。后来安倪的毒瘾犯了，哈欠连天。哑鼓狐疑地看了她两眼，误以为她疲惫，他带着妻子告退。临走哑鼓对安倪说，他会常来看她的。他这么说的时候妻子竟然赞同地笑看着他，令安倪觉得有点不可思议，却又欣慰。

下次你们到我家去看我吧，我做饭给你们吃。安倪卑怯地笑了笑，说，我平时一般不住在这里的。

哑鼓发现安倪吸毒，是稍后发生的事。一如他那天告诉她的那样，三天后，他循着她给他的地址，去了她家里。安倪刚吸了一次，残局没收拾彻底。哑鼓是医生，又显然变成了一个火眼金睛的人，甚或说，他对安倪的悲剧人生早就有所洞察，因此他稍做观察后就从她家里搜出了安倪吸毒的证据。然后是，他跟她的一次长谈。而一个曾经隐伏在他与安倪之间的险情，就是在这次长谈中，由哑鼓说出的。

知道吗？你差点死在我手里……我曾经想过，用手术刀把你切开。呵！活体解剖。

安倪脑子有点跟不上来。她浑浑噩噩地抬起脸来，凝视哑鼓。他表情凝重，不像开玩笑。有股冷气从安倪脚底钻了上来，停在了后背上。

那个时候，我觉得女人都太烦了。我鄙视女人。记得我的包吗？每次我去见你，都背着它。那里面有把手术刀。我跟你说，其实，我第一次见你前，就盘算过，用刀对你——对！就这样！咔！然而，怎么说呢，也许吧，也许我还是很喜欢你的，一下子又不舍得了。第二次，我还是没舍得。我发现自己被你迷住了。我做不到。如果我对你做了那件事，我不知道我的周末该怎么过。你知道吗？我从第二次见你起，就迷上了这种生活：周末坐长途车去你那里，和你两个人待在屋子里头，然后回来上学。但是，用刀切割一个活人的念头，总来骚扰我……在学校里，我只试过切尸体。活体的，只切过兔子、老鼠。

安倪大骇，不敢听下去。一些陈年旧事一窝蜂涌到脑子里，又仓皇退去，之后她脑中一片空茫、森冷。她"哦"了一声，把头蒙

51

在了自己的胳膊里。她想象一把随时可能戳向自己的手术刀，躲在一只包里，等待着为它的主人效命。那只包始终就在离她不过几米的茶几上、地板上。她却从未意识到自己的生命随时可能被终结。吓！人生的危机，就是这么细节化，如此具体而微，咫尺天涯。她又想起，那些时候，她偶或会在梦中看到一把寒气逼人的手术刀。看来，人在无意识的状态下，感受更敏锐和精确一些。

不敢听了吗？听吧，现在，早就没事了，别怕。哑鼓安慰她，用一个儿子对病榻上的母亲说话的那种语气。

安倪说，哦！

但是后来，我是说，慢慢地，那个念头不见了。你知道为什么吗？

为什么？安倪悲伤地望了他一眼。

因为，因为你让我感到了一种真正的爱。

哦？

真正的爱就是你曾经给予过我的那样。哑鼓把安倪的两只手一并握住，搓在他手心里。他说，你告知我一切，什么是真实的，什么又是虚伪的。你把世界清清楚楚地扔到我面前，切开、解开，给我看到。非但如此，你还直截了当地告诉我，它们当中，什么是对的，什么又是错的，什么是应该的，什么是不应该的，你不会在意我会不会被吓倒……那个时候我恰好盼望能快点看清楚这个世界。没人能帮我，我身边的人看着都很可疑，于是我恨。你及时地出现在我的生活里，让我做一个速成班的学生……我有了另一种激情，去置换那种没头没脑的恨，有了新的方向。你真好！不像有的女人……嘿！我告诉你，其实，在你之前，我见过两个女网友的，都是熟女哦，一夜情……你跟她们完全不一样。我看得出来，后来，你不再喜欢跟我做那种事了，但你还是容忍我一次又一次地去见你。你有责任感……我后来真的爱上了你。我那时觉得，你值得我爱。

　　这世上最艰涩的错位不过如此，安倪想，错位啊。可是，她与哑鼓，就这样阴差阳错地合拍了。她发现自己被哑鼓的回顾、被自己过往并不见得存在的某种爱感动了。她热泪盈眶。

　　后来，我观察你。我越来越喜欢观察你，感受你的一举一动，每一个表情背后可能藏着的隐情。我发觉你并不像你所表现给我的那么坚强。你很脆弱。而且，我觉得，你很孤独，很痛苦，你什么都不跟别人说，什么都埋在心里。我一直想帮你，但是，不知道怎么帮，我太小。我因此痛苦。对你的爱，越来越复杂。到后来，天天为你担心。好几次，我梦见你触电死了，我就在梦里哭喊，叫你的名字。然后你自己也清楚，有一天，你从我生活里消失了。我不能找到你，但我记着你跟我的约定，就只好按你希望的那样，去做一个强大的人。我做到了。现在我可以帮你了，我要回馈你，你愿意吗？

　　安倪从哑鼓的面前站起来，走到屋子里头一面镜子前，打量自己。镜子里是一个干瘪、恍惚、骨瘦如柴的女人。她用袖子把镜面擦干净了，残忍地观摩自己的痛哭。哑鼓也站起来，站在她身后，平静地审视镜子里的这个年老色衰的女人。安倪想，真好！她眼前站着一个她敢于袒露一切的人，无论美或丑。这个人像她失散多年的儿子，接纳她的一切。

　　哭吧！哑鼓说，然后，然后我带你去戒毒所。你做得到吗？戒掉这种东西。

53

安倪点点头，像一个孩子向父亲做承诺那样，很郑重地点头。她想，最妥当的爱便是如此，谁也不是谁的母亲，谁也不是谁的父亲，谁也不是谁的儿子，谁也不是谁的女儿，谁也不是谁的情人，大千世界，人人平等而一致。一致，一致啊。最前方的敌人不是别人，不是万物，正是自己的心灵，人人都该对它同仇敌忾。

安倪在戒毒所里待了五个月。正如世人所熟知的那样，她面对着一场艰巨的战役，抵抗自我的战役。哑鼓上一天班休息一天，逢到休息，没别的事他就开车来看安倪。有时候，他会带上妻子。安倪经常想放弃戒毒，她比别人难度要大，毒品对她这样的人控制力更大。哑鼓和妻子一起想办法帮她渡过这个难关。那女孩，哑鼓的妻子，从未表现出对安倪的排斥，她自始至终都是哑鼓坚实的同盟。某些时刻，安倪偷偷打量她，觉得神奇。她不能设想哑鼓用何种方式使妻子如此平和、热情地面对另一个女人。后来她只好暗地里给自己戴高帽：也许她从前那个乖张的制造计划真的结出了硕果——哑鼓，变成了一个能征服一切的人。他征服了妻子，使她对他唯命是从。不，不见得是这样的，也许恰好是这女孩天性至善至美，而哑鼓，就像安倪从前对他那样，要找就找一个这样的女孩，去填塞他未来还很漫长的人生。

现在的哑鼓，是一个顶天立地的男子汉。他思维清晰，动作麻利，更重要的是，他身上有种笃定的气质，自信却轻易不将这种自信外露。有一次，安倪看到他与那位护理她的年轻护士交涉某件她不知道的事，那个年轻的姑娘情绪激愤，手舞足蹈，而哑鼓却始终保持平和的微笑，直到那姑娘自行偃旗息鼓，末了还冲哑鼓吐舌头，耍起调皮来。又有一次，安倪看到哑鼓在走廊里跟妻子小声讨论着什么，似乎遇到了某个死结，妻子眉头深锁，两人很有一段时间只是对视着，都不执一词。后来哑鼓将妻子拢到怀里，温柔、耐心地抚摸她的头发，直到她自行从他怀里抽身出来，向他笑，耸肩膀。安倪在这些偷窥中想象如今具有巨大说服能力的哑鼓，有种看到万花齐开的幸福感。她似乎感觉到，某些她身上未及树立的某种人性的稳妥性，在哑鼓身上获得了延伸。就像一个人身上被切割掉的那部分，却在另一个人身上再生了。那种感觉非常美妙，让安倪有种腾云驾雾的感觉。安倪想象有一天她死去了，在天上百无聊赖地俯瞰人世，却还能够在活着的哑鼓身上发现自己并没有死得那么干净。那也是种重生和轮回吧。这样的想象让安倪能够在倏忽间安静下来。

安倪脸上有了些光泽和红润，重了十来斤，一些早年间的风采在她身上恢复了。她很高兴地感觉着对毒品的依赖性正一点一点被剔除。她深信戒除毒瘾很快就能实现，毕竟，她吸的时间不算长。却还是有些惶恐，在她心里蛰伏着，某些夜里，跳出来吞噬她。安倪想，如今这样的局面，会不会是昙花一现呢？万一哑鼓不再出现在她眼前，万一，她那些年深月久的病，再轰轰烈烈地把她席卷一大次，她会不会再去吸毒？就是真的彻底与毒品绝缘了，会否有一种新型的顽劣行为，来戕害她？生活中的万一的确太多了，从来就没有一劳永逸。

哑鼓对她的洞察是及时而准确的。她这么想，他就知道了，仿佛他是她内心的一部分。离开戒毒所之后的某一天，他请安倪坐到了草地上，又与她进行了一次倾谈。秋天快结束了，树叶在发黄，微风穿行在广阔的大地上。哑鼓的妻子好心地避开他们，去了远处，给他们创造私密空间。

我的博士论文研讨的方向，就是人的心理病的隐在性和顽固性。哑鼓说，我知道你的病不是说好就能好的。我也一直在思考你的症结在哪里。你不要担心，我说过，我会帮你，会帮到底。他突然压低了嗓门。你在我还小的时候，给予过我最需要的东西。那么，我现在也得找到对你来说最恰当的方式，来帮助你。

安倪笑了。其实她已经觉得他给予她的足够多了，再多，她都会不好意思笑纳。这感觉真好，她不想那么郑重其事，就开他的玩笑。你把心理病说得那么广泛，那么，你自己有吗？她又挥手到处乱指。你说，这些人有吗？这个，那个，也有吗？草地上到处都是人，每个人都因了温暖的阳光，脸上布满幸福的表情。

哑鼓没有心思配合她的玩笑。他忽地把声音压得更低，对她说，我想好了……我打算，打算给你一个孩子。

安倪惊得不行，疑是听错。他要给她一个孩子？他想跟她生个孩子吗？她紧张而羞愧地抬起头，遥望远处。哑鼓美丽的妻子正好也在向她看。哑鼓怎么会这样想？他怎么可以这样？更何况，她一个绝了经的女人，还能生一个孩子吗？时至今日，她倒是常常想去生一个孩子了，可是，那似乎已经变成了天方夜谭。

哑鼓笑了笑。是这样的，我和她商量好了。我们打算，给你生个孩子。

安倪心里一块石头落地，随之而来的是疑惑不解，亦有感动。她低下头说，哦。

或许你自己没有意识到，你是那么喜欢孩子。准确说，我觉得，你会特别迷恋亲眼看到一个孩子慢慢长大的感觉。你知道吗？你身上有种被你自己忽略的母性。这么些年来，你都疏忽大意了。你喜欢创造感。从前，你都把这种天分放逐到写作中去了。你忽略掉的是，如果你把它放在一个孩子身上，它更能使你感到幸福……

安倪不知道该说什么好。首先，她觉得作为医生的哑鼓真的成了她内心的一部分。此外，她有点消受不起。她想起某一天看到哑鼓与妻子在戒毒所的走廊里讨论什么的情形，难道他们讨论的正是这事吗？不得而知。她觉得，哑鼓对她，太过用心良苦。

她已经怀上了，两个月了。哑鼓脸上有笑意绽开。就这样说定了吧，怎么样？你觉得怎么样？行了，我做主，就这样定了。他又探过身来，像她的同龄人或同性那样拍拍她的肩。你也别想那么复杂，我们都是独生子，还可以再生一个。当然啦，这个孩子，只是让你养，也是我们的孩子哦。以后，我们会经常去看他，顺便检查你带得好不好。嘿！其实你这样想嘛：也是在帮我们啊，我们都忙，没时间带孩子，你等于成了我们的免费保姆。

安倪都有点走神了。她竟然真的展开起想象来，眺望起一个粉色的婴儿来到她的生活里，占有她所有原本被用于胡思乱想的时间。她给他把尿、喂食，用沐浴露小心清洗身体，给他念喜羊羊与灰太狼的故事，用推车推着他去看日升日落，夜里将他紧紧搂在怀里，感受他像麦苗抽穗那样快速长高、长重，这样的情景何止是充实，简直就是幸福的化身了。安倪竟然轻笑了两声，自己浑然不觉。

过后一天早上，安倪打开网络，突然看到她一度非常喜爱的女歌星陈琳自杀的消息。关于自杀的诱因，网络上充满了各种猜测，但没有一个可以真正自圆其说。安倪一个人坐在沙发上，颤抖了好一会儿，而后对哑鼓及他的妻子充满了感激和敬意。后来她把手提电脑拿到床上，搜来陈琳的所有歌曲，不停地播放，一边为她一度喜爱的歌星惋惜，一边顾影自怜。快傍晚的时候，她给哑鼓打去电话，怯怯地说，谢谢你了。真的，我特别感谢你。

哑鼓说，那好，就这么定了。

冬天过去后，安倪去哑鼓家做了一次客。哑鼓的妻子肚子挺得老高，一看就是快临产了。安倪跟她紧紧地坐在一起，仿佛是想把自己的体温传到她身上去，与那个即将出世的孩子进行一次实质性的对接。有几次，她把手探到哑鼓妻子的衣服里，小心翼翼地抚摸，克制心里涌动的暖意，故作平静。天色将晚未晚时分，哑鼓带着她和妻子走进他的书房兼小型实验室。在那里，他激情洋溢地向她们解说他的工作。有一阵子，他将两个女人推到显微镜旁边，请她们观察素常无法感知的微观世界。

培养皿里躺着的，是一小块人体皮肤的切片。安倪清晰地看到了，组成它的那些组织，甚至细胞，像千军万马，它们在蠕动、复制、生长。哦！这就是——再生吧。

（原载《花城》2010 年第 5 期）

一家之主

一

宏玉是这样一个女孩，聪明、机警、较真，长相是那种低调的好看。她说话速度极快，且从不关注别人插话与否，所以，谁要是想在她的话里加塞儿，那只能是自找难堪、自讨没趣。

这一家在最平顺的那几年里，共有五口人：寡言的父亲、慢性子的母亲、一对双胞胎男孩——宏玉是他们的姐姐。这种格局在宏玉十三岁那年夏天瓦解。充当父亲的那个男人，一个起早贪黑的铆焊厂技工，被一条甩尾的货轮扫进了江里，没机会留一句离世感言就化为尘屑了。但是三年之后，一个表情僵硬的邮电局职工拾起了父亲的权杖。一切的不协调都始于这次重组。至少，宏玉在不断地用自己的言行表明：这位陈姓电话安装师，是这个家庭肌体内的骨刺，使它时常发炎，偶尔化脓。

宏玉第一次跟安装师交锋，是在安装师正式成为她继父三个月后。事情因双胞胎的胃而起，也可以说，是因了双胞胎的贪吃。这天傍晚，八岁的双胞胎一前一后从外面回来，一头扎进里屋抢起了床位。两个人睡着一张高低床，谁高谁低轮换，一人一天。这天本应早出生二十分钟的哥哥睡下铺，但弟弟非跟他抢。我肚子痛，爬不上去。当弟弟的说。我就不痛吗？你看你看！我不但痛，还痒。哥哥边说边把脖子亮给弟弟看。那上面刚刚冒出大小不等的几块红疹。他还举起嵌了污垢的长指甲挠了起来，三两下就把红疹挠成了零乱的血印。弟弟比哥哥鬼心思多，省略了争辩的程序，出其不意把自己塞进了下铺，然后他得意地在正中躺好，又故意气哥哥一样，装模作样地打起鼾来。哥哥也不是省油的灯，扑上去又是拉又是拽。就这样两个小人儿扯打起来，还不忘你一言、我一语地互相咒骂。狭小的房间立即被他们尖厉的吵闹声充斥了。

那时候，母亲正在外屋靠里的木沙发上剪脚指甲，他们的继父呢，也只是比他们晚回来几分钟。他刚刚把工具塞进门口的杂物柜里，正准备把手上一兜熟食交给老婆。那里面有半只烧鹅、一盒炒河粉、几个盐焗鸭掌、半斤糖炒栗子。母亲起先和继父一样，没有搭理他们，这时她终于听不下去了，光着脚向里屋跑去。可她从来都是个缺乏主见的女人，进倒是进去了，却只能由着两个孩子撕扭成一团，她自己则是心里顾虑着先上去拉谁，无助地站在一边。最终，她只能向外屋的男人求助。她的声音黏黏的，气息衰微，跟得了肺气肿一样。事实上，这个常年眼泡浮肿、被邻居唤作芳嫂的矮胖女人身体一直不好，阴虚、胃寒，晚上还盗汗，时不常来一场大病。不过，即便这样，她仍然是个略有姿色的女人。你进来一下不行吗？芳嫂跑出来，急唤，看他们都打成什么样子了。

安装师顺手拈起一块烧鹅塞进嘴里，腮帮子一收一缩地进来了。

他是个黏糊人，进是进来了，却是一副不打算及时拉架的样子。当然，他到底还是出手了。他敦实，骨骼粗硬，又是常年干半体力技术活儿的人，不但力气大，动作还敏捷。只见他吐掉嚼碎的鹅骨，干脆、利落地双手齐往前一插，就将两个崽子一左一右架到了粗硬的臂膀下。他挟着挣扎的他们迈着八字步走向外屋，随后将他们按坐到餐桌边的椅子上。

来，你们不是喜欢吃烧鹅吗？看，这是什么？

双胞胎齐声道：我不吃，我肚子痛。

两个大人报以诧异。这时哥哥尖叫起来：他打我，看！我脖子都破了。

弟弟当然不甘示弱：明明是他自己挠破的。

你撒谎！

他们正准备新一轮的争执呢，就见安装师发现了什么似的，将头够向前，如炬目光盯牢双胞胎之一的嘴角，鼻孔里发出声音深嗅了两下，然后他的一字眉皱成了八字。他伸出一只手指，用指肚蹭了蹭那只嘴角。那上面是几缕黏稠的污迹，像刚被风干的树脂。安装师又把那手指戳到自己鼻孔下方，由浅入深地长嗅了一下，接着，八字眉变成了一个 V 字。

说说看，买菠萝蜜的钱哪儿来的？

兄弟俩心有灵犀地同时怔住，又同时从椅子上蹿下来，步调一致地要向里屋跑。安装师伸出手将他们劫到原处。

说！哪来的钱？

你们吃菠萝蜜了呀？不是叫你们别吃的吗？这东西吃进去粘胃哟，难怪肚子痛，难怪呢。

芳嫂忧心忡忡地去抱他们。

你先闭嘴！安装师挥手示意她站一边去。她只好站开去了。

说！谁从我口袋里偷的钱？

别说偷，别说那么难听嘛！

安装师又用手势制止了芳嫂。

没经过别人的允许拿别人口袋里的钱，就是偷！懂吗？实话告诉你们，我最近总发现口袋里的钱变少，我琢磨好几天了。

他左边裤兜里常年揣着些散钱，少则几块，多的时候超过一百。他从新婚之日起就把大钱交给芳嫂管着，自己留着些零头。这个习惯可以表明：他是打算跟芳嫂、跟这个家永远集结下去的。那年头电话安装师傅颇受人尊敬，就像一直以来医院里拿手术刀的那些人。邮电局开的工资本来就不低，他安一个电话可能还能得个红包，所以，他用这种习惯跟这个家庭发生交集，对这个原本拮据的家庭来说，是极大的幸事。他在上一次婚姻里有过一个孩子，再不打算增添一个骨肉了。他一开始就跟芳嫂强调过，他会把这些孩子当成亲生的来养。

双胞胎自知理亏，不敢应答。

是你吗？还是你？

被审人继续装哑巴。

他们的沉默使安装师恼怒。停了半晌，他换了审问方式。他看看哥哥，看看弟弟。有人检举吗？举报有奖。五十块！一百？

俩小子竟然这时候互相袒护起来，誓不举报对方。但很显然，如果安装师口袋里的钱开溜过好多次，作案的不可能是同一个人，两个臭小子都有份。

没人说话？

安装师耐不住性子了，他举起巴掌，要去抽他们，却又意识到什么，把巴掌收回了。

今天晚上，谁也别想吃饭。睡觉的话，我看，也免了！

他正这么宣布着，不意一扭头，发现宏玉站在门口。她在郊区一个铰链厂上班，每天下班都挺晚。现在，她下班回来了。也许她站在那儿有一会儿了。事实正是如此，因为接下来宏玉的反应说明了她已经弄清事情的来龙去脉。

我弟弟都在长身体，不吃不睡合适吗？

她语速极快，清癯、端秀的脸庞上挂嵌着一丝冷笑，她快步往里走，看也不看安装师一眼，也不看她母亲。她笃定地走到里侧，把手里的东西往沙发上扔。她额上湿淋淋的。南方，夏天太热。

可以这么说，这是宏玉首次对安装师出言不逊。这三个月来，她总以一种愈来愈客套的态度对待安装师，明眼人都能看出，她对他心里愈益存了警惕，虽则如此，真正不拿好话对他的，这还是第一回。

安装师和芳嫂都一愣。

其实安装师对宏玉一直很小心的。他心里预见过继父与青春期继女之间相处的不易，对正面冲突早存了防范意识。可即便预见过此情此景，他还是感到突兀、奇怪。这一愣就愣了下去。他看看芳嫂，不知要不要将刚刚进行到一半的教训进行下去。宏玉已经走过来了。她从兜里掏着钱，数着。

够了，十块钱买一只菠萝蜜，应该够了。她走上前来分别摸摸两个弟弟的脸颊和后脑勺，放慢了天生的机关枪似的语速。你们先坐着等一会儿，我去给你们买个大的回来，让你们吃个够。

她什么意思？安装师和芳嫂面面相觑。双胞胎没心没肺地笑了，得意地向安装师撇嘴。小的那个还向安装师龇牙。正在掉牙的他都不怎么有牙，只有几颗牙芽。没等安装师反应过来，宏玉已经出门了。

二十分钟后宏玉回来了，拎着一兜剥好的菠萝蜜果肉。接下来的几十分钟是在宏玉展示厨艺的快活歌声中，在安装师和芳嫂的沉默中，在双胞胎的上蹿下跳中度过的——仿佛他们先前的肚子疼是装出来的，也许他们只是肚子稍微有点胀而已。再接下来，他们的餐桌上出现了两大盘灿黄的菠萝蜜炒牛肉。宏玉把双胞胎拉到桌边，命令他们一人报销一盘。她笑吟吟对他们说，炒熟了吃，就不会吃坏胃。其实双胞胎在这个晚上因了肚子不适是没有食欲的，但他们吃得很欢，嘴呷得唧唧响。内心的胜利感可以令他们忘记吃饭的目的。

当然，安装师也不甘示弱。可问题是，他不便像对待双胞胎一样对付宏玉，就只好拿老婆撒气。夜里，他把芳嫂干了三回，每回都倾尽全力。动作笨拙的芳嫂跟不上他的节奏，连连喊叫，亦欢亦惊。因为里外两间屋子加起来也就三十来平，一个屋子里发出的声音传到另一个屋子也有回声。和双胞胎共同住在里屋的宏玉没办法不听。宏玉从此人前人后没说过安装师一句好话。

他不是个东西！

背着安装师，她不止一次地对芳嫂这样说。她还总跟左右的邻居说。

那时候，他们仍住在铆焊厂一幢前后透窗的宿舍楼里。很旧的

64

楼。尽管破旧成那样儿了，但他们暂时还是必须珍惜。铆焊厂管房子的部门三天两头杀过来动员他们搬离，理由是他们已经与厂子没有关系。芳嫂虽然软弱惯了，但在这件事情上，她誓不妥协。真逼他们搬，她就上吊，就吊死在铆焊厂瘦窄的正门口。最后，管房子的人息事宁人起见，再不敢过来赶人了。当然，安装师会经常安慰芳嫂：要不了几年，他就会带他们住进一幢自己买的房子。他一直在为此努力。他是从上一次婚姻里净身退出的，要不是这样，他早就帮他们摆脱这幢混账宿舍楼了。

宏玉第一次对安装师公开示恶之后，至少有一年，这个家表面上看还是风平浪静的。经历了那一次，安装师对宏玉格外照顾。逢到发饷或收获一只红包的那天，他都会给家人分别买个小礼物带回家，往往，他给宏玉的礼物更显用心。一瓶最近广告频度最高的洗发水、一只镂有兽形图案的娟秀发卡、一本美容方面的书、几串冒着热气的鱼蛋或牛肉丸。而这些，通常都是那阵子或之前一天宏玉有意或无意间提到的，安装师记在了心里。宏玉在这种事上是懂得配合的，安装师的礼物出场那一刻，她总会及时、简短地致谢。虽然谢词颇显刻意，但多少表明宏玉认同了安装师的即时表现。有时候，继父和继女，两个说相干又不相干的人，竟然会在饭桌上惜字如金地互相吹捧几句，让人觉得别扭、怪异。但是，芳嫂心里很清楚，真实情况是：宏玉对安装师的成见是越来越深了。

安装师不在场的情况下，宏玉经常会向芳嫂指摘他，数落他的不是。当然，她说得都有理有据。

安装师身上的毛病是显而易见的。他虽不喝酒但抽烟；虽对吃饭不算讲究但爱无事请客下馆子，在馆子里跟工友胡吹海侃些国计民生大事，动不动就和对方争得脸红脖子粗，引得街坊邻居站过来看笑话；他还不爱洗澡，最重要的是，他有狐臭。这是座亚热带小城，就算冬天偶尔也会冒出似火骄阳，逼迫人的汗腺苏醒、发飙。你有狐臭没办法，但没养成除臭习惯就是极大的不是了。他们的房子那么小，一人臭，臭及全家。所以，安装师身上看似可以理解的毛病对应他们家的实际状况，是不能被轻易容忍的。

我受不了他这些。

宏玉跟母亲咬耳朵。

芳嫂笑笑，不搭话。她并不希望这样的讨论进行下去。

你就受得了吗？

宏玉还是想探究下去。

芳嫂把头低下了。她还真没觉得受不了。

过了一会儿，宏玉又走来。你喜欢他吗？你，对他，有感情吗？

这样的提问就有点越界了。芳嫂想开口呵斥，但想想还是忍住了。她比谁都了解这个孩子，也了解自己。她知道宏玉天生一张悍嘴，她说不过她，所以不该和她争辩。可是没有用，宏玉的思路跟什么事较上劲了，一定要把这事儿说透。

你为什么要跟他结婚呢？

见芳嫂不及时应答，她更来劲儿了。就像有人有切割的习惯，刀子下去了，就一定要抵达骨髓。

没他，其实我们以前也过得好好的，你不觉得吗？

芳嫂已经开始羞恼了。她真是搞不懂这孩子。她这二婚，也不是贸然结的。要说起来，没宏玉的鼓动，她还真不见得会再婚。当初，宏玉总说她自己一个人打工挣钱养家太累，最好有人来分担她的重担，于是，芳嫂就勉为其难去相人了，相了几次觉得安装师还算合适，就这么定下了。要说安装师还是宏玉引荐的呢，是她厂子里一个小姐妹亲戚的亲戚。相亲那天，芳嫂和安装师，还有媒人，坐在一个排档上，宏玉就偷偷坐在旁边一个桌子上观察着。当晚，安装师获得了宏玉的首肯。她们还通过一切能用的渠道调查安装师，广泛采纳亲戚、邻里、朋友的意见，才最终确定让这个家庭引进了这位新人。怎么现在听宏玉这口气，倒像是她这做母亲的擅作主张，不顾及家人感受，引狼入室的呢？

芳嫂真的要发作了。但她实在不想跟宏玉继续这个话题，最终她还是选择沉默。她站起来，走一边儿去了。

宏玉跟上去，撇嘴，似笑非笑。

我觉得你肯定是最不能容忍他的。只是你是要为这个家着想，为宏林、宏新着想。你觉得，他可以使我们不再过辛苦日子。

芳嫂真想告诉宏玉，她还真不觉得安装师不可容忍。虽然，她跟他，谈不上什么激烈的爱情，但他还是令她宽慰、令她安心的，甚至，还有快乐。安装师床上的活儿真好，比她前夫好多了。虽说他有时会弄疼她，但不疼的时候还是居多。再说了，这种事，都是兴之所至的，事先又不会排练，怎么可能没有瑕疵？

这样的事，怎么跟宏玉说得出口，她十八岁都没到。更何况，最最关键的一点是，芳嫂对宏玉有愧疚。她初寡之时，抑郁成病，卧床不起，不多的积蓄全兑换成了医药收据，这个家一时连吃饱穿暖都成了问题，是宏玉及时挑起了这个家的重担。宏玉主动辍学，小小年纪出去打工挣钱，保证了这个家的平顺。危难时挺身而出的，是最大功臣。有一个深夜，芳嫂突然昏厥，是宏玉连拉带拽把她弄到了医院急救中心。人家嫌她们没带钱，不给输液，是宏玉连奔带跑去敲小姐妹的门。那次，宏玉的脚还给路上一只别人遗落的鞋掌戳了个洞。她一脚的血，取回了钱。芳嫂不能不记得这些，她不能不记住宏玉的这些好。所以，无论如何，她都得原谅宏玉的出语乖张。她得永远耐着性子好生跟宏玉说话，这是她对自己的要求。

你想过吗？是你，主要是你，要跟他过一辈子。我倒无所谓，反正早晚会嫁出去。宏林、宏新也不要紧，他们学习好，很快就可以自己料理自己的生活。你呢？我真担心你，他总对你吼，他并不尊重你。

芳嫂避而不答老长时间，终于，她缓慢的思路里出现了遏制这种辩论的技巧。她调侃起来：

我有什么好担心的呀。我有那么能干的女儿，有两个一定会有出息的儿子。有你们在，我什么都不用怕，对吧？

随你吧！

宏玉也鸣金收兵了。

这样的私下讨论常有，隔三岔五就来一场，当然都是宏玉挑起的。又当然，都是在安装师不在场的情况下。有时候，宏玉还跟对世事尚一窍不通的双胞胎扯这种话题。双胞胎反正还狗屁不通，就喜欢顺着姐姐的话瞎起哄。宏玉说啥，他们就跟进啥，像炮弹后面的尾火。这就使这样的讨论变得过瘾。宏玉最终经常被两个弟弟逗得哈哈大笑。

龟孙！他就是个龟孙！

小的那个，宏新，扯着嗓子骂，把自己骂笑。

我要把他口袋里的钱掏干净。凭什么他口袋里天天有钱，我就没有。

他无忌地童言着。

却有一些时候，宏玉在弟弟们跟风而上的贬斥声中突然就沉默了，像一只飞驰的鸟突然停在了树尖子上那种感觉。她眯起眼睛，望着斑驳的墙壁或屋外，望着不知什么地方，倏忽间就一脸落寞的表情。她那样子，让人狐疑。仿佛她的心是一个极深的湖，虽时常激滟四起，引人驻足，但在它的深处，一定有更奔涌的险流，但那些，别人永远无法悉知。也许，就算宏玉自己，也未必对其了如指掌。

二

宏玉同安装师最不留余地的一场激战，发生在她二十四岁那年。这期间的那些年里，他们也没消停过，大的争端倒没有过，小的争执，两只手扒拉着数一圈还是不够数。值得一说的那次，是针对房产证署名的。

有一阵子，这个家蓄到一笔钱。自然是两个来源，安装师和宏玉。安装师多些，宏玉也不少。拿比例说的话，安装师有六成贡献，宏玉四成。他们用这笔钱买了套房子。一百一十平，有三室两厅呢，不算小，够这一家人住了。在体验离开讨厌的职工宿舍楼、搬入新居的愉悦之前，一个绕不开的问题跳到了面前。房产证上只能写一个户主，写谁？

按常理，直接填上安装师的名字，很合乎常理。宏玉不干。她倒并无私心，并不是说她在为自己争名夺利，她要署的是芳嫂。至于道理，她这张嘴当然说得清：

谁也不能保证你们两个人就一定能过到老，你们要真最后散了，如果房产证上署的是你的名字，你还攥紧房子不撒手，到时候法律就只好偏向于你了。那我妈怎么办？她一个女人，年老色衰，住哪儿去？

安装师心里面其实并未太过计较署名权的问题，署谁都可以。他生气的是，宏玉竟然先于他提出这个问题，并且立场坚定得如此不留余地，这就有了点你不干也得干的意思。

他争了两句，无非是我出的钱最多、我确实是一家之主之类的话。

宏玉就冷笑了。她对芳嫂说：看吧，他就是安了二心的。

安装师愤而争辩了：你从哪儿看出我有二心了？署我的名就是我有二心？扯淡！

你要真没二心，就证明给我们看。

行！我不署还不行吗？

你不要觉得你不署名，是你风格高，我们就要欠你的情。我妈跟了你这么好几年，你让她署个名给她个安心，这不是你该做的吗？房子，是她该得的。这跟你的风格没关系。你不署，天经地义。

那我还就要署了。安装师归根到底是有脾气的，容不得继女把道理倒腾成这样。他气不打一处来，喝道：我就署我！把你那部分钱拿出来，换贷款。房子就不全额付了。你孝心要真的足够大，想署你妈的名，你用你那钱再买一套，你也再贷款。

狐狸尾巴露出来了吧？你早这么计划好了的吧？我实在搞不懂，

你自己要那房子干什么？给你以前的老婆吗？给你孩子？

安装师气得脸色铁青，想辩下去又实在没这个兴趣，他抓起旁边的杯子要摔，却见宏玉嘲讽地盯着他，就想看他把杯子摔下来似的，他就把杯子放下了，要摔门出去。

芳嫂忙拉住他的手。她真没想到宏玉为这事能这么较劲，她心里最清楚，安装师是从没打算过再次另起炉灶的，这她能感觉得出来。更何况，他这把年纪了，也经不起这等折腾。所以，署谁都是一回事。但是，每次都是这样，明明知道有些争论全无必要，可她就是没能力制止，往往就只能哑在一边干着急。

安装师一把推开芳嫂。芳嫂没站好，摔了个大跟头。双胞胎都已经比较大了，尤其宏新，脾气火暴，见状，他就要去跟安装师干仗。这两个天生馋嘴的小子，课余、晚上常设法给自己加餐，长期过剩的营养支撑出他们比同龄人大的块头。真要干仗，两个小子联手，安装师不见得是对手。芳嫂急令宏林扶她起来，刚站稳当她就去拉宏新。宏新却一甩手，芳嫂猝然摔倒在地。这回还撞破了鼻头，血流了一嘴。一时间大家都忘了事情的来由，只顾忙着去帮芳嫂。最后还是安装师用一句承诺来平息混乱：

我永远会跟你们在一起。房子就署你们妈的名字吧。这个就别再谈了，到此为止。

这事就这么过去了。

宏玉二十四岁那年跟安装师的这场激战，要说首先得怪安装师。套用宏玉惯常的语气说：有的毛病大家忍了就算了，有的毛病就不能叫人去忍。你怎么能去找小姐呢？还光天化日之下去找，还群奸群宿，还搞得邻里朋友都知道了，真是不知羞耻。当然，安装师也

71

不是没有理由：前一年邮电分家、裁员，他脾气耿硬，平时打理关系方面欠缺，这关口上他差点给弄下岗，虽然最后他好歹还是留到电信了，但心情给搞坏了；还有，电话安装不再那么吃香了，红包就别提了，而且，现在是倒过来了，他得给顾客赔笑脸，服务稍有差失就得挨投诉，那两年实在是他的不堪年，他需要找个渠道释放释放。

事情发生在正午时分。安装师跟两个工友刚刚落实了一个单，从客户家出来，正好他们中的一个那一周老婆出差，此人常年跟小姐勾搭，素好这一口，又正好他一个相好的小姐在他们要分道扬镳之际打来约会电话，他一来劲，非邀两个工友同去。安装师就顺水推舟地嫖了一次。也得怪那个色坯，他嫖完还把这事说出去了，反正他老婆是不敢管他的，他一直是又干又拿此炫耀，肉体、精神享受两不误。

芳嫂先听说这件事，在家里哭了一下午。某个老毛病眼见着又要犯了：胃里堵得慌，像塞了草；嗓子里不通畅，像瓶子塞了瓶塞；肠子还不顺，像刚刚灌过细粒沙石。据说，是抑郁症的生理征兆。宏玉下班回到家的时候，芳嫂已经难受得不行了，在床上呻吟得正欢。宏玉花老长时间问明情由，而后怒从胆边生。但她越遇大事是越不乱心神，先自坐了下来慢慢喝了一大杯凉茶，接着，她拿起手机兜问了几圈问到了那个自曝丑事者的电话。这个电话打得甭提多窝心了。那人不但嬉笑着向宏玉予以证实，还怪腔怪调地告诉她，安装师并不是第一回。多少年来，他总在嫖，嫖过的小姐并不少。不过——那鸟人说——那也只是他的零头。他还不失时机、恬不知耻地调戏宏玉。咦！怎么你一个女孩家，对嫖也感兴趣？宏玉跑到厨房，把电话搁在铁锅旁，抓过铲子奋力敲了一下，而后在对方的惊叫声中愤愤把电话挂了。

对安装师的审问就在当晚。宏玉主审，芳嫂列席。双胞胎给支出去了。是用电话审，宏玉按了免提，让芳嫂听得见。安装师那天自感不妙，不敢回家。宏玉打他电话几次，不得已他才接。

你这样不好！

宏玉一点弯子不绕，直奔主题。

安装师都有些震惊：这样的事，宏玉都敢出面盘问，一点都不怯场。当然，他只能硬着头皮应对。

这、这是男人的事，你最好别管了！

我不管谁管？你是觉得我妈管不了你，想干什么就干什么了是吧？你得意够了吧？我告诉你，正因为我妈管不了，所以我管到底了。

安装师无语了半晌，忽然，就大笑起来。

你想造反吗？

他已经受够宏玉那种语气了，他有千错有万错，也容不得她这么凶巴巴地责问他，毕竟，他是她名分上的父亲。他今天倒要跟她耍一回狠，看看她还能逾越到什么地步。

我就是找小姐了，怎么了？我告诉你，宏玉，我受够你了。我今天就跟你理理清楚，我这么花心思哄你们一家老小开心，你还动不动给我摆脸色，你想过我的感受吗？你想过吗？想过吗？

宏玉一下子给他弄蒙了。这种反戈一击的猛招，安装师还是第一次对她用。这她事前完全没想到。她一时找不到应对之策了。不过，这显然不是妙事。宏玉从来不吃硬——软的都挠不到她痒处呢，别说硬的了。镇定了刹那，宏玉有词儿了。

行！你行！我服！那我没话跟你说了。我去报案。你不怕丢丑，我更不怕，你等着吧。你不是不敢回家吗？我让派出所去招你的魂。

安装师立马给吓住了。他知道，宏玉既然说得出来，必要的时候，她就做得出来。他在两秒钟之内蔫了。

宏玉，好歹我还是你爸嘛，你别闹了！我就跟你、跟你妈赔个礼道个歉，还不行吗？

不行，你得写保证书。

保证书？安装师惊呼，有那个必要吗？

宏玉用力挂断了电话。

安装师紧张地把电话又拨通了。我写！我写还不行吗？

宏玉解恨地冲着电话瞪了一眼，再度重重地挂断电话。

之后，她坐在芳嫂身边，眼泪扑簌簌往下掉。

他竟敢这样，做了坏事他还嘴硬！太恶心了！他太恶心了！

就是这个夜晚，宏玉跟芳嫂有了一次长谈。她们回顾、交换对安装师的种种认识：他在屋子里对狐臭的放任，他日常坐在街边小吃店惹人反感的烂样儿，连跟单位里一两个部门领导的关系都处不好的愚讷，他真的毛病多多，不算是个质量很高的人。她们达成共识：她们容忍他一身的毛病，就因为他多年来还顾家，看着还老实、厚道，可事实是，他连老实都不具备。他不老实，背地里让身体撒欢儿，给自己找乐子，跟那些下贱的男人没两样。早先他跟前妻生的儿子还在念书的那些时候，在应给的生活费之外，他常背着他们，暗中给儿子塞钱，这个月两百，那个月三百的。他的老实是从未存在过的，她们被蒙蔽了。他连老实都是不曾有过的，还有什么可取

74

之处？当初，她们好好选一选，应许就是一个真正质优、至善的男人陪伴她们度过这些年。为什么她们那时就那么稳不住呢？接受了他，真是太草率了。总之，理是越说越像，越说越无可辩驳，她们心里是越来越明朗，最后促成了她们的觉醒，仿佛她们终于戳破了一个早已存在的脓包，她们吃惊、惋惜，互相埋怨、安慰，后来只剩下长吁短叹了。吁过叹过一番，她们又专注于分析他刚刚做过、始终在做的这个荒唐事。宏玉忽然以一种欲言又止的语气，向芳嫂抖搂出了一个情况。

宏玉说，他就是个色坯，一直就是。你知道吗？他偷看过我洗澡。好久以前的事了。我忘了关洗漱间的门，忽然一扭头，看到他在门口，像个贼一样，一点声音也没有，都不知道他什么时候回来的。他还故意把我的内衣和他的内衣放在柜子的同一格，被我发现，分开了。你一直把我的衣服跟他的分开搁的，用两个柜子，可是它们有一段时间跑一块儿去了，除了他还有谁干呢？你、我，一直都很注意这个。有几年，他一直给我们买些小礼物，你都看见了，他给我的，不像是随随便便给的，洗发水、发卡，好像他是我肚子里的蛔虫，我喜欢什么，他马上买过来什么。不正常，他一直就不正常。

芳嫂听得心里面一惊一乍。她噌地从床上坐起来，上下打量宏玉。

他、他……你别怕，别担心，别担心吓着我，你跟我说实话……他、他动过你没有？

他敢？这个他不敢。

宏玉鄙夷地说。

芳嫂心里莫名蹿上来的一块石头砰然落地。一场虚惊。长期以来，宏玉对安装师成见颇深，有时候，芳嫂会暗中忖度，有没有可能是因了安装师对宏玉有这方面的企图，就他们两人清楚，宏玉嘴硬，顾全大局，不想捅破——毕竟，这种事在别的同样结构的家庭会有发生。现在，她放心了。

母女两个人又对安装师声讨了一会儿，安装师终于回来了。她们警觉地收了声。安装师故作镇定但心里明显不安地往里走，去厨房给自己找吃的去了。宏玉冲着他的背影哼哼了几下鼻子，而后冷脸回了自己房间。芳嫂一个人凄惶、伤感地在客厅里踱起步来。

就此不了了之。

此后，有很长一段时间，这个家阴云密布，时常就什么声音都没有了。他们的新居里，静得吓人。

三

安装师提出跟芳嫂离婚，是再几年后的事。这时宏玉已经二十八了，双胞胎二十。

及至这时，宏玉一直没有公开谈过恋爱。不曾对家人公开的，有过没有，这除了宏玉自己谁也不知道。有时芳嫂会委婉地催问几句，宏玉就不耐烦地搪塞说，她满脑子是事业规划，还没准备好搅到这种事情里面去。宏玉能力之强，这在前一年终于最充分地体现出来了。她和两个最要好的小姐妹合股，办了一个铰链厂。宏玉是第一股东，厂长。当然，她们都贷了款。厂子运行之顺利，超乎所有人的想象，包括她们自己。这第一年，分到她们手上的红利，一人超过五十万。完全可以设想，以后的分红额度，指数会逐年攀升。这件事使家人心里对宏玉一个隐约的认识落到了实处，这就是，宏玉从来就不是一般人。她脑子太好使，如果常人的脑袋是一个马达构建的，宏玉是几个。这是有科学依据的。有一次，像亡父一样寡言的宏林把姐姐拉到电脑旁，让她来做一个测试。他刚下载了几套智商测试题，有欧美通行版的、国内版的。宏玉就测了。测完一套姐弟二人都惊呼：一百六。连宏玉自己也难以相信。这是绝顶聪明的标准，千把人里面才有一个这样的。为了核准这个结论，宏玉索性把几套题全做了。结果大同小异，都超过了一百四。高智商是完全没有疑问的了。宏玉自己也很意外，难得地把激动全写在了脸上。她兴致很高地拉宏林到电脑前，要他也测一测。宏林说他测过了，至于结论，面对姐姐如此惊人的高分，他有点不好意思说。等宏新回来宏林让他也测，一测，六十，弱智。当然，这个不作数，因为宏新测的时候主要精力用于打游戏，在那些选择题上瞎打钩。他们还测了芳嫂，也是六十几。这也不作数，因为小学毕业的芳嫂如今很多字都不认识了。不管怎样，这个家没有高智商的基因，是基本可以确定的了，宏玉是个异数。

安装师是在夏天提出离婚的。那天闷热异常，还打了雷，震得窗玻璃轰响。闪电一个接一个，把他们的客厅弄得一会儿阴一会儿阳。安装师就在雷电中痛快说出意图。雷声干扰着他沙哑的声音，明明灭灭的闪电使他的脸变得似是而非，芳嫂听着他、看着他，觉得正在进行的这一切不太真实。她不愿意。都已经挺老了，再折腾这个，她受不了。这个家因为宏玉，钱是有了，但安定一直稀缺。她要安定。她还想着这东西快来了呢，谁承想安装师把她的安定梦连根拔起，捣碎了。她不敢深想下去，瞪着他谦卑地哭，无言地请求安装师放弃这样的念头。

安装师叹口气，说，反正你现在也不见得有什么好烦忧的了。宏玉能干，宏林、宏新一个在北师大，一个在中戏，都是好大学，以后一定有不错的前程。你那么多靠山，有什么后顾之忧呢？我呢，我是觉得，在这个家，我不自在。我快退休了，退休金少点，但我够用了。我想去过那种轻松自在的日子，不想洗澡就不洗，无聊了就到街边小馆子上坐坐，跟认识不认识的人瞎吹吹牛，却不用担心给你们看见了觉得丢人。我不是在指责你们什么，不是的，你别介意。这句话你可别传给宏玉听，千万别！我就只是、只是想跟你说，我想去过我最想要的日子。

芳嫂不语，一个劲儿掉眼泪。

过后，芳嫂跟宏玉去倾诉这件事。宏玉想也没想就说，就随他吧，我觉得这样也挺好。

芳嫂早已变成了一个完全没主见的人，宏玉怎么说她怎么听，这慢慢都要变成她的习惯了。

离婚就成了定局。

财产分割的问题不能不谈，说白了就是房子的归属。原先由五个人住，现在要不四个人住，要不一个人，芳嫂和三宏，或者安装师。叫四个人搬出去不大现实，一个人搬走毕竟容易操作一点。宏玉跟安装师说了，房子户主虽然写着我妈，但你是掏了钱的，我们不能占你便宜，我们补你钱吧，就把你当时掏的款额如数给你，再加些利息，额度就照银行当前利率算，这可以了吧？安装师听宏玉这么说过后，没吭声。不知怎的，他难得有表情的脸上出现了一抹

78

怪笑。他是在想，这丫头真会打算盘，尽往自己那儿拨。他们买房子那会儿，国内房市小心翼翼，房价之低，跟现在比，简直天壤之别，她那样算完全不靠谱。这事要借助于法律去操作，绝不会如宏玉的意。但是，离个婚离到法庭上，这样的局面他反正是不愿看到的，这就扯大了。他想脱离这个家，就是因为他向往粗线条的生活，他可不想扯出一团乱麻来，绕个没完没了。安装师就摇摇头，说，钱就别算给我了，我要不要无所谓。

他又不是没净身出户过，不担心以后过不下去。

那可不行，宏玉严肃地说，我承认你这次风格高，但这你就不必谦让了。你要这么干，邻里朋友该怎么议论我们。该给你的，我们是一定要给的。

安装师说，那也行，你想怎么给就怎么给吧。给多少，也你说了算。

宏玉说，看你这话说的！你语气不对，感觉你有意见。你是觉得我这么算不满意吧？那也犯不着故意说这个来羞辱我们。我觉得我这样算很公正，你不觉得吗？

安装师摆摆手，不愿意再说下去了。宏玉第二天就按她确定的计算公式把钱打到了安装师新开的一张卡上。

他们还弄了场告别晚宴。这主要是宏玉的意思。很隆重的一顿，要了一个很大的套房式包厢，摆了一大桌子，什么菜贵点什么，还要了洋酒。这一顿花销不菲，宏玉坚持要自己掏钱。当然，安装师就不跟她争这个了，没用。席间，宏玉自始至终挑气氛，还鼓动宏新唱歌，表演他刚在戏剧课上学会的话剧腔，还有他酷爱的街舞动作。宏新拿腔拿调地又是说，又是瞎胡跳。他从桌子跳到椅子上，背顶地在地上转圈，直到屁股撞翻一张椅子才中止，不亦乐乎，搞得跟政治气氛浓厚的单位团年似的。如此刻意的祥和气氛让安装师不自在，芳嫂也从头到尾提不起精神来。这一对即将离散的半老夫妻不约而同地对视了好几下。有一阵子，芳嫂跑到卫生间里抹眼泪去了。她的心突然变得又软又不踏实，觉得这样的局面也许并不是她想要的。怎么办呢？拆都拆了，离婚证都扯了，想回头也不一定能靠上岸。她就在卫生间里心里惶惶地哭。有人敲门，是安装师。她开了，见是他竟有些紧张，又不怎么想出去，就装作洗手低着头在洗漱台旁磨蹭。安装师把门闩牢了，在她身后站了好一会儿，却一声都不吭，就只盯着她臃肿的背影看。他抽了整整一支烟，然后解开裤扣对着便器撒尿。弄出的声音响响的，说明他身体还扎实、过硬。芳嫂心里更加惶恐、酸涩。她撑大了胆别过头看身后的安装师，正好与他的目光撞在一起。安装师保持着那个动作，眼睛出神地看着她。他的脸上，却没有一丝表情。芳嫂忽然被他凝重的样子吓着了，被一堆不明晰的焦虑吓着了，她仓皇拉开插销，奔了出去。

外面，她两个青春正好的壮儿子正在说笑，宏玉坐在他们中间微笑着补指甲油。芳嫂远远站在那儿，被此情此景打动了。

她拖沓地向他们走去，途中，发现先前突然控制住她的那些惶恐和焦虑消散了。她松了口气，在他们面前坐了下去。

就干干净净地离了。

有一阵子，他们留心打听安装师的现状，主要是芳嫂和宏玉在打听。仅三个月后，母女二人几乎同时听到了多少出乎她们意料的消息：安装师又再婚了。这速度也太快了，真让她们不舒服。这不舒服中，横着一个让她们几乎不能接受的事实，像器官里长了一块粗粝的结石，硌得她们身心俱不舒坦——安装师的再婚对象，竟然四十岁都不到，比他小了将近二十岁，人家还是初婚。芳嫂和宏玉两个人有一天结伙躲在街边偷看这女人，发现竟然不是她们想象中的丑八怪、残疾人、轻度脑残，也不是从山乡野岭捉上来的，虽然身份低微了点，在菜市场卖海鲜，但终究也是城里土生土长的人。漂亮是谈不上，但至少长得不丢人。个头也有，说话走路都有分寸。这女人，一点不像个甘愿嫁给一个半老头子的人。这到底是怎么回事？母女二人还真都想不通。

他真的早有二心了吗？芳嫂戚然问。

我看是。我早就说了，他有二心的。说不定跟你离之前就找好这个下家了，果真比你现在强。我就说了，他不是个东西。

芳嫂一脸肃然。她捂住胸口，老半天呼不出一口气。末了，她用一种完全不属于她的语气大声叱骂：

确实不是个东西！

宏玉给安装师打了一个电话，含沙射影地笑话他。

你行啊！有两下子。她图你什么？你有什么供她去图？你一定很得意吧？你不怕她是骗你的吗？

安装师一言不发地挂了电话。

还真跟宏玉想的不一样。那女的，就是按部就班出场的。真的就是安装师跟芳嫂离了之后，热心人撺掇，两两看对眼的。也不见得人家就有企图。虽说安装师晚福不错，离婚之后开公司的亲生儿子拍胸脯保证他晚年无忧，给他房，按月给他生活费，但这并不能说明他条件好。这年头好多女的找伴儿也不太在乎对方年纪，那女的恰好是这种思维。她觉得跟安装师在一起挺自在，就成了。人跟人之间，并不全是目的与目的之间的绞合，有时也有真情实感，不明白就去看电视吧，电视里的小煽情也不全是凭空捏造的。安装师也就是运气好，这次又抓得住时机而已。

有几次，芳嫂或宏玉在熟悉的街上走过时，远远就看到了他。他还真像他自己说的那样，坐在小饭馆里面，甚至门口，没完没了地胡吹海侃，花白头发乱糟糟的，嗓门儿忽高忽低，挺难听，像个二百五。她们真不明白，这种日子有什么迷恋的。其中某次，宏玉真想跑过去给他纠正一下，给他点必要的建议，但想想还是强令自己忍住了。

再之后，她们如果远远看到他正坐在她们的必经之路，就绕道。她们都不想再看到他。事实上，安装师似乎也渐渐不再对她们有任何感觉，就算他也远远看到她们，他会首先把目光往高里看，假装自己眼神不济，看不到她们。

四

宏玉第一次跟她真正的家人发生龃龉，是在这个家庭拔除安装师半年之后。促成这次龃龉的另一方，是不安分、爱惹事的宏新。

之间的那半年，他们还真是过得挺顺。宏玉是毫无争议的一家之主了。在她的组织、调剂下，这个家的那段日子很是丰富和多彩。她经常带芳嫂出去吃饭，至少一周三次，仿佛她们才意识到这小城市有那么多小吃、大吃，好吃、不太好吃的东西一样，那半年，她们把全城的东西系统地吃了一遍。她频频给芳嫂买衣服、鞋帽、首饰，把芳嫂打扮得跟个老妖精似的，人见人爱。她每次在对芳嫂打扮一番后，就上下打量芳嫂，心中得意。芳嫂腰不好，有点骨质增生，宏玉专门用车载着她去隔壁一个小城市，那里有一家专治骨质增生的世袭诊所，口碑极佳，去看了几次，真把芳嫂的腰杆整顺了，寒潮天再不犯疼，走起路来不再含胸叠腹。平时，宏玉比以前更勤地给远在北京的宏林、宏新打电话，嘘些寒问些暖，想起来就给他们寄零食，寄新衣服。等到宏林、宏新放了暑假，宏玉兴致高涨地订了四张往返机票，把一家人带到北方旅了个游。他们把整个东三省都逛遍了，还设法去朝鲜平壤主要街道逛了半天。在长达二十天的旅行中，宏玉破天荒地跟母亲和双胞胎谈到了自己的初恋。原来，宏玉竟然喜欢过铆焊厂宿舍楼里一个与她同龄的铆焊厂职工子弟。他们还一起去看过电影，去离铆焊厂不远的海边散过步，一起在男生家的厨房里学做过两次双皮奶，而后互相喂食。这男生芳嫂也有印象，宏林、宏新倒是记不得了。宏玉一提起，芳嫂还真觉得和宏玉是绝配。可惜男生那一家在很早时就调去外省了。宏玉难得地自曝情路，让芳嫂和双胞胎都觉得她可爱——这种感觉他们三人从未有过。一直以来，他们对宏玉的固定认识是，她聪明啊什么的都有余，就是可爱不足。芳嫂趁机催宏玉尽早把婚姻大事提到议事日程，毕竟她都奔三了。宏玉未像往日那样说到这种事就冷脸，她宽和地笑了两笑，说自己心里有数。他们还在旅顺的苏军纪念碑前照了全家福。那些照片上的他们，个个笑得欢实。其中有张照片上，宏新甚至勒住宏玉的脸亲她，亲得嘴巴变了形。

宏玉对宏新的发难，就是因这张照片而起的。

宏新把它发到自己的 QQ 空间，还向浩瀚的网络广而告之——这位跟他搂搂抱抱、打扮入时、气质卓然的熟女，是他的新晋女友。

问题是宏新有女朋友，外校一个富二代女生，人家可是倒追他的。不过，宏新不喜欢她了，总想伺机分手。要知道在网络上留言，跟吃过泻药再排泄一样通顺，想怎么留就怎么留。作为宏新当时女友的女孩就口无遮拦地留言了，她说：贱货、狐狸精、小三、不要脸的东西。她的留言行动可谓持之以恒，宏新刚删了一条她马上又来一条，句句是辱骂，只针对宏玉。宏新那些不知内情的同学和 Q 友们，也不分青红皂白地跟着骂。宏玉就给淹没在一堆躁狂的唾液里了。

她并未及时发现这个情况，因为她并不太有空上 QQ。等她发现，辱词劣语已超过三十条了。

你有病吗？什么玩笑都开得，这种玩笑你也能开？你这是什么行为你知道吗？

宏玉给宏新打电话，电闪雷鸣般臭骂。

赶紧把照片删了！蠢货！

宏新忙不迭删了照片，然后他心有余悸地一屁股坐到宿舍的床上，半天回不过神来。耳道里回荡着姐姐尖厉的嗓音、凶狠的语气，他出了一脑门子的汗。宏玉还是头一回对宏新这么凶，她叱骂他的历史从没有过。从小到大，她给予双胞胎的都是和风细雨。事实上，有安装师在的那些年里，这个家庭四个有血缘关系的人，互相之间从来都很体恤，说话做事也都会考虑对方的感受。

这事没有不了了之。后来有一天，宏新因为想办一张健身卡因而超额向宏玉要生活费时，宏玉又把它拿出来说道了一通。

你怎么这么不懂事呢？我一个人开销一大家子，够累的了，你还要给我添累。办健身卡干什么？有那个必要吗？你有时间去玩这个玩那个吗？把心思全用在专业学习上好不好？

宏新嘟囔：我这专业对外形要求高，我还不是想把自己捯饬得好点儿，对以后有帮助。

宏玉吼道：闭嘴！又不是卖身，有什么好健的？就你那长相，健死了都没用。我看你照着丑角的路子走，兴许以后还真能当成个演员。想走偶像派，做梦吧你！

宏新给她气得七窍生烟，但他知道跟宏玉辩没什么好下场，就忍着，扮花脸。

我就走偶像派！气死你！嘿！

宏玉说，呸！

宏新用脱口秀主持人的语气说，我们班有种说法，说有的男人又丑又帅，我就是这种长得丑但够帅的男人。我怎么就走不了偶像派？我偏走！

宏玉说，懒得跟你说！我真搞不懂你脑子里成天都在想些什么，还有正经事吗？就说上次照片的事，这像成年人干的吗？你多大了？该懂事了。

一提这个宏新马上告饶，得了！姐！我不办那卡了还不行吗？我就是随便说说而已。我挺懂事的，同学们都这么评价我。我还是学生会宣传部的副部长呢。你别骂我了嘛！

宏玉完不了，闸门打开了，洪水就要泄。接下来宏玉把陈年烂谷子的事儿全拎出来了，包括双胞胎幼时因为菠萝蜜而引发的她对他们的袒护。宏玉说，要不是为了袒护你们，我不见得会跟那个人闹得那么僵。又说，这么些年了，我宠着你们，爱护着你们，想着你们忘了自己，我错了，这是在害你们。你等着，你要再给我惹事的话，我断了你的生活费。

别断！我改！

宏新词穷了，无奈、烦躁地把手机拿远。那里面，宏玉高亢、有力的声音持续不断，如飓风中的串雷。

可是宏新基本上是个光说不练的家伙。他要真有什么毛病，那都是性情里的，想改都改不了。何况他多滑啊，说改也就只是面上改改而已；不但不改，还升级，要惹事，就惹个大的。

这一年寒假，宏新回家不几天，就把自己丢派出所去了。事情因摩托而起。派出所里的人说，宏新趁人多眼杂行窃，幸好车主及时发现，才未令他得逞。宏新坐在审讯室里哭冤。他拍着胸脯保证说，这是个误会。惹事的那辆摩托，正好跟宏新的摩托一个牌子、一种型号，停的地方又是一处，他从街边的凉茶店里出来，没仔细看就把屁股掰到那车座上去了。可非常巧合的是，当时，等主事民警和那车主要宏新指出他自己的摩托时，宏新发现他那辆车已失窃，这就百口难辩了。事发地点是本城摩托、脚踏车失窃率最高的一处，派出所的人对好不容易抓到现行的这个案子特别重视，宏新眼看要遭拘留。宏玉接到派出所电话赶过去的时候，宏新正在审讯室里哭鼻子呢。一米八一的大块头缩在墙角，软成一团棉花，宏玉看着腻烦。

宏玉还真有点怀疑人家没冤枉宏新。这小子什么出格的事都敢干，又滑头滑脑，难保不是在强词夺理。他那天确实是骑着摩托出去了，而且，人家那辆摩托果真跟他那辆是双胞胎。可也保不准宏新的摩托在那之前就被盗了，然后，他以盗还盗。当然，当着派出所民警和那摩托车主的面，宏玉绝不可能直抒胸臆抖搂出这些疑惑。

她穷尽口才帮弟弟开脱，还趁民警出去接电话的时机把那位投诉人拉到外面墙角，往对方手里塞了一把钱，见对方不动声色，她把钱夹里的钱全掏出来奉送。后来，所幸宏新没有前科记录，受贿者又开始帮腔，宏新就给释放了。

你太过分了！有你这么过火的吗？以前你今天一小错，明天一大错，我们就不追究了，今天这事，你能犯吗？再怎么蠢，你也不能蠢到去违法犯罪。

回到家，宏玉当着芳嫂和宏林的面，劈头盖脸给了宏新一顿训斥。

宏新说，姐，你也认为我真偷了？你怎么能这么想？真的是我搞混了。

反正是真是假宏玉永远都不能搞清了。纵观这小子的日常秉性，宏玉断然不全相信他。宏玉就冷笑了，不信任写了一脸。

宏新瞪着宏玉，脸慢慢就黑下来了，腮帮子直抖。

姐！我最后喊你一声姐！你不能这么污蔑我！

当夜，宏新就收拾东西坐火车北上，提前回学校了。芳嫂哭着喊着求他都无济于事。这小子脾气一上来，谁劝都没用。

不过，来年暑假一到，他一天等不及就回来了。见到宏玉还是像小时候那样姐长姐短地叫，不费吹灰之力就把他们姐弟俩冷战一学期的僵局叫散了。他那次回来还给宏玉捎回了她爱吃的宫廷蜜饯，十足十地讨好和巴结。姐弟两个一下子就看似和好如初了。但是，仔细察看，会发现宏新对宏玉心里已经存了芥蒂。

再一年宏新就毕了业。他没像他的多数同学那样留下当北漂，跑剧组啥的。有家刚在大陆立足的台资企业招兵买马，把他给招过去了。他一去就在那里给首席老板当助理，薪水奇高。不过，那老板是女的。从宏新高中同学那里传出一些流言，说宏新其实是给人家承包了。还说，因为人家同时是一个知名影视公司的股东，承诺包宏新两年后让他上公司的大戏。细想一下，这传言还真可信。宏新那么热爱表演，不会才毕业就放弃。宏玉引以为耻，专门问过宏新两次。两次都因宏新没好气地回应，不愉快地收场了。

宏新回家的次数越来越少，一回来只是象征性地住几天。那几天里他在家的时间很少，多数时候他把自己放逐到狐朋狗友之间。

有几次，宏玉和芳嫂坐在家里聊起了宏新，不约而同地说到了他对这个家愈见明显的疏离。她们都对这疏离心存疑惑。千真万确，宏玉脑子如此够用，但还是为此迷惑。芳嫂就更搞不懂了，她就只是伤感。有时候，芳嫂无意中看到宏玉目光发直，盯着某处。这令她觉得，宏玉是失落的。宏新的疏离，对宏玉一定是种打击。

五

芳嫂越来越丢三落四了，她身上那些衰老的迹象日渐浓重。最近这几年，因为家中宽裕，常有一直来往或从前几乎不曾来往过的亲戚来跟他们借钱。因为借得不算多，千把几千块、一万两万的，芳嫂几乎从不拒绝。宏玉心里自然是不赞同的，但为了配合晚年芳嫂顺利成为美德的合格粉丝，往往就默认了。借就借吧，能还也可以。要命的是，芳嫂常把人家借多少、还过没有、还了多少忘记。她又没有索要借据的习惯，弄到最后，只要人家不主动还，宏玉就搞不清人家还过没有。可以肯定，其中至少有一个亲戚，赖掉了全部借款，还有一个，赖掉的是一小部分。宏玉开始还能忍住不数落芳嫂，后来她忍不下去了，严肃地说过芳嫂几次。芳嫂当时能认识到自己的错误，但过不了十天半月又会变回那个合格的老糊涂。宏玉索性就取消了芳嫂有限的账产支配权。那样的失误就再也没机会发生了。

真正让宏玉对芳嫂深入不满的一桩事，是因一个历史遗留问题而起的。早年，宏玉的父亲意外身亡后，铆焊厂并没按工亡处理。铆焊厂那几年工伤、工亡人数有点超标，厂领导当然是想尽可能地把这事压一压，能不当成事故处理，那是最好的了。他们就派专人来跟芳嫂谈，软磨硬泡连带恐吓。他们说，出事当时，正值中午休息时间，是宏玉父亲自己跑到厂门口的江边去的，谁也没叫他去，所以，完全可以论证为不是工亡。他们还说，要真按工亡处理的话，丧葬补助金、抚恤金、一次性工亡补助金，这些加起来，按当时的标准一条条卡，也并没有多少钱。但是，如果芳嫂同意不按工亡处理，厂子私下里可以赔付一大笔钱。多大呢？接近按工亡处理的两倍吧。芳嫂太软弱可欺了，她经不起他们严密的周旋，最后竟然同意了。

说句难听话，后来芳嫂拿到手的"一大笔钱"，往后要用它在市中心买房的话，就算买个小户型，连首付都付不到一半。钱大钱小时代做主，钱本身说了不算。事实上那笔钱刚拿到手时芳嫂就生了场大病，一下子全丢进去了。要不是这样，他们当时也不见得一定要赖在铆焊厂受气，宏玉也不至于少年辍学。

宏玉是在三十岁那年决定要正儿八经去翻翻旧案的，也不是心血来潮。事实上，在她成年之后，这事一直就梗在她脑子里，让她念念不忘、耿耿于怀。她不能不想起后来铆焊厂不断派人来驱逐他们的那段动荡时光。想也想得到啊，他们是怕这个家突然反悔，然后他们吃不了兜着走。把人撵干净了，他们心里面踏实点。这个家无疑是落入了他们预先设好的陷阱。吃了多大的亏啊，当时要按工亡处理的话，这个家名正言顺住在厂里，按后来相关房改政策，他们还能拿到铆焊厂新建的一套安居房。宏玉一想起这事，就觉得芳嫂傻到骨子里了。

宏玉就三番五次往当地的仲裁委员会跑。当然这种陈年旧案要再想重新理顺，是要费周折的。铆焊厂高层人事变动已经好几拨了，没人来应承这笔旧账。就要打嘴仗，先是不承认有当年那事儿，后来是坚称当年的处理正确无误，再后来，就是拖，临到仲裁委来进一步调查、调解，相关部门领导就不露面。

宏玉那么顽强的一个人，当然会持之以恒。可让她万万没想到的是，芳嫂从她一把这事提上议事日程起就在她耳朵旁边敲退堂鼓。

那么麻烦，就别再折腾了吧。让你爸在九泉之下落个安静。再说我们现在日子过得不错，也不见得有跟他们争下去的必要。

宏玉诧异得眼珠子都要瞪炸了。

怎么就没必要呢？早就有那个必要了。我们不是想挽回什么待遇，我们要的是公理。这理，早前给弄错了，得把它扳正过来。你怕麻烦我不怕，我现在有的是时间跟他们耗。又不要你出面，你怕什么？

芳嫂忧心忡忡地望着宏玉，欲言又止。

往深里说的话，芳嫂心里挺不安的。有个秘密她从没跟人说起过，到死都不会说。亡夫出那事之前，她跟他关系已经僵了，时常

90

互相怄气。有几次，她鼓足勇气想问问他可不可以离婚，最终还是难产在了嗓子眼儿里。但做丈夫的不用她说出口，也能琢磨出她的心思。二人就冷战。那一阵子，这死鬼男人心情是恶劣的。没精打采，抑郁，经常夜半三更起来抽烟。货轮又不是火箭，也不是喝了兴奋剂的马蜂，块头大，行动又笨，为什么他愣是让它扫到水里去了呢？难道不是他当时走神太甚？甚至于，他是故意让自己撞上去的？这些疑惑多年来封存在芳嫂心里，一想她就觉得自己有罪，就觉得当时铆焊厂的处理方式，是暗合了事实的。如果当时真按工亡处理，这些年来她说不定心里更不踏实，所以，那样处理，对她这个人来说，其实是一种局部解放。她后来老爱犯抑郁的毛病，不能说跟她心里那种摆脱不了的不安没关系。她真希望永远没人再提起这事。

但这些芳嫂只能自己装在心里，绝不能跟宏玉坦白。

反正，她就是不想让宏玉再把这事扯下去。

宏玉后来都恼了，再不拿好话对芳嫂。

就是因为你这窝囊劲儿，以前我们才被人欺负成那样。你回想一下，我小时候过的是什么日子？要是你硬气点，我会过那日子吗？会找个烂人来羞辱我们那么些年吗？都是你，都是你这性格，害我们过那些破日子。我不明白的是，你就不能改改吗？

芳嫂就低下头，日渐老花的眼睛上盈起混浊的泪。她蹒跚地往一边儿走，避开宏玉。心里有种莫名的难受，令她觉得这一辈子活得特别憋闷。没来由她就觉得孤独、落寞得不行。

你真是把我气死了！宏玉冲着芳嫂的背影高喊。

芳嫂的背影就凝在那里。

这事最后还真给宏玉掰正了，该重新落实的，也都得以落实。

六

让宏玉对芳嫂大跌眼镜的一件事，起先是在半地下的状态下进行的。

有个老头，八十三岁，是本城某县一个老中医。有一阵子，芳嫂经人介绍去那县城找老中医看了几次病。不知道老中医是怎么想的，竟然对芳嫂这种款型的女人生出了爱慕。芳嫂也奇怪，对老中医竟是分外崇拜。这崇拜在老中医明里暗里的几次示爱下，很快变成了钦慕。就这样两个人私下里黄昏恋爱起来了。老中医不久便向家人提出要跟芳嫂合二为一，扯结婚证，一起住，简直叫老中医的家人抓狂。这老同志，老伴去世二十多年了，从没表现出要重组家庭的意思，临到这一大把岁月，竟有这等想法，真让人匪夷所思。那一家老小上上下下没一个人支持他。老中医很生气，后果不是一般的严重：他开始跟家人闹别扭，拒不见他们中的任何人，像个不懂事的顽劣少年。

真正夸张的事情发生在一个傍晚。

芳嫂从菜市场买菜回来，走到小区门口时，就看到门外路边站着两个长得颇有几分相像的女人，一老一少，老的五十来岁，年轻的二十出头。二女见芳嫂走近，老的那个快速提起脚下的方便兜，年轻的从方便兜里掏出几个鸡蛋敲开，一股恶臭长了眼睛似的迅速扑向芳嫂。芳嫂狐疑地回了回头，却见那女孩提起方便兜捷步向她走来。快挨到芳嫂，女孩倒提兜子，将内中黄白夹杂的蛋液向芳嫂兜头倒下。一时间芳嫂就被蛋液裹得五彩缤纷。芳嫂惊声呼救，小区保安见状忙跑过来。那女孩从容地往旁边走去了。先前在旁边与她合作的女人，这时装模作样地跑向芳嫂，一近身她就虚情假意地惊呼，还忙上忙下地帮芳嫂揩拭。可那明摆着是落井下石。只见她挥手对芳嫂一顿乱抹，把芳嫂头上顶着未来得及游坠下来的蛋液直往芳嫂脸上抹，连鼻孔、口腔都不漏过。那女人还念念有词：

罪过啊罪过！这臭鸡蛋怎么尽往你身上爬呢？你做过什么孽吧？咦！你是芳嫂？我想起来了，听说你迷倒一个老先生的魂了。还以为是个多好看的狐狸精呢，原来是个丝瓜精。你看你啊！脸上的皮肉垮得都不成形了，再不注意点的话，我真怕你这张老脸就掉地上了。小心点啊芳嫂！

这女人慢条斯理，笑里藏刀，话不说完她就是不走。任保安怎么推拉，她都勒紧芳嫂，还怒目望着保安猛力推了他一把。最后还是那女孩喊停了她。

妈！我们走吧！女孩催促。

女人就最后推了芳嫂一把，快步走开，挽起女儿傲然离去了。

芳嫂从始至终没醒过神来，她眼睛里面的蛋液，蜇得她难受得不行，都没机会睁开眼睛辩叱一番。她就那样湿淋淋、臭烘烘地站在小区门口，任凭围观者聚拢。她整个人全蒙掉了，都不懂得快点离开这个是非之地，就只知道傻站在那里。

还是宏林把她弄了回去。宏林毕业后回到本城，在一个外贸公司做跟单员，朝九晚五。他开着车下班回来，看到此等情景，忙把芳嫂拉进了车里。

夜里宏玉忙完应酬回到家后，芳嫂还在自己卧室里哭鼻子。宏玉追问一番才知芳嫂最近背着她物色新伴了，还被人找上门来如此羞辱了一顿。问罢她怒不可遏，抓起电话就打。她要报案，报案。那边电话响起，宏玉忙警觉地把电话按掉了。她又拿起车钥匙要往外跑，刚走到门口又发现并不知道该去哪里找那两位肇事者。真是被芳嫂气糊涂了。这个晚上接下来的时间是由宏玉对芳嫂没完没了的斥责填满的。

宏玉说，你这人丢得也忒广泛了吧，丢到自家门口来了。你说你这个人，想找个伴，我们也不反对。要找你也找个像样的，跟你年龄相当的。你找个快入土的人，想干什么呀？你不要脸，我们还要脸。给你气死了！

骂了芳嫂一夜。

芳嫂有口难辩，也不想辩，就只是软塌塌像条蠕虫一样倚坐在窗边哭泣，末了瞪着失神的眼睛往黑魆魆的窗外看。有一阵子，她感觉到自己对宏玉无穷尽的指责充满了失望，对宏玉热衷于指责他人的恶习充满了畏惧，她觉得自己孤独，觉得跟宏玉不知何时起有了隔阂。宏玉也是，她望着拒不回应的芳嫂，觉得芳嫂突然变得生分，她对这个夜晚满心厌恶。

七

宏玉要来指责宏林了。这是宏林和芳嫂意料之外的事。这么些年了，他们也不是不了解宏玉的个性，她是劲儿上来了，谁都要说，直说到别人无语、主动告饶，但凭良心说，这还是有点情有可原的。毕竟，被说之人都有可说之处。安装师、宏新、芳嫂，他们人人都

94

有显而易见的弊端。可是，宏林有什么必须被指责的呢？成年后的宏林严谨、周到，最难得的是，他做任何关乎个人前途的决定，都要考虑到对这个家的影响，考虑到芳嫂。就拿最近的事来说，大学毕业后，他本来也有机会像宏新那样到大城市去工作，但他觉得这个家需有一个男人常驻，通盘考虑后，就回到了这个小城市。这是个有责任感、有孝心的人。宏林修养还好，说话办事温言细语，叫人听着舒坦，单位里的人都喜欢和他搭班做事。他基本上没有什么坏的生活习惯，一下班就回家，从不泡夜店，早晨起得很早，上班之前先出门一趟给芳嫂和宏玉买回早点。他身上的优点一抓一大把，明显的缺点还真难找，真要有，都可以忽略不计。就这样的宏林，宏玉竟然也会过来指责，这实在是不能不叫人对她心生疑义了。

这场说者有意或无意、听者无法不留意的指责，发生在一个周末。这家中的三人坐在客厅里看电视。宏林用词谨慎地说出了他当前的个人规划。他说，他有个机会，去广州读研。这个机会很难得，错过也许以后再不可能有读研的机会了。当然，宏林很细致，他说罢这一有待家人同意的打算，又给芳嫂喂定心丸。读三年，我就回来，我是不会到别的城市去工作的，你放心！

你去别的城市也没关系啊，我可以跟你去。

芳嫂随口应道，显然她没有任何意见。

你跟他去？啊！你们母子两个还真好，形影不离嘛！

宏玉似笑非笑，用低沉的声音接话。

芳嫂明白自己口误了，心里一哆嗦，再不敢开腔。宏林偷眼打量姐姐，发现她脸上浮出大片阴霾。

这么说吧，宏林，你这个人挺自私的。宏玉开训了，自私吧，也没什么不对，是人都自私，但我没想到你也像宏新一样不实在。陪女朋友才是你去广州的首要目的吧？这研究生，也是她帮你撺掇的吧？你话倒是说得挺好，读完三年回来，可谁信呢？你奔着人家去的，三年后人家会放你回来？我真搞不懂你，宏林，你说你怎么就不能实在一点呢？你就说，你不想在这地方待了，不想要这个家了，你直说就行了呗，要什么阴谋诡计？

那边宏玉说得起劲，宏林脸一会儿青一会儿白。他真没想到宏玉会掰出这套逻辑来。她总能说出人意料的话。宏林看着宏玉，心里忖度起宏玉突然和他死磕的原因。很快就想起来了一件事，然后他就理出了头绪。

数日前，宏林女友从广州过来。一开始，宏林完全没看出宏玉对初次见面的女友有什么恶感——没准儿，还有好感。宏玉还主动带他女友逛街、吃饭，她们还出去游了一次泳，如同一对相见恨晚的异姓姐妹花。但是，这种好势头只持续了两天。这天傍晚，宏林和女友在厨房给大家做晚饭，两个人做出了火花，在里面打起情骂起俏来。反正宏玉还没回来，坐在外面的芳嫂也就是个摆设，他们就有点放任。有那么一会儿，女孩噘起嘴向宏林索吻。宏林是识风月的人，及时配合，把嘴凑了上去。两个人一时间吻在了一起。正沉迷其中呢，忽然听到了厨房门打开的声音。还没来得及分开，他们就看到宏玉撞了进来。显然，宏玉没料到他们在里面干这个。她止了步。接着，她皱了皱眉头，关门出去了。

这事之后，宏林女友在的那几天，宏玉对她的态度变得生疏，对宏林也是。在家里，她会刻意与宏林、与他女友保持距离，他们坐在哪里，宏玉一定不坐在哪里；他们笑，她一定不笑；他们不笑，她突然就笑了起来；他们坐在餐桌上吃饭，她就坐到沙发上去。那几天的气氛被宏玉搞得有点紧张、诡异。本来宏林女友可以多待几天的，她正在休年假，但她只待了五天就回广州去了。

这女孩太随便了，宏林，你要小心点。

宏玉举例说明。她说她们去游泳那次，她注意到一个细节：这女孩换泳衣的时候，完全没有回避别人的意识。虽然更衣室里都是女性，但一般大家换衣服还是要到里面的隔间里去的，把布帘子拉起来。这女孩倒好，进了更衣室，就在外面的敞间换了起来。

宏玉说，进来出去的女人们都看她，她倒好，无所谓，权当没看见。

我都替她羞！宏玉补充。

宏林表情淡漠地望着宏玉，他的心骤然冷了下去。宏玉当着他的面谈论他女友是非，这让他非常不舒服。宏林表面对人和蔼，骨子里是个特别有想法的人。他望着宏玉，忽然就觉得宏玉是这样一个人：任何一桩小事，都可能导致她对某人的看法急转直下，而之后，她会让自己获得各种理由，来厌恶此人。厌恶之后呢，就是对别人的攻击了。这就是鲜明地附着在宏玉身上的一个行事标签。而生活就是由各种各样的小事构成的，所以，只要跟宏玉近距离生活的人，被她讨厌进而成为她的攻击目标，是分分秒秒的事。

跟芳嫂、宏玉讨论是否去广州读研的这个晚上，对宏玉的这种认识在宏林心里进一步强化了。按照这样认识，他终于弄通了宏玉这次和他为什么会死磕了。这里面的逻辑是这样的：那次突然撞见宏林和女友亲密，她感到不舒服，这种不舒服让她迅速开始对宏林女友厌恶。可是，宏玉是不好直接说出这种厌恶的，她只能将它压抑在心里。这种压抑，是心里一颗地雷，早晚会引爆。而只有让它爆掉，她才会罢休。这个夜晚，无非是宏玉进入了引爆的程序。

宏林静静地坐在那里，听着宏玉持久的指责声，他不动声色。有一会儿，他竟然想起了那个跟他们一起生活了将近二十年的继父。他忽然惋惜地想，要是这人不离开这个家，就太好了。那样的话，这个家四个有血缘关系的人，就会永远对彼此轻言细语，互相有说不完的体己、悦耳的话。

宏玉这样的人，她生活中一定要有一个敌人，宏玉心目中永远的"外人"安装师在的话，这敌人的角色就可以由他独扛，而其他人则全部成了宏玉的同盟。可是，安装师不在了，一堵固定的靶墙倒了，宏玉的目光便乱了。她只能在有效射程里到处寻找合适的靶子，四面出击，今天敌对这个，明天敌对那个。

也许理智上她并不想这样，但她个性如此，只能这样。总之，宏林认为：宏玉这个人，太难缠了，太复杂了，太麻烦了！

宏林心里对宏玉的认识越来越透亮，这之后，他发现自己竟然对宏玉产生了一点怜悯。这种怜悯很快变成了怜惜。他站起来，微微一笑，有点言不由衷地对宏玉说：

姐，我刚才重新想了一下，我决定不再想去广州读研的事了。

宏玉说，那可不行，那我就成了罪人了。

她心里显然并不排斥宏林去广州读研，她只是不想错过机会引爆心里那颗地雷而已。

宏林似笑非笑，望着宏玉。

那，我可真去了！

宏玉站开了去，冷笑道，你一定要去？好啊，去吧！

98

宏林觉察到心里那种怜悯或怜惜加剧了，它们软化了他那颗跟宏玉一样灵敏的心。他愿意服从她，不为别的，仅只因为，她是他的家人。他从不希望自己做事惹家人不快。宏林走到宏玉身边，果决地说，我不去了，是我自己决定的，跟你无关。

宏玉面无表情，缓慢地说，那就好。

隔了一日，宏林冷静下来，忽然发现自己做了一件极其错误的事。就为了安抚宏玉招之即来、挥之即去的坏情绪，他竟然放弃了那么重要的人生规划。他可以反悔吗？那势必跟宏玉要来一次更复杂的交锋。他觉得自己并没有能力在未来的交锋中占据上风。那可怎么办？宏林烦闷了一天，晚上回到家就跟芳嫂发起牢骚来。母子俩算是无话不谈，但此前，他们从未背地里专门谈论过宏玉。这个夜晚，宏林收势不住了，跟芳嫂数落起宏玉来。他说到宏玉对安装师那些没有坚实理由的、持之以恒的对抗，说到宏玉对宏新的苛责，说到最近这两年他、芳嫂、宏玉三人成天同处一室里宏玉经常突如其来冒出的找碴儿的冲动。他说得很多，说得自己特别解气。

芳嫂就在旁边似睡非睡地听着。有一阵子，她猛地睁开眼，瞪着宏林问，你说，宏玉这孩子，怎么就这么爱跟我们这些她亲近的人闹别扭呢？这到底是怎么回事？

宏林说，也许是她太聪明了。一个人脑子太好使，也不见得是好事。她就是受聪明所累。太聪明，就能看到别人看不到的东西，看到了她眼睛就难受，不把这东西从眼睛前面赶走，她就安不下神来。

芳嫂似懂非懂，望着天花板，目光里充满担忧和无奈。

过一会儿，宏林忽然说，我现在见着她就不自在。

芳嫂说，我也是啊！我早这样了，她一回来，我就紧张得不行，生怕自己哪点没注意到，她跳起来骂一通。

宏林自语道，这样下去可不行。停了一下，他看了芳嫂一眼，说，妈，我要是搬出去住，你同意吗？

芳嫂没吭声，定定地望着宏林。忽然，她幽声道，你搬哪儿去啊？还是在家住着吧，别想那么多了。

宏林说，我租房子住。

芳嫂说，哦！

她被某种想象中的情景逗乐了。她呵呵笑着说，这也好，我在家里住烦了，还可以到你那儿住一住。这还挺有意思！

宏林说，那就这么说定了。我明天开始去找房子，你先别跟我姐说。

正说到这里，宏林和芳嫂同时听到钥匙在锁孔里转动的声音。这钥匙是什么时候插进去的？母子二人意识到，宏玉可能在门外听过一阵子了。他们脸上现出骇然的表情。门开了，宏玉冷冷瞪着他们，走了进来。

你去租啊！宏玉高声说，最好明天就搬出去！

宏林故作镇定地说，姐，我说笑的，你别当真。

宏玉说，请搬家公司吗？请个好点儿的，现在有的搬家公司瞎搬，一车也就给装一点点东西。

宏林心里蓦然火起，他知道宏玉就是在逼迫他承认错误，然后她数落一顿后偃旗息鼓，这就是她的必要程序。可是，他为什么要向她承认错误呢？他能有什么不可饶恕的错误？他还没跟芳嫂说呢，他听别人闲言碎语，说宏玉为什么三十大几了还不嫁人，是因为她给别人做小三，那人就是当年她做工的那家厂的厂长，宏玉办厂初始这人出了不少力，这也正是厂子第一年就赢了大利的原因。据说，宏玉从二十岁时就跟这人了。这事儿说到底只是个传闻，宏林并未得到证实，他也不想去证实。不管怎样，有了这个传闻，宏玉再指责别人时，宏林就对她心里生出了深重的疑义。你要别人这样那样，可是你自己呢？你也并不是一个没有瑕疵的人。宏林在心里质问宏玉。这时分，这样的质问又在宏林心里响开了。那种曾经从他心里冒出的对她的怜悯或怜惜，在这一刻，它们中的一小部分，突然变成了鄙夷。

我会走的！你放心！我保证明天就走！

说罢宏林不留给宏玉反驳的机会，快步走进了自己的卧室。

第二天一早，他就开始忙乎。快中午的时候，他果真提着几包东西，在芳嫂的挽留声中，头也不回地离去了。

八

芳嫂去宏林的出租屋住了一次，就在宏林搬出去不几天后。那天宏林的女朋友来了，芳嫂去一个她最喜欢的晚市摊买了一只乞丐鸡，去送给他们吃。她也没事先就打算好在宏林那里住，只是宏林和女友快活吃着鸡的那十来二十分钟里，她忽然就在旁边的沙发上睡着了。等宏林发现，却又不愿叫醒她，便由着她睡去了。忽然芳嫂就从睡梦中醒过来，大叫一声，坏了！我忘了跟宏玉请假了。快扶我起来，我应该回去，不然明天宏玉又要说了。

宏林说，你看你，紧张成什么样子了？我这就给我姐打个电话，

101

你接着睡吧。

芳嫂说，不行不行！我应该走！

宏林女友赶紧按住她。芳嫂便有些惶惶地坐在沙发上。

宏林就拨宏玉的电话。那边电话接通音刚响，就被摁断了。宏林正犹豫着要不要重新打，敲门声响起来了。打开门，宏玉表情怪异地站在门口。她先不进来，用揣测的目光往里看，一下子就看到了沙发上不安的芳嫂。

那你在这儿睡吧，我回去了。

芳嫂忙不迭捡拾自己的东西，小碎步往门口跑。走到宏玉身边，她先讨好地笑了，那笑容特别孩子气。她看上去，是越老越傻里傻气了。宏玉有时候会暗中揣度，她早晚有一天会得老年痴呆。

芳嫂说，走吧，我们走吧。

宏玉制止了她，把她往回摁。

都睡着了，就别再往回折腾了。她忽然转成她一贯的那种语气。你说你这人，真不让人省心。知道吗？我开着车满大街找了你一晚上，以为你出什么事了。出来怎么不跟我打声招呼呢？你想去哪里，想干什么，我从来没有不让过。你跟我说一下，要去哪里，我就放心。你说你，真是太随意了。

芳嫂回头看看已经站到她身后的宏林，又转过头，小声对宏玉说：

对不起，我不是故意的。

那我走了，你们该睡就睡，该聊就聊！

芳嫂又争取了两下，见宏玉决意要她住下，就从了。他们三个人就亦步亦趋跟着宏玉往外走，送她。到电梯的时候，宏玉不耐烦地摆摆手，他们只好在电梯口停住。电梯门渐渐合拢，他们看到宏玉把头别到一边去，不看他们。那一刻，芳嫂心里说不出的不安和难受。三人默契很好地在电梯门口默默站了一会儿，忽然，又同时转过身，快步往屋里走。仿佛说好了似的，他们又紧着步子走到了外窗的边上。撩开窗帘，他们把头聚在一处，静静地往下看。

楼下的路灯光里，宏玉先是快步走着，忽然步子就慢了下来，沉重而拖沓。快拐弯的时候，她停了步，一手抓住路灯的杆柱，靠在了那里。许久她的手顺着杆柱滑脱，接着她整个身子蹲了下来。她蹲在那里，像胃痛一样，后背一抽一抽的，似乎开始抽泣了。芳嫂和宏林都瞪大眼睛，眺望浅黄光晕里宏玉虚浮的身影。宏林忽然轻声说，我姐挺瘦的。

芳嫂脸上跳起如梦初醒的表情，她大步走开，大声对宏林说，我必须回去！

她急火火地走了。

九

芳嫂很想找个人好好聊一聊宏玉。有的话，她不能跟宏林说，她怕某些话题讨论多了，会加深他们姐弟两个的隔阂。可是，跟谁说呢？她再老、再糊涂也知道，有的心声不可向外人声张。芳嫂因这种欲说而不便说的感受而不舒服。她心里像被草堵实了，时不常地憋闷，想大喘气。

芳嫂去找安装师了，在一个阳光刺得人睁不开眼的午后。

安装师坐在一个路边小食店抽水烟。长长的竹烟杆给熏得黑不溜秋，安装师的半边嘴埋在烟筒里，半边嘴挤在外面，形象是一贯的不雅。旁边有两桌食客，一桌吃得正酣，一桌吃罢了，满桌狼藉，吃过的人满足地跷着腿在扯皮拉呱。这是个热闹、散淡、人们见怪不怪的午后。

安装师一抬头，看到了芳嫂。他将嘴抽离出来，缓缓将口腔里的烟吐出来吸进去，揣测地打量芳嫂。

他们走出小吃店，安装师在前，芳嫂跟在后面。她让自己与他保持固定距离，近了不好，远了似乎也不太妥当。

找我有事？

他们在一个树荫底下的石凳上坐下，分别坐在石凳的两头。石凳不长，但他们中间像隔了几生几世。

芳嫂没答话，忽然她就不知道该跟他说点儿什么了。她舔了舔嘴唇，把口水咽进去，还是觉得喉咙里面很干。

你还好吧？安装师发现芳嫂今天抹了口红，他往她那边挪了挪。

还好，你呢？

我也好。宏林、宏新，都还好吧？还有，宏玉，宏玉也好吧？

宏玉，芳嫂嘴里喃喃念叨这个熟稔的名字，深深吸了一口气，举高了目光向远处看，宏玉，宏玉吧……

芳嫂忽然紧张得不行，脑子像是要炸了。她像刚接到让她上战场的命令似的，两腿不由自主抖了起来。

你怎么了？安装师盯住芳嫂的眼睛，宏玉怎么了？

芳嫂忽然就清醒了。她坐到这里来干什么呢？她到底想干什么呀？跟这个早已不属于她、与她不再有瓜葛、她再无法跟他有所瓜葛的男人。她真的老糊涂了吗？自责在瞬间淹没了她。

宏玉很好啊！芳嫂忽然正了正神色，笑了起来。她大起胆子来上下打量安装师，发觉他发福得厉害，人却比从前精神气足。我跟你说老陈，宏玉这孩子心可好了，可疼人了，前两天，她还又给我买了一条链子，周大福的，上个月才开卖的新款，可好看了，我给你看！

她张开五指把衣领撑开一道大小适度的豁口，让安装师看那里面的金子。长条的金链子璀璨夺目，与她颈项上的赘肉、不明显的老年斑形成反差，让她看起来恶俗却贵气。安装师潦草地扫了一眼，挪开了目光。忽然他就不耐烦了。

宏玉好，好得没话说，你真有福气！

芳嫂竟然没有听出安装师在讽刺她。她咧开嘴笑了，刚打了一次胜仗似的，是那种傻气的，显得特别无辜、无邪的笑。

是啊，我有福气哩！

安装师半天没吱声，末了他喉咙里涌出一串的冷笑。

你就是个蠢女人，蠢女人！他上下牙打着架，发着狠似的说。

安装师几曾对芳嫂如此恶言过，就算他们在一起的那些年，都从来没有过。芳嫂惊愕中带点恐惧地瞪着安装师，脑子突然就不转了，黏稠得不行，脸上的傻笑却竟然还在着。

安装师烦躁地深深瞥了芳嫂一眼。

我受够你了！我受够你们了！忽然他自言自语起来，为什么？为什么今天我还要来忍受你？我为什么？

为什么？芳嫂终于收起傻笑。

安装师望着她挟着强烈求知欲的目光，忽然就对她厌恶得不行。

我知道我为什么来了，我知道了。他抑制住想快点离开的念头，放低了声音，说，我总不能白来，既然来了，我就得跟你说点儿什么。除了我还有谁会告诉你、告诉你们这些呢？你竖起耳朵听好了，可别吓着了。我跟你说啊，宏玉早晚一天要坐牢，她偷税、漏税，还……她傍的那个男人，已经进去了，她就是学他的，这就是聪明过头的下场。街坊邻居谁不知道呢？

忽然就看到芳嫂脸上的骇然、惊惧、绝望，安装师这才醒觉似的打住了。

我错了，我闭嘴，我走了。

芳嫂脑袋里面似有一把弯刀在剁，她晃晃悠悠从石凳上站起来，目送着安装师。她视线模糊，看到的全是虚线和重影。安装师像一个悬空的物件，从芳嫂眼前飘走了。芳嫂的思绪渐渐不知去往了何处。后来，她脑袋不那么疼了，却又沉又重，像有万吨泥沙刚从上方某处垮到了她的脑壳底部。这些泥沙的一部分又继续渗漏，最终都在她心口安家落户。她心情一点一点地沉重。南方下午的阳光像旺火热锅煎炸辣椒籽溅出的油，淋着芳嫂，却不能叫此刻的芳嫂感到一丝的暖。她小时候某年冬末春初晌午曾见过邻人从树底下刨出一条正在冬眠的壮硕大蛇。在不合适的时间里被裸呈于日光下，它连惊恐的表情都做不动，又何谈逃呢。芳嫂这时候眼前飘出那条蛇，她对它感同身受。

芳嫂埋下头在那儿站了许久，隐约想到应该赶紧回去，就往前走了，走的却是与归路相反的方向。她就这样走啊走的，一直走，步履沉重，老态得不行。等天黑下去之后，她走到前方那个街心转盘中间，倚坐在一个异形雕塑的宽阔底座上睡着了。她睡得很死，蚊子怎么叮咬她都感觉不到。有个流浪汉走过来剥走她颈上的金链子时，她甚至因为劫掠带来的微小摩擦在睡梦中笑出声，把那流浪汉吓了一跳。后来一些鸟鸣和狗吠最终把她吵醒了。她浑身不舒服，从头到脚哪儿都不听使唤。她艰难地抬手揉揉眼睛，在晨曦中直起腰身四下里张望，却深深地感觉到眼前的一切都是新的——她什么都记不得了。

宏玉和宏林找到芳嫂，已经是快中午的时候了。整个早上和一上午，芳嫂都在那个街心转盘附近的街路上走走坐坐。如今，那些以往走过的街路在她眼里全然是陌生的，这陌生给她带来新鲜感，她转着转着，竟至忘记回家这件事了。宏玉和宏林发现她时，她正背着手站在一家米线店门外上下张望，像一个来此地视察的政府要员。她只是脸上的表情比常人稍微冷峻了一点而已，不跟她说话，是不容易发觉她是个新晋老年痴呆患者的。所以，她在那家米线店门口站了至少一刻钟了，也没有引起店里人的特别关注。

宏林先走到芳嫂身边，唤了她一嗓。芳嫂应声别过头来，带着明显的敌意注视宏林，目光冷得像冰做的刀。宏林吃惊非小，站住了。芳嫂一言不发把头转了回去。

宏林和宏玉疑惑地交换了一个眼神，然后两个人一左一右同步迈到芳嫂两边。

芳嫂迅速把身子僵起，呈瑟缩状，以此回避来自左右的触碰。在对方因不解而迟疑的那一刻，她偏起身子把自己从他们的臂架里抽离了出来，而后，她惊怯地别过头来，怒视了他们一眼，又转脸沿着前方自行车寄放处之间的弯曲小道疾走起来。宏玉和宏林没时间追问情由了，撒腿追了过去。

他们在林立的自行车之间截住了芳嫂，一个挡住前路一个堵住后路。芳嫂惊恐万状，身体上下瑟瑟抽抖，仿佛旁边站着的人是劫匪。

怎么回事啊你？

宏玉厉声道。

芳嫂刚与宏玉四目相触，立即就垮了。她先是大喊了一声"救命"，接着如同瘦人身上突然掉落的裤子一样，她身体的各部分争先恐后向地平面涌去。她在宏玉与宏林的手忙脚乱中抽风般战栗着倒地晕厥。自行车被她的身体撞倒，一辆拱着一辆蜿蜒起舞。

深夜芳嫂是在自己的床上醒来的。房间里敞亮如昼，宏玉和宏林忧心忡忡地坐在屋里。见芳嫂醒了，宏林忙走到床边坐下，宏玉紧跟着走来。仿佛才发现这屋子里有人似的，芳嫂惊恐地躲闪。宏林和宏玉忙与床拉开距离，芳嫂这才稍稍安心了点。她把半面脸埋进枕头，露在外面的那只眼紧盯着床头灯的灯罩，目光涣散。看得出来，她是开始思索起什么来了，思考得特别用力。似乎终于想出个所以然来了，她猛地回转头，瞪大眼睛，发出一声大叫：

要来了！要来抓人了！

她发声困难，出了嗓门的声音没腔没调，听着怪怪的。她的脑子与发声系统之间已经严重短路了。

宏玉说，抓人？抓谁？你在说什么啊？

芳嫂沉浸在自己的思索中。过了片刻，她又道，我忘了什么事了？很重要。什么事呢？

她茫然抬起头来，却再次像突然才发现屋里有人似的，蓦地慌了神。她瞪着宏林，用那种怪声音问道：

你是谁？

宏玉说，他是你儿子，宏林。宏林你都不认得了吗？你认得我吗？

芳嫂的目光在宏玉与宏林二人间跳跃。她什么都拿不准，只得摇头。她颤巍巍地摇了几下头，末了怯怯地问宏玉：

那你是谁？

宏玉说烦躁就烦躁了。虽然她平日里常会生出芳嫂终将成为老年痴呆患者的预感，但她可没想过这事会发生得这么早。怎么说这都是个突发事件，叫她措手不及。里里外外有多少事在等着她啊。那些关于她厂子问题的传言，有一半多是真的，她最近正在着手摆平呢，可费劲儿了，说不定还需要她向某个丑陋但能量超大的老男人牺牲色相呢，至于要牺牲到哪种程度，既要靠她脑子，也要看造化。原本已经心力交瘁了，现在横里插来这一茬，她能有平和心吗？

宏玉说，我是谁？你连我是谁都不知道了？那我告诉你，我是你妈！你妈！记住没？

一说就来气，她还真觉得自己一直以来在这个家里扮演的就是爹妈的角色。

芳嫂听罢此言低下头数起指头来，许久她抬起头捂着嘴乐了，乐完她把手从嘴里拿来，指着宏玉：

你是我妈，他是我儿子，那你是他奶奶？骗谁啊？以为我老年痴呆吗？

说罢，她像一个相声演员终于得到了一个经典段子，笑得更大声了。

笑毕她怒了，强撑着坐起来，挥舞着双臂，嘴里语焉不详地碎声叱骂，一副不把宏玉宏林赶出屋子誓不罢休的样子。姐弟二人最后也只好闪出屋子。

几分钟后，二人正在客厅里想着对策呢，突然从芳嫂卧室传出一声带着哭腔的惊叫。他们闻声奔进屋里，就见芳嫂两腿叉开，呈跨立姿势站在床边。她的两腿内侧是被某种显而易见的液体濡湿了，两腿间的地板上，更是亮汪汪的一摊水渍。屋里弥漫着一股尿的臊味。芳嫂低着头，愕然瞪着自己的两腿，不相信那是自己做的似的。

宏玉，我不是故意的！

芳嫂缓缓抬起头，一脸歉意地望着宏玉，委屈地说。

这是芳嫂唯一的一次记忆逆转，可惜这个过程只持续了瞬间。

没等宏玉、宏林因这逆转而惊喜的神情从脸上消退，芳嫂又变回那个标准的老年痴呆症患者了。你们是谁？是谁？谁让你们进来的？走开！快走开！她既惊且怒地大声呵斥。

他们把芳嫂送去了市立医院。可是，这样的病治愈率太低，去医院还不就是那么回事？只过了几日他们就又把芳嫂弄了回来。随后这个家不再有一个宁日。芳嫂的病情每况愈下，她总出情况，今天这里疼明天那里痛的，很多时候她直接就是脑子出故障，宏玉、宏林每天被她折腾得团团转。最让宏玉烦躁的是，芳嫂似乎对宏玉有种顽固的抵触情绪，一看到宏玉，芳嫂就紧张。宏玉觉得自己前世一定作了孽。

十

宏新回来了。这个家伙，接到宏玉电话后，他竟然拖拖拉拉过了三天才坐飞机回来。并且，他还提前跟宏玉通报了返程的时间。

他说，他只请到一周假。一周，就一周，超过一周他这饭碗有可能保不住。其实请一天两天都不应该呢，作为老板的私人助理，他得随时鞍前马后。反正宏新是这么说的，他这张嘴，要划拉几条理由还不容易？宏玉给他气疯了，连宏林都觉得宏新这次有点过分。

回来当天宏玉就把宏新骂了个狗血淋头。这宏新，工作后从不主动给她打电话，他对她，是越来越疏远和生分了，宏玉心里攒下了好多愤懑。这次终于逮着机会可以当面说教，宏玉可不能错过。宏玉就骂个不停。宏新看上去却一点都不恼，任宏玉怎么骂，他都当听不见。这让宏玉更加来气，这气怎么都撒不完了。骂到最后，宏玉突然说：

你是儿子，该尽的义务必须尽，现在妈都这样了，是你尽义务的时候了。不是你一个人有事要忙，宏林和我，谁不是啊？你得像宏林和我一样守着她，我们轮流。别想走！你从此以后就好好给我在家待着吧。

宏玉说着说着，仿佛终于发觉一个真理似的，刚打了激素似的走过去，推了宏新一把。你听见我说话没有？想走，没门！

宏新正趴在芳嫂床边，拿着一个塑胶玩具逗芳嫂玩儿呢，芳嫂给他逗得小声窃笑。显然她喜欢他，尽管她也同样不认得宏新了。

宏玉见此情形更有理由了。她说，妈自打病了那天起，就没这么乐过了。她一见你，病就好大半了。就冲这个，你就不能走！

她说出来的话从来都是圣旨，谁想抗旨不遵那是自讨苦吃，除非有一天她自己心血来潮想把它收回去。宏新转过头来，冷峻地看了宏玉一眼。他又回转头来，支起半个身子来，呆愣地望着芳嫂。宏玉正欲开嗓继续扮演河东母狮，忽见宏新盯着芳嫂的眼睛泛出泪光。宏玉一怔，看来这小子还是对芳嫂有感情的。

我同意，我不走了。宏新用一种让人猜不透的语气说。

简简单单说了这么一句，就走到别的屋子去了。

没过几天，宏玉和宏林都明显发现有宏新在对他们多么有利了。宏新多会哄人啊，他和脑细胞已经坏死多半的芳嫂互为宠物，一天到晚两人打成一片，不亦乐乎。到后来，芳嫂只要超过半天看不到宏新就摔东西。有天晚上，宏林不在家，芳嫂和宏新两个人正你一句我一句地互相逗乐，旁边的宏玉看得心生涟漪。她悄没声儿踱到宏新身后，凝视这个外表彪悍、性情奇特的弟弟。她觉得自己对他又爱又恨，就像她这个家里的其他人一样，就像她对这个世界一样，就像她对周遭的一切甚至对自己本人一样。是啊，总有两种完全相异的情愫，左右着她对他人、他事的态度，她此生都为此纠结。

宏新一歪脖，看见了身后的宏玉，马上极不自在地把头扭了回去。

听我的就对了吧？宏玉柔声揶揄道，看，你留在家里多好啊！

宏新不理她。屋子里忽然就一点声儿都没了。然后，与宏玉的预料完全相反，都没有过渡的，宏新突然跳起身，满脸怨恨、悲愤、恼怒地瞪住宏玉。宏玉打了个寒战。宏新盯住宏玉，猛地折断手里的塑胶玩具。在玩具崩裂的噪音中，他咬牙切齿、铿锵有力地说：

你知道我有多讨厌你吗？我看不得你这副嘴脸。

宏玉的反应也很莫名其妙：她的脸腾地就红了。她活到现在，第一次碰到有人如此放胆辱骂她，这人还是她的亲弟弟。她的尖牙利舌一时间全罢工了。

宏新一鼓作气说了下去。

你以为我不想待在家里陪老妈吗？但我有什么办法啊？我那工作太窝心了，这些日子，不止一个人想挑我刺呢，我的工作随时可能被另一个人顶掉，那我之前好些罪不是白受了？他头也不抬，只是盯着地面，越说越愤恨。真不知道他的身心到底遭过什么罪，还是他夸大其词，在编瞎话。他靠近宏玉，紧紧盯住她的眼睛，说，你总是这样，用你的嘴，用你的那点聪明劲儿，往别人的心尖儿上撒毒。再没有比你更恶劣的人了。

后面这话太伤人了，宏玉颤抖地、隐而不发地瞪着宏新。

话都说到这份儿上，这个梁子是结下来了，他俩这辈子都别想缓和关系了。余下来的事，就是宏玉怎么去收拾宏新。她再没有理由去宽容宏新了，再无须纠结，从此后，她只需厌恶宏新即可。就在两天前，她到底还是向那个肥丑的老男人献了身，摆平了她的事。如今，她对这世道看得要多透有多透。宏新她还看不懂吗？他就是个坏种。顺他者昌，逆他者亡，这就是他的生存逻辑，谁不依着他的性子来，他就叫谁难受。可是，她为什么要叫他舒服？为什么要顺了他的意？她偏不。

宏玉深吸了一口气，站稳了，她冷笑道：

我没什么好跟你说的了。你只要记得我一句话就可以：你，从今往后，哪儿都别想去，老实给我在家待着，尽你当儿子的义务，直到妈百年之后。

只要宏玉想，她什么都做得到。宏新悲愤地看到，宏玉要软禁他，而他就只有听任自己被她软禁。宏新因自己的洞见而惊怒，血直往脑门上涌，他抓起身边什么东西就往宏玉那儿捣去。宏玉想躲是来不及了，那东西捣在她脑门子上。虽只是一只空调遥控器，但宏玉脑门还是给戳破了。刚好回家来的宏林打开门，看到一脑门血的宏玉和宏新正两两相对站定着彼此怒目而视，宏林吓呆了。而芳嫂呢，显然是被此情此景吓住了，正小心谨慎、悠长地尿着裤子。

就这样，宏新在家里住下了。他连提都不再提回去上班的事，他知道那没有用。就算他什么也不顾一走了之，宏玉也有办法整治他。没有什么她做不出来的，只要她想。是啊，她连坐牢的事都摆得平，要控制住宏新这种粗人还不是小菜一碟。比如，她可以千里迢迢跑到宏新工作的地方，当着所有人的面把他吼走。

不久后的一天，天气不错，适合出游，宏林提议他们姐弟三人带芳嫂出去透透气。宏玉同意了。她完善宏林的提议，说不如他们去搞一次野餐，带些饮料、卤菜什么的，往草地上一坐，一家人静静度过一个上午或下午，那一定挺有意思。宏新鄙夷地想，她总是忘不了搞形式。

他们去了这小城东部的湖滨公园，在一处树荫下的草地上铺了条纹的床单，将带来的食物在上面摆好，围坐着开始所谓的野餐了。宏玉不断制造话题，扯些他们间的往事，间或讲个笑话。但是，很显然，气氛并不真的轻松愉悦，除了芳嫂，这姐弟三人都只是在装开心。这种情形从宏玉和宏新大吵那日就已经开始了。暖风吹得人昏昏欲睡，有一阵子，宏新实在忍受不了这官样聚会般的气氛，便起身走开去了。

他一直走，脱离了那张床单上的人的视线，最终在公园西侧的湖边坐了下来。刚坐下不久，就感觉到耳朵根子瘙痒。一回头，他看到芳嫂举着一片树叶笑吟吟站在后面。宏新冲芳嫂笑笑，芳嫂高兴地挨着宏新坐了下来。后来，他们两个人头靠头打起了瞌睡。

宏新是真的睡着了。等他因某种莫名的不安突然醒来时，发现芳嫂不见了。刚要站起来寻她去，却听见了芳嫂口齿不清唤叫他的声音。

好玩！你来！你也来！

芳嫂站在湖心一条平时用于观赏的、窄瘦的旧渔船上，正玩得起劲。连接渔船与湖岸的是一段细长的 S 形的板木连成的栈桥，芳嫂显然就是从这栈桥上走到渔船上去的。宏新循声搜寻芳嫂，立即看到了她。他大声喝令她站住莫动，自己则飞快地沿着栈桥往船那边跑去。栈桥因宏新的奔跑摇曳，芳嫂见状兴奋地在船上拍手跺脚。船开始颠簸，惯性又使颠幅不断加大，便再也稳不下来。芳嫂失去方寸了，却动得更凶，眼看着就要掉下水去。

宏新加快奔速，然而，在离船还有二十来米时，他猛地刹住了自己。

天知道那个可怕的念头怎么会在如此关键的时候跑进他脑子里来的，那个念头，它、它真的太可怕了。宏新蓦然想道：一旦芳嫂不复存在，宏玉还有什么冠冕堂皇的理由把他困在这里？至少，她暂时是找不到的。宏新被这个念头魇住了。他被这念头诱惑着、侵蚀着，举不动腿。在此期间，另有一个念头跳出来为先前的念头推波助澜。宏新又想到，有芳嫂这种病的人，大多活不了几个年头。更何况，她现在这个样子，不再能够知道自己是谁，活着也是受罪。就这样宏新迟疑地站在栈桥上，一任芳嫂在他的眼皮底下翻滚着掉进了水里。芳嫂大声呼救。宏新咬住牙坚持不让自己挪步。终于，芳嫂被湖水吞没了。水面上鼓起一大串气泡，接着是变小的另一串。宏新远远瞪着那些气泡，突然醒觉了过来，拔腿欲向前奔去。从身后疾速蹿过来的宏玉却在这一时刻赶超了他。

几乎是不假思索地，宏玉愤怒地撞飞栈桥上这坨挡路的肉，向渔船那儿奔去。

（原载《人民文学》2011 年第 12 期）

告　白

一

有件事我一直想告诉你。

二十年来，付师傅总在构思一次交谈。这是他的开场白。

接下来多半是这样一句话：

你是我偷来的，儿子。

太直接了吧？天新被吓着了怎么办？最好措辞委婉一点。不如这样说行了：

儿子，你不是我亲生的，你是我从广西……拿回来的。

说"拿"也未尝不可吧？当时，他正走过柳州的一个街角，天新就在路边两个巨型铁皮垃圾桶之间站着，手上拽着根细长的竹枝，拧着身子、噘着嘴以显示他是个会生气的人。那竹枝被他甩得噼里啪啦，沾在铁皮桶外廓的垃圾碎末有些就免不了在竹枝的抽击下溅出来。可是，被溅上了脏物的这张小脸、这个小身子，并不显脏，倒让付师傅一下子想到了那种表面撒了杏仁的鲜炸奶球。他一下子就喜欢上了这孩子。

四五十度角方向，十几米开外的样子，驳杂的店铺之间，挤着一间瘦窄的早点铺。一个糙脸糙手的倒梯形脸男人，三十挂零的样子，这一刻正站在早晨的铺面上冲天新呵斥：

弄脏了衣服我把你喂狗。快回来！

他显然是太忙了，唤了两下发现没用，一转身钻进店铺深处的早餐制作间忙乎去了。事后多年，付师傅总会让思绪停落在接着到来的那个决定天新也决定他命运的时刻，但每一次他都无法悉数还原他当时心境的全貌。也许那一刻付师傅什么也没想，只是让目光尾随着那男人直到他没入早点铺，而后他装作漫不经心地走过去，像平时在车间他打开工具箱随手拿起一把钳子、螺丝刀什么的一样，别提多顺手地走过去弯腰那么一拿，天新就在他手里了。

街角这种结构，从来都是作案逃逸者的帮凶。大冬天的，付师傅又正好穿了件及膝的呢子大衣，天新几乎是在被他伸手抓起的同时给卷进了他的大衣里。一分钟内从街角的这一路线绕进那一路线，然后他像当时盛行的港片里的飞贼那样花了三分钟狂奔杀入另一条街，再花了十来分钟坐三轮车进入火车站，他有生以来第一次也必将是唯一的一次偷人事件，就此大功告成。

值得揣摩的是，从始至终，天新没叫喊过一嗓，也没挣扎，就仿佛付师傅跟他早就混熟了一样。更有意思的是，坐在三轮车上的那段时间，这个约莫两三岁的稚儿索性就在付师傅怀里睡着了。

勉强能够被引以为因的，是付师傅身上刚好有一袋大白兔奶糖。他先前买来打算这次出差回去后给工友们发一发的。这袋奶糖就放在风衣里面的暗口袋里。天新才一进入他怀里，奶糖们就开始挤他的脸。他在狂奔的付师傅不曾察觉到的某个时刻奋力拽出袋子，紧紧抱入手中。他是抱着它睡着的。

在那些不断修改、从未曾付诸实践的构思里，此处应有细节描述。对！当他气喘吁吁地将天新放在候车室的椅子上时，一个白皙、柔美的男孩与一大袋奶糖依偎着共眠的样子，在他看来实在是太动人了。

他会跟天新说，就是那个画面，加固了他要占有这个孩子的决心。

然后，他会跟天新道歉。

二十年了，七千多个日夜，很多很多时候，数不清多少次，他忽然就会构想起这场对话来。在这些场景中，起先，他是一个有点健硕的、外表温和的大青年，最末尾，他变成了一副铿锵有力的晚期中年男子的样子。

这么多年了，他时刻在为这样一场谈话做着准备，却一直没能做好准备。

二

付师傅当时的妻子和晓岚永远都忘不了二十年前那个乱七八糟的夜晚。一开始，付师傅抱着天新风尘仆仆站在家门口的样子把她惊住了。稍后，她在付师傅眉飞色舞诉说前因后果的声音里生了气，本来她想忍住不跟他费口舌的，因为在这之前她差不多已经拿定主意要跟他离婚了，他的事将不再跟她有关。但她终究还是没忍住，不跟他论争几句保准她会好几天心情不通畅。

我看你昏了头了吧！和晓岚说，你知不知道你干了什么？正在干什么？你这是在犯法。你犯法了你不知道吗？你看看你高兴成什么样子了？有你这样的法盲吗？

付师傅说，我才不是法盲，我知道我这么做是违法的。可是你看看这孩子，看看，多棒啊！

和晓岚说，我建议你赶紧再去一趟柳州。孩子在哪儿偷的，你还把他放哪儿。

付师傅说，我们结婚六年了，你总想要个孩子，现在孩子来了，你该跟我一样高兴才是嘛。来，笑一个。

不提这个事儿还好，一提这个和晓岚就来气。她是连做梦都想要个孩子，但那必须是她自己的孩子。当然，不久前她和付师傅都已经清楚了，只要她还是他的妻子，她就不可能有自己的亲生孩子。他有不孕症，就是他去广西的前一周检查出来的。这话要带着情绪说的话，应该这样说：有不孕症的是他，而不是她。他们从一结婚就努力造人，总是从零到零，二十年前介绍那方面的信息比较少，付师傅按那时候的常规思维追根溯源，认定问题出在妻子身上。站在和晓岚的角度，她对付师傅的主观臆断持反对意见。光为着这个责任人的推定，六年来他们吵了一次又一次，感情早吵得千疮百孔难以愈合了。而不久前来自医院的最终结论让和晓岚觉得自己婚后这六年过得要多窝囊有多窝囊，她老早就该跟他分道扬镳了，难道不是吗？有件事她确信，付师傅早就看出她想离婚了，虽然她从没明确把那意思说出来。说不定他心里还觉得这个意外获得的孩子有拯救这段婚姻的效用哩。他要真这样想可就天真了。稍微动动脑子他就能想到，他们的感情破裂到后来那种地步，已经不仅仅是孩子

120

的原因了。别说是一个陌生孩子，就算他们真的有了一个自己的孩子，也未必能救好这段婚姻。

和晓岚就笑了，嘲笑。刚笑了一霎她就觉得连嘲笑都是自讨没趣，白费劲，跟他在一起做什么都是多余。她虎着脸，看了付师傅手里这个熟睡的孩子一眼，转身进了进卧室。

付师傅在卧室门外沉思了一会儿，就把天新放在身边的沙发上，跟着进了卧室。和晓岚见他进来马上把身子转了过去。他把她搬了过来，她还是转过去了。付师傅只好冲着她的背影说话。话出口前他先叹气。

岚啊，你听我说。我前头是跟你说笑的呢。我好歹也是念过些书的，怎么会知法犯法嘛？其实呢，这孩子不是我偷着抱来的，是我捡的哩。不知道是谁家走丢的孩子，我觉着可怜，又想着反正我们也该有个孩子，就捡回来了。

和晓岚不睬他。她当然不要睬他。男人和女人真的是两个物种呀，你看，这个人永永远远都在弄岔她心里的逻辑，难道他忽然认为她生了一晚的气是因为他的知法犯法？真好笑哟。就他们之间这种永远合不了拍的平行思维，还能再过下去吗？必须离了，再拖她的青春就给拖尽了，还是早点解脱吧。和晓岚就坐起来了，看也不看付师傅，淡淡地说：

我们也别争这事儿了吧。孩子，你喜欢，就养。偷的还是捡的，我都不管，也不想管，那都是你自己一个人的事，你就养吧。我呢，也该想想自己的未来了。这样吧，明天我们就去把手续办了。

付师傅虽然早有预料，但还是僵住了。他瞪着她，说不出话来。

办？办什么？

121

别装糊涂了。平时你倒敏感得很，怎么今天那么迟钝了？明天记得把该带的都带齐。

付师傅木头人一般坐在床边，直到和晓岚觉得灯光干扰了她的睡眠扯开被子跳到开关那儿去，他才从茫然中醒觉过来，发现自己忽略了这个房子里的新丁。他跳将起来，跑向客厅。两分钟后，半梦半醒的和晓岚被付师傅的惊呼声震醒。

在也许会也许不会付诸实施的那场交谈中，付师傅会很乐于跟天新详细讲述他那声惊呼之后堪称惊魂的那几小时。那时候午夜似乎已经开始了。其实具体时间付师傅不知道，事情来得突然，他乱了方寸，哪顾得上看时间。太可怕了，沙发上的天新显然是发了高烧。看起来这烧似乎早就开始了，很可能在火车上就烧起来了，只是付师傅紧张加激动、欣喜加向往的心情使他没能及时觉察到这一变故。

和晓岚是个情绪化的女人，见此情形就开始痛骂付师傅，责怪他不该这么马虎大意，没要几句话她就将话题引申到付师傅性格中最大的弊病，越说她自己越生气。付师傅起先还忙里偷闲地驳斥着她，后来他也火了，呵斥她闭嘴。和晓岚这才意识到这么危急的时刻不适合吵架，她强忍怒火走到一旁去了。付师傅说你给我喊救护车。和晓岚说小孩子发个烧再正常不过了，你看你，大动干戈的，干什么呀？奉劝你先睡觉去吧。深更半夜的，别再折腾了。我先睡去了。付师傅不知哪来那么大的火，愤而高喊，和晓岚，我算是看透你了。行！你不是要离婚吗？明天就明天。离！不离我是孙子！和晓岚长长地松了一口气，哀叹道，算你识相。

人跟人之间讲缘分，有缘呢就一生怎么都摆脱不了牵绊，没缘

122

的话再怎么努力也是瞎费蜡。和晓岚显然跟天新是没有缘分的。换句话说，付师傅和天新绝对有缘，冥冥中一定有某种东西在他们之间共振。小孩子发个烧是常事，但付师傅看着高烧中的天新，心底滋生出非比寻常的恐惧，这就是预感吧。

付师傅的预感很快应验。天新那晚的问题并不仅止于发烧，发烧只是征兆，他得了急性肺炎。可仅仅严重到肺炎也就罢了，竟然肺炎是更严重病患的征兆。没过几天，等肺炎症状有所控制后，医院对天新做了进一步的体检，发现天新主动脉缩窄，自无名动脉到第一对肋间动脉之间的主动脉先天性发育异常。简单说，天新患有先天性心脏病。

还好，肺炎发现得不算晚，住了几天院，天新差不多就正常了。医药费用了一两千。和晓岚倒不是个小气女人，尽管天新住院那几天她并没有对天新上过一次心，但对这突然花掉的一两千存款她也没太计较。即便这样，离婚的打算不会因为任何变故而更改。又过了几天，他们从速办了手续。

真正要分开的那个时刻，和晓岚还是真心实意地关心起付师傅来。她把一个意思强调了好几遍：

趁着你现在跟孩子还没多少感情，把他处理了吧。建生，我了解你，你心肠软，时间长了，要你下决心放手这孩子，比登天还难。听我一句话，这事拖不得。

付师傅低头沉思了好一会儿，一直没说话。后来，他把天新塞在他棉衣领子里的手拉了出来，举高。天新心有灵犀哩，马上用五指做"再见"手势。付师傅得意地冲和晓岚笑。和晓岚扭头就走。

三

付师傅到底还是没把前妻的话当耳旁风。他花了整整一个晚上来思考已经在他生活登陆的这个两难问题：一、他的确是个热爱有孩子的生活的人，并且，他对这个孩子太有感觉了；二、如果要下这个孩子，他的未来将与各种风险捆绑在一起。付师傅有时候很优柔寡断，这么为难的事情他还真决断不了。没办法，他只好抛硬币问上帝。又白又亮的五分硬币迎着夜灯从空中落下来时，付师傅的心跳响声很大。硬币在桌面上蹦了几下躺了下来。结论是什么，自然是一目了然。但是付师傅仍然把眼睛瞪得比桌上的硬币大一倍。

付师傅买了一袋包装上等的大白兔奶糖，让天新搂着它，然后他紧紧搂着天新上路了。

可是，柳州还在那里，那街角也在，那两个肮脏的铁皮垃圾桶同样还在同样的位置没移动过一寸，不在的，是那家早点铺。

准确说，店铺是在的，只不过不卖早点了。卖什么呢？鬼才知道呢。它就敞着门，闲置在那里，原先的桌椅、工具什么的，如今被乱糟糟地归置在屋子中心。用常规逻辑去推测，得出的结论显然是：原先的店主人不再经营它了，它正等待新的主人去主持它的未来。

付师傅站在这店铺门外的马路边望着它发呆，心里直打鼓。他留了个心眼，把天新放在了旅馆里。他是过来探探情况的。如今他有一点点不知道怎么办好。就这样他在马路边站了没多大一会儿工夫，就撒腿跑了。

跑过一站路，他想想又跑了回来。他喜欢拍照，平时只要出远门他都会随身带个傻瓜相机。再跑到这铺面外，他抓拍了十来张那铺面以及这一带街景的照片。这毕竟是天新儿时生活过的地方，他觉得他必须给天新存些纪念物。

　　回到旅馆，付师傅抱起天新就去结账，结完账马不停蹄地往火车站赶。这一路上他逐渐意识到这一趟来柳州就仿佛是他自导自演的一场戏。你看嘛，他连问问那店铺旁边的人也不敢，就妄加断定那店铺关门歇业了，为什么呢？他是怕这店铺并非真的歇业，或者是，如果真是歇业，他怕旁边的人是知道这店铺原主人去向的，他一问人家就会告诉他，而他不要知道，不想听，对不对？深入地想一想，他来柳州主要是为了向自己内心的彷徨交一个差而已吧，哪是为了送还天新啊？他只是向自己装个样子出来罢了。这下真好，他装也装过了，还有摆放在那儿的一个借口让他没有送掉天新，要多完美有多完美！

　　这样的自我推断让付师傅对自己大吃一惊，随即羞耻和自责的感受铺天盖地淹没了他。他想他从来都排斥去做一个坏人，怎么原来他是这样一个自欺、伪善的人？在这样的自我拷问中他乱了阵脚，有一点点乱了方寸。因为买到的回程票是十二个小时以后的车，他只好抱着天新在火车站大门外高高的台阶上干巴巴地坐着。那些羞耻和自责的感觉间歇性地跳出来袭击他，进而使他一阵一阵地有一点点错乱。于是，他有了接下来的荒唐举动。

　　他独自一人去了站内的公共厕所，并且故意蹲在臭烘烘的脏蹲坑上面磨蹭了老半天。等他回来的时候，天新已经不在原地了。付师傅脑袋"嗡"的一下，整个人马上要崩溃。他沿着这高高的台阶跑上跑下好几趟，东找西找，天新无影无踪。正当付师傅准备坐在台阶上好好哭一场的时候，他不经意一扭头发现了天新。天新就在大门里面不远处的警卫室里，玻璃门上印着天新的小脑袋。付师傅疯了似的冲进警卫室，看到天新被两个铁路值班警察中年轻的那位抱在腿上。天新一声不吭，胆怯地把两只小手绞在一起，绞来绞去。一看到付师傅，天新"哇"的一声就哭了，一边奋不顾身地扭开年轻警察，向付师傅怀里扑去。付师傅的双臂紧紧箍住天新，心里是失而复得的巨大喜悦。两个警察站在一边，会心地笑了。但老一点的那位警察还是谨慎一点。他拍拍付师傅，付师傅转身看他。老警察就问了：

这是你孩子？

付师傅说，是啊，当然是我孩子。

两个警察再一次把目光停留在付师傅的脸上，那里尽是惊喜和快慰，再看天新，这时候他两手攀住付师傅的脖子，攀得那个紧，刮十级台风都刮不开的样子。两位警察便觉得这个男人和这个两岁孩子是父子关系绝对是没问题的。老的那位警察便笑了，亲热地叮嘱起付师傅来：

老弟啊，别再随便把孩子单放啦，再弄丢了我们可不管喽。

付师傅突然就哽咽了。

不会弄丢，再也不会弄丢的，一辈子都不会弄丢。

从柳州到他生活的城市坐火车要十几个小时。付师傅买的是硬卧车厢的中铺票。他把天新放在他脚头。他用包了白被套的毛毯紧紧包住自己就睡了。起先几个小时他没真正睡着过。天新也时睡时醒，醒过来的时候他就捉着付师傅的大脚掰着那脚指头玩。夜里有一阵子，付师傅感觉到天新沿着毛毯被从里面向这头钻过来，钻到他胸膛部位的时候，天新停下来，蜷好，紧紧偎在付师傅那个地方睡着了。那种被一个小生命紧紧傍着的感觉，真叫付师傅开心。如果天天有这种感觉到来，那小日子该有多美满，多如意啊。付师傅浸淫在大量的满足里打着呼噜沉睡过去了。不知道什么时候，胸膛上的阵阵麻痒、欣快的感觉把他弄醒了。

天新被付师傅"拿"走前，一定还没断尽奶。跟着付师傅的这些日子，和付师傅睡在一起，夜里，他常常自觉不自觉地用手刨开付师傅的上衣，小嘴在付师傅平坦的胸膛间拱来拱去，最后犹豫不决地吮起付师傅的乳头来。有的时候，吮了两下三下感到无趣，就爬开重新睡他的觉去了，却有一些时候，他似乎真的以为能吸出个所以然来，吸个没完没了起来了，最后小嘴就嘬着它睡了。

这个夜晚，火车的车轮碾过异乡大地，天新比哪次都专注地吮起付师傅的乳头来。付师傅小心地把双臂圈到脑后，枕着它们，眼睛睁得大大的，凝视着昏暗中的上铺面板。来自胸间的这怪异的感觉让他的心安定、舒展。他多么喜欢这感觉啊。有这样的感觉相伴，以往时常会从心底蹦出来的某种与生俱来的不安感，在他这儿就再也没有用武之地了吧，他从此将一生精神抖擞、充满斗志，一定会这样的。付师傅便想，这个孩子，他要定了，此后，不可以再有犹豫，如有犹豫，他不得好死。

四

跟付师傅同住一个职工宿舍区的工友们都能想起付师傅在一九

九〇年的春天突然搬走去别处租房住的事。到哪里租房去？为什么好好的公房不住偏要租房住？付师傅没有给予别人任何解释。别人理所当然地就推论他受了前次婚姻的伤，再也不能平心静气在以前的房子、院子里住下去。

付师傅的人生突然变得忙碌起来。他要定期带天新去医院检查，天新身体有一点小毛小病他就又得往医院跑，他还要给天新的生活一个全新的环境。在这个环境里，没人知道天新不是他的亲生儿子。他觉得让天新把他永远当成亲生父亲，对他自己，对天新的成长，都更有利。他租住的地方，是一个商品房，户与户之间不太交往，他需要的正是这样的生活环境。

付师傅那几年把能搜罗到的相关资料全仔细看过了，他已经知道了，先天性心脏病是可治愈的，天新还小，没错过最佳治愈时机，付师傅有信心让天新在学龄之前变成一个基本健康的孩子。得考虑的一个问题是医药费。如果真到了做手术的时候，医药费只准多不准少地事前就得准备在那里。付师傅虽然只是那个中石油下属的天然气管道分公司一个普通的技术工人，但收入还是比社会上一般单位的干部都要高。可以说，他还是能存些钱下来的。但付师傅对以后到底会在天新身上花多少钱心里没底，万一最终是个天文数字呢？所以他认为自己得存很多钱才行。他这个时候已经确定了一个重要的人生哲学：钱为大。到处都在传着谁下海谁又一夜暴富起来了的消息，付师傅闲着的时候也就留了个心眼，到处打探和寻找机缘，他想看看自己工作之余还能干点别的什么事情，以便弄点外快充实家里那张饥渴的存折。

在天新第一次手术前的那几年里，付师傅短婚过两次。

第一次是他跟和晓岚离婚当年夏天。

说起来，他再婚得也快了点。但这也正常啊，一个习惯了婚姻生活的人忽然变成光杆司令，总是不习惯的，能早点再婚当然就早点喽。凡事都讲机缘，只能说那个女人出现得时机恰当。

这是个挺率性的女人，她坦率得让人咋舌。她说她也刚离婚，第三次离，她不习惯眼下一个人的日子，她对付师傅有眼缘，如果付师傅也看得上她的话，他们可以省略掉互相试水一阵子的程序，就直接领证结婚吧。如果结完发现不合适呢，闪离就得了呗。人生苦短啊，一个人单着多没意思是吧？先双起来再说。

付师傅被她的激情感染，也打心眼里觉得这女人够生动有趣，就跟她闪在一起了。这女人也喜欢天新，没事就把天新的小脸蛋往她一对豪乳里面一摁，逗天新玩，她就喜欢用这个方法逗天新，乐此不疲。天新总是被憋得上气不接下气地又哭又喊，她倒好，笑得气都喘不上。笑累了她就捏窄天新的脸，让他的脸蛋鼓起来然后她在那上面又是啃又是吮，任天新如何挣扎都没有用，她玩兴浓时天新只有承受的份。

她称得上对天新好，在街上看到什么都会给天新买。问题是她买东西，并不是因为喜欢那些东西，而只是因为她喜欢买。她应该不算贪恋物质的女人，仅仅只是特别热衷于享受购物的乐趣而已。天生购物狂说的就是她。她不但给天新买，也给付师傅买，更给她自己买。结婚不到一个月，付师傅就发现自己快马加鞭进入了透支消费的可怕人生。

这哪里得了啊，不行不行，他要跟她好好谈一谈。他把那意思一说，她就意识到自己是不对的了。如此，她就压制了自己几天。

129

可是呢，几天过后还是老样子。天性哪里能够违背啊，付师傅这下子没对策了。除非改弦易辙，反正也才合了几十天的伙而已，激情算有，感情也谈不上有多少，改吧易吧。他们就和平谈判离婚。这女人还是那么干脆，没让付师傅多啰唆几句，更没难为付师傅，迅速消失。

有了这一次的教训，付师傅再次再婚，就多留了个心眼。他跟对方口头上约定"结婚"三四个月了，他还设法拖延着没去领证。所以事实上他这只是一次有实无名的伪婚而已。

女人是带着个孩子的。她户口在乡下，孩子随她，户口当然也在乡下。付师傅在户口上没成见，不在乎这个。孩子是女孩，七岁了。这女人在付师傅最初的判断里，是喜欢他这个人的，并不仅仅因为他相对于她这种农村户口的女人来说有城市户口、有好单位而喜欢他的。性格上她与付师傅的前两任妻子截然不同。从某个角度上说，付师傅的两位前妻都是直来直去、心里藏不住话的人。这女人看上去时刻都很冷静，多大的事，她都不会表现到脸上。在付师傅看来，这是优点，他觉得这样不容易吵架。

果然如他的预料，他们从同居的第一天到分手，确实没吵过一回架。可是，在他们一起生活的这几个月里，付师傅却时常有跟她吵架的冲动，只是那种冲动在突破付师傅的身体之前已经被她凝肃的面部表情压制了。付师傅总觉得哪里不对劲，他对她渐渐心里生出不少疑惑，却从来没得到过确凿证据。比如说，他后来改变了最初对她的看法，常常在暗地里揣度她并不喜欢他这个人，她跟了他，是因为他的两个外设条件。可是，分明地，在床上，她对他的需要总是那么强烈，以至于后来在这种事上他从来不需要主动。

付师傅产生与她分手之意是因为她的孩子。那女孩冲天新使坏。当然这一定是她使过很多次坏之后他才发现的。她在天新的鞋子里放图钉，钉头朝上。她把天新的药瓶子里的药互换，导致天新吃错药皮肤过敏差点送命。她还故意把天新带到陌生的街巷里去，然后她蹑手蹑脚地远离。真正让付师傅觉得这女孩命定是他敌人的是最后一件事。要知道他最怕的就是有一天突然找不见天新。最可怕的是，这女孩小小年纪就诡辩功夫一流，无论你发现她使了多大的坏，她都有本事将责任推得一干二净。有的人天生就是坏种，付师傅想，这女孩就是这个结论的最好证明。因了对这女孩的洞悉，付师傅心里渐渐存了放弃这对母女的打算。

最终让付师傅下定弃离决心的是一件小事。有一天，他不巧在自家楼下的路口碰到他的这任妻子在跟她前来走访的弟弟咬耳朵。他隐约听到她说了这么一句，这姓付的坏着呢，还不愿意去领证。语气虽然有点像是开玩笑的，但付师傅听罢却感到茅塞顿开。原来她的平和是用背后说坏话平衡出来的，典型的阳奉阴违。费了很大的劲，损失了他当时不算多也不算少的全部积蓄，付师傅跟这女人离了。

才刚离掉的那阵子，这女人倒对付师傅还算文明。毕竟，付师傅把单位里的公房都让给她们母女俩住了，她还得了他所有的钱，已经把能赚的都赚到手了，够可以的了。可是，那个天生奸恶的小女孩显然是得了她的遗传，这女人先前不是不想奸也不是不想恶，只是没到时候。不知从什么时候起，付师傅听说这女人在到处散布他的谣言，主要是说他阳痿早泄，还说她跟他在一起是他先把她强奸了而她考虑着声誉就跟了他，那么为什么一个阳痿早泄患者有本事强奸她这样一个身强体壮的女人呢？有人提出这种质疑的时候，她马上说他当时是吃了药的。然而，这女人似乎很健忘，过了一些时候，从她嘴里出来的谣言走向了另一极。她说付师傅是个性变态，一晚上要十几次。有人想起她曾经鼓吹过付师傅性无能的，就把这个质疑说了出来，她马上说，他无能的同时特别想向她证明他无所不能，于是变态。她通常是去付师傅的单位散布这些那些话，任凭多么前后矛盾的话她最终都能扯圆。跟她离婚后有一两年，付师傅在单位简直抬不起头。好在外面不断传来谁谁谁下海发迹了的传奇故事，勾起付师傅这种人的下海欲望，他安慰自己，反正自己早晚有一天也会下海，单位里的人想怎么看他就怎么看吧，就当他自己什么也不知道。他对这个女人分外疑惑，找不到她如此耐久攻击他的理由，后来他只能这样想，他对这女人并不懂。

付师傅唯一感到庆幸的是，他没跟这女人坦陈天新的来历。他只跟她说是前妻生的。要不然真是授她以柄了。这两次仓促的婚姻经历之后，付师傅对婚姻产生了恐惧。后来他也或长或短地跟几个女人好过，但终究没再跟谁谈到婚姻这一步。

天新五岁那年第一次进手术室。这孩子天生满不在乎的性格，对那些即将与他身体亲密接触的器具毫不畏惧，但他假装害怕，拒绝手术，惹得付师傅紧张得连跑两次厕所。天新就说，除非他不再给他找那些陌生女人来做他的妈妈，他就上手术台。那个时候叫付师傅死他也愿意，这个要求算什么，何况他也已经习惯了没有女人一起生活的生活。他满口答应。天新就高兴地跟他挥手去了手术室。

手术称得上非常成功。但按照主治医生当时的设想，等一阵子至少还有一次手术。一年后的二次手术同样是成功的。这之后天新的身体，与正常孩子基本无异。

五

在想象中的那场难以判断后果的交谈中，有一些情况，是付师傅无法跟天新说的，因为连他自己也不会知道。付师傅怎么可能知道彼时那早点铺上出现的那个男人一家的事呢？重返柳州那次，他连在早点铺前多站一会儿都不敢。

那个男人，付师傅想象中的天新的父亲，姓蔡，从河北农村来。河北与广西不可谓不远，老蔡到离家这么远的地方做这么一个勉强只够他和老婆孩子维持生活的活计，原因有二：一是他必须跑远一点好尽可能地躲避计生人员的追踪。他当时已有两个女儿，后面那个是超生。他当然还想生，直到生到儿子为止。其二，老蔡的妻子红秀有个表妹挺有出息的，当时农村里难得一出的大学生，毕业后就分配在柳州。她跟红秀小时候是闺蜜。这位表妹叫美云，老蔡夫妇就是奔着美云来柳州的。天新是美云的孩子。

那天，美云也是出差，她丈夫又是个挺糊涂的人，她怕他带不好身体孱弱的天新，她出差的那几天里，就把天新托付给红秀。

有好长一段时间，红秀怎么都不能原谅老蔡。她也就是离开铺子去了一趟公厕，一刻钟都不到的。就这么一眨眼的工夫，天新就给弄没了，不怪老蔡怪谁？

她把天新失踪的消息想办法跟美云瞒了十几天，最终还是硬着头皮带老蔡去美云家里请罪了。

都怪老蔡没文化，二了吧唧的，本来美云和做工程师的丈夫还是想忍住不去责怪他们的，老蔡偏偏就说了不该说的话。话倒也是大实话，老蔡也是出于安慰的目的才那么说的。他说：

反正你这孩子身子也是坏的，你们还年轻，就再生一个吧。

有件事他哪里知道，美云的丈夫陈工去年为了评一个先进，主动把自己给结扎了，再不可能生育。老蔡这话一出口，陈工的脸就挂不住了。旁人那么说他还能理解，这种话由"肇事者"说出来，在陈工听来就很刺耳，简直是大逆不道。加上陈工本来就不满意妻子把红秀夫妇带到柳州来使他们自己平添了一些麻烦，他这心里早就憋着股愤懑呢，这一来，陈工不发作也得发作了。

有文化的人真心要指责起人来，那可不是一般的力度。不需要带一个脏字，就可以让听的人一辈子记得他这席话。就这样，老蔡和红秀在陈工尖刻、阴损的训斥声中头越低越往下。红秀是越听越羞愧，简直要无地自容了，心里面暗暗下了决心，以后要穷尽一切可能去找到天新。老蔡可没那个定力，要不怎么说他二呢。人家陈工骂你，你就摆个耳朵听着就行了，东耳朵进西耳朵出不就行了？等陈工他过完了嘴瘾，这不就行了吗？这事情确实是大，可他们毕竟是亲戚，陈工除了过过嘴瘾还能怎么样？老蔡倒好，还见缝插针地多次回嘴辩解。他这辩解就像往火盆子里添炭，弄得这陈工心头之火越烧越旺，到最后，陈工说话就有点不动脑子了，有一句话是把老蔡给狠狠地伤了。陈工说：

我怎么突然就觉得这孩子不是丢的呢？难不成你们把孩子给卖了？对！肯定是你们卖了，不然你能说出这种话来？说！你们把孩子卖给谁了？是卖给外地人还是本地人？你们这种人，什么事做不出来？

内心里有歧视，永远在肚子埋着，直到它自行烂掉，大家都可以假装自己是个半瞎半聋，没看见也没听见，这世界也就永远可以维持原状，一旦说出口呢，这可就要命了，要想收场，那可是比登天都难。"你们这种人"？老蔡气急败坏地想，我们是哪种人啊？瞧他这语气，瞧他这副狗眼看人低的样子，哇呀呀！红秀瞪着老蔡，眼睁睁地看着他的脾气已经上来了，她心里大呼不妙，慌手慌脚地去拽老蔡。老蔡一把推开了她，然后他自己就一屁股坐到了地上。红秀扶着墙站好了向老蔡望去，就看到老蔡脑门两边的太阳穴一抽一抽的，青筋毕现。

其实，来柳州做事前，老蔡就有点不大愿意的，红秀怂恿了大半年，他才来。他二是二了点，脑瓜子却不简单，甚至比常人还敏细，陈工那点儿优越感，平时接触中老蔡是不可能看不出来的。他本来就因为这个心头窝着气呢，如今陈工把老蔡心里最不该拧的那个炸药包给引着了，这个时候不出大事什么时候出？那可是他自找的。老蔡缓缓地仰起脸来，盯住陈工的眼。他太阳穴上若隐若现的那两股青筋突然就拧巴地鼓突在那儿不动了。说时迟那时快，老蔡腾地站了起来，捞起旁边的板凳，对准陈工的脑门，用力砸了过去。红秀和美云眼疾手快，一个从老蔡身后抱住他，另一个跳过去拽住板凳，把老蔡和板凳一起制止了。陈工吓得要往卧室里跑。老蔡火气一来就什么都不知道了，叫他这就收手那可真是太不了解他了。只见老蔡发出一声号叫，扑向旁边的果盘，拎起四五寸长的不锈钢水果刀就向陈工捅去。刀是新的，美云昨天刚买回来的，可锋利了。陈工身子薄，一下子就给扎了个穿心凉。他像没弄明白怎么回事似的，眼睛因为剧烈的疼痛鼓出来老大，愣怔地盯着老蔡，嘴里呻吟了一声：我饶不了你。话音未落，咕咚栽倒在地。这一下老蔡醒过味来了，他扔了水果刀，惊呼着卧身下去，用自己胸膛去堵陈工胸口汩汩冒血的血眼。红秀和美云更是哭喊着去抱陈工。可是一切都晚了。

救护车还在路上奔着，陈工就没气了。迎接老蔡的是无期徒刑。

六

幸福路私立小学的时光跟幸福密切相关，这是针对天新而言的。

同几乎所有私立学校一样，这家私立小学也有一个门槛：学费的问题。你得交得起对普通老百姓来说堪称高昂的学费，才有资格在这个外观优美内中林木葱茏的学校完整度过小学时光。付师傅脑子似乎比一般人快一点，自从他第三次"婚姻"结束之后，他在亲友间筹集了一笔钱，就在他租住地不远处的一处繁华地带开了家川菜馆。他经营得不错，第一年的盈余就足够他把借来的钱还掉，还余有一笔钱供他扩展、整修店面。不两年他就把川菜馆经营得风生水起。等到天新上三年级也就是付师傅"半下海"五六年了之后，正好逢到全国的下岗潮，单位里人心惶惶，人人自危，都怕下岗。平日里不买领导账的赶紧烧香补救，跟同事有过节儿的赶紧主动登门赔不是以防在确定名单之前的摸底阶段变成出头鸟，只有付师傅一个人觉得，这是天赐给他的良机。他第一个向单位递交了买断工龄的申请。第二年，他就变成一个纯粹的商人。

他当然有足够的钱给天新交这种学费。就算他自己没有钱，他借钱也要让天新上最好的学校。给天新最好的教育，这是他养育天新的一系列规划中的前提和首要内容。付师傅常会觉得，正是因了天新的存在，他这些年才会这么爱动脑筋，才这么积极进取。要不是生活里有天新，没准他仍然是个有班上就很知足的普通技术工人，说不准真的是这样的。一个人的能力有时是靠另一个人来激发的，而那个源源不断给予他动力的人，就是他的福，是他的幸运。要付师傅不全力以赴培养天新，那绝无可能。

有付师傅这样脾气好、对他满心爱意的父亲，天新没办法不幸福。幸福的天新最感幸福的事情还是每周五下午父亲开着私车接他放学回家。从周一开始，他就盼着周五的到来。从周五早上开始，他就盼着这一天下午最后一堂课的结束。通常是，等他终于把下午最后一节课上完，冲出学校大门，付师傅已经靠在车门边在等着他了。天新和付师傅都热爱这样的场景：天新深爱的爸爸靠在车门上，或者一手斜插在裤兜里一手夹着烟卷站在学校门边，看到儿子走出校门，他眼睛一亮，奔过来拥抱儿子。然后他们在进入车子之后就热烈讨论今晚到哪家店去吃饭，或者吃完饭该到哪家店去逛一逛以便给天新买一样礼物。这样的场景重复了整整五年，父子俩都乐此不疲。付师傅后来生意越做越大，不但开饭店，还投资房产买门面、开洗浴中心，但无论周五那天他多忙，他都会排除万难亲自去学校接天新。

却也有一些时候，天新会觉得自己太幸福了，像通常那些蜜窝里长大的孩子那样，他也犯起了那种身在福中不知福的毛病，夜深人静的时候他会冒出些荒唐的念头，比如在他或与他相依相爱的父亲身上，发生点比较重大的坏事就好了。长大后的他不知道他和付师傅的父子之缘启自于一个重大的戏剧性事件。他也不大记得童稚之龄时两次上手术台的事了。他只是常常会觉得他的生活恬静有余，趣味不足。他偶尔会因此莫名地烦躁。

五年级那年，天新终于等到了一件接近他内心隐约向往的怪事。一个异乡口音、满脸忧郁、看起来年纪比他父亲略小、长得还算有几分姿色的女人总站在学校的铁栅栏式的围墙外偷窥他。一开始天新不怎么相信他被偷窥着，等到有一次他先是装作不知道她的存在却又猛一回头盯住她并与她四目相接时，他确信这女人确实在偷窥他。

父亲曾一再告诫他，要对那些看起来有点反常的陌生人格外警惕。天新记得这些告诫，但某种正主宰着他内心的渴念让他战胜了父亲一再为他灌输的警觉。

确切地说，这是天新五年级上半学期刚开学时发生的事。夏天刚过，学校门外马路两旁的银杏树仍郁郁葱葱。周三还是周四傍晚，天新请了两个小时的假出了校门，故意缓步走到校门外马路边的人行道上。然后那女人在他身后十几米外的马路拐角出现了，天新像抓贼一样猛地转过身向她奔去。他的面部表情却跟抓贼没有半分钱关系，倒像是迎接某种喜讯。他看起来有点激动，满面春风，兴致勃勃的。那女人见被天新发现，撒腿就跑。天新在她身后喊她，喂！请等一下，我能和你谈谈吗？

那女人却越跑越急。天新的脚马上像踩了风火轮，任她跑得多急他都追得上她。但追着追着天新顽劣心起，总是在快要抓住她的时候放慢脚步，而待她刚又逃远了一点，他大迈两步迅速又逼到了她身后。那女人被追得大汗淋漓、气喘吁吁，再给追下去可能要倒地晕厥了，可天新的顽劣心还没释放够。终于那女人主动停了下来。

就是那样，她猛地刹住自己，同时蹲身下去，越蹲越深，深到她的头几乎要埋向大地。天新笑出声来，也停住了，在她身边站好。他还伸出手拍她的肩，笑得更大声了。然而，很快他发现自己的笑声中夹杂着这女人的哭声，天新马上就有些不知所措了，愣头愣脑地干站在那里。女人哭了一阵站起来，看也不敢看天新一眼，只低低跟天新说了声对不起，然后抹着眼泪匆匆走了。

此后，这女人再也没有在学校栅栏外出现过。在很长一段时间里，天新怅然若失。

这个女人就是红秀。

又过了一年，天新转到另一个私立学校开始中学生涯的时候，红秀终于又出现在了他眼前。这一次，她出现时的身份是家政公司下派来的保姆。那是周五傍晚，付师傅用车接回天新，进了家门，他们闻到饭菜的香味，然后天新看到红秀端着菜走出厨房。付师傅把天新拉到身前，说，来，天新，介绍你认识一下，这是新来的阿姨，往后我们家的后勤工作就由她负责啦，你就叫她张阿姨吧。张阿姨，我也给你介绍一下，这是我儿子天新。你看，跟我长得像吧？

红秀把菜在餐桌上搁下，双手拢在腹前，静静站在那里，深深瞥了天新一眼。要流泪的冲动攫住了她，她忙正了正神色，长望着天新。这是她的亲侄儿啊！她找了他那么久。倏忽间，她想起远在柳州的天新的生母，那个原本可以成为人中龙凤后来却得了深度抑郁症多次精神失常的可怜女人，想起虽然因为表现良好被改成有期徒刑但仍然要在狱中服刑几十年的已与她离婚的丈夫，想起从小就寄养在爷爷、奶奶那里的她的那两个乖巧、上进的女儿，想起这些年她吃过的那些苦受过的那些罪……她要想的可真多啊，可是现在，

139

她告诫自己必须表现得像个拙朴的、来自生活底层的妇人。于是她强颜欢笑起来，对付师傅说，是，是长得挺像。又转脸对天新说，天新，这个名字真好。她垂下眼帘，把声音放低了，像是蚊子的歌唱。她就那样细声细气、唉声叹气地说，我从前有个侄儿，应该跟你一样大，他父母给他取名叫必健，陈必健，他爸姓陈，他妈姓申。必健这个名字，和天新一样好听。不，不，还是天新好听……你可以不叫我张阿姨，直接叫我姨吗？我叫红秀，叫我红姨、秀姨都行……

姨！

嗯！嗯！谢谢天新！

终究还是没能抑制住，它们从心底深处涌将出来，在眼眶里回旋了几圈，终于还是盈溢了出来。她忽然才觉察到自己流泪了似的，赶紧举起袖子擦眼睛，心中暗自后怕地想，刚才她差一点就要说漏嘴了。

她再也不敢站在这里跟他们说话了，赶紧跑进厨房。

付师傅把红秀的各种情绪尽收眼底，他自然无法洞见红秀是因了什么如此这般，他只是忽然觉得这个保姆跟以前家里请过的保姆不大一样。怎么说呢？挺有意思的吧。

天新自始至终都有点激动。说实话，自打越过学校的铁栅栏与红秀目光相触，天新就对她有种莫名其妙的亲近感。这一年来，他总在心里暗暗希望着能够在某条路上或者别的什么地方再遇见她，现在，她竟然就出现在了他家里，而且很显然在未来一段时间，很有可能在比较长的时间里与他一起生活，这太不可思议了。天新喜欢这样的巧合驾临到他的生活。

140

天新跑进厨房帮红秀一起端菜。红秀那时候已经在不少家里做过保姆了，不少主人家的孩子会对保姆有歧视，天新尊敬她的样子让她感动得又想哭。

她是在为天新有教养而高兴。

七

有很多关于红秀的事情，当然无法进入付师傅想象中的那场对话了。在拿定主意以这种方式进入天新和付师傅的生活之前，她已经把很多事都想得很明白了。她已然想好了接下来自己该做什么，而又有些什么东西，是她不应该去触碰的。她念过初中，也爱琢磨事，算是个深谙人事的女人。她凡事有自己的想法。

红秀这些年来的生活，简单说来，就是一段艰辛的找寻旅程。

她必须穷尽一生精力去寻找必健，美云第一次精神失常后，红秀去庙里烧着香对着菩萨发过这个誓。

事实上在她的找寻旅程的第一年，她就来到了这个城市。她主要在这个城市找了从前的必健、现在的天新十一年。之所以她咬定了这座城市，是因为她从公安局那里得到的一些明确线索。首先，来自柳州铁路局及铁路警察方面的联系信息可以证明，样貌酷似她侄儿的某个幼童被一个中年男人带上的是去往这座城市的火车。红秀一来到这里，就在本地的公安局报过案。事实上公安人员也一直在帮助红秀寻找天新。这些年来，在这座城市，红秀做过很多事，扫马路、当洗碗工、看店、在工地做小工，直到最后她发现自己有点老了，身体没那么灵便了，幸好还能烧菜，就一门心思去当了保姆。她受一切的苦都无怨无悔，只要能找到天新。

她第一次在那学校栅栏外看到天新，有种感觉叫她觉得这可能是她的必健。她偷窥天新的时间比天新所知道的远远要长。她还跟踪天新回家很多次。有一次，她从天新与付师傅的交谈中听到天新曾患过先天性心脏病的信息，她如获至宝，觉得天新与她想寻找的侄儿就要相等了。为了确证，她冒着被当成小偷抓住的风险偷偷潜入过付师傅的房间一次。在付师傅的抽屉里，她不意发现了付师傅早年在她当年的早点铺那儿抓拍的那一沓照片。果然是她的必健，果然是啊，已经不可能再有疑义了。

那是傍晚将晚的时候，红秀踽踽独行在这异乡的街路上。她在找附近的派出所，她要报案。这是她确信已经找到她的必健后的第一个念头。这念头如此强烈，让她浑身颤抖得停不下来。悲喜交加的感觉令她心跳加速，以至于她非得在路边买一大瓶矿泉水一口气喝下去才能稍稍平复心情。她恨这个她目前尚不知道用什么手段夺去天新，给他们一家带来连环灾难的男人。她要让他进监狱，越快越好。

可是，之后呢？这个男人被投进监狱，之后呢？之后的情形是怎样的呢？

她稍一深想，就想到了之后的情形。

之后将发生的是什么呢？从前的必健，现在的天新，不再有一个有能力的并且爱他的人给予他美好的未来，这一点是毫无疑问的。之后，天新知道了一切，去找他的生身母亲。可是，他的母亲如今已然人生破碎，除了成为别人的累赘再无别的用处。天新尚需要别人扶持，却要为他捆定一个终生负累，这对天新难道不是致命之灾吗？

前方出现了派出所的标志，红秀却停了脚步。她就那么犹豫不决地站了一会儿，而后反方向快速走动起来。

她突然意识到，她先前这些年只想着一定要找到天新，却从未想过找到天新之后该去做什么，临到这时她才发现这样的后续思考才更重要。她到底该怎么办呢？

天愈来愈黑，红秀一直往前走，快走到这城市的城乡接合部了。然后她在黑暗的树影里寻了个石凳坐下了。她和衣在石凳上躺了下来，想深深地睡上一觉，但她怎么能睡得着呢？恍惚中，她脑海中出现她偷窥天新的那阵子常常看到的付师傅与天新在学校门口一次次欢喜相拥的画面。这样的画面最终柔化了她这颗悲苦的心。这个男人爱她的侄儿，他显然还是个生存能力极强的男人，天新跟着他，在如今可能的所有选择里，是最好的选择。

她不能报案。

人的一生，谁说得准呢？有人有过多的欲望，想要这个，想要那个，其实通常是因为他本来什么就挺好，什么都好的人就容易觉得自己应该得到一切，有资格、有资本得到一切，于是他永远都在要，要一切中的一切，要百分百，比百分百还多。而她呢？或者说，天新呢？她和天新，早已进入一个破碎的旅程，一切的事，都只能退而求其次，她和天新的人生，早就是个退而求其次的人生，只能退一万步去想，退到尽头去想。现在，她退到尽头，听到了生活在跟她咬耳朵，在对她窃窃私语，那就是：天新必须永远不知自己的真实身世，他必须，必须的必须，跟这个男人永远是父子。这是一道名叫悲伤的算术题。她算了又算，算了再算，终究得到这种答案。

她要求自己必须接受这个悲伤的答案。

她不能报案。甚至，她还要帮助这个男人去维护那个谎言。她确定自己必须这么做。

如果说她还能对天新做些什么有益之事的话，那就是，她用一种妥善的方式进入这个家里，照顾天新，天新能够在她眼皮底下成长。她甚至可以去照顾这个男人以便他身心强壮永立时代潮头给予天新足够的生活支撑。

把思绪如此梳理过一遍后，余下的事就比较简单：付师傅要换家政工人，红秀自告奋勇要家政公司推荐她。现在，她是这个家庭看似额外的一分子了。

八

付师傅一直能记得第一次见到红秀的情形。红秀很局促，但又生怕他看出她局促，于是她过分挺直身体，笑容僵硬地站在门口。付师傅说你进来吧。红秀仿佛来过他家一样，刚往前走了两步就直接把目光望向付师傅的卧室，然后她意识到什么似的赶紧后退了两步，声称忘了换鞋就进来了。付师傅饶有兴味地站在客厅正中，看她换完鞋，再看着她走进来，他隐隐感觉到，这个面目姣好的北方女人身上有种特质给他带来异样的感受。什么感受呢？他暂时还说不清楚。有一点点的不安吧，又有一点点的快乐，真的说不太清楚呢。

付师傅说，其实你来我家，我也要不了你做大多事。你看啊，我生意忙，成天不着家，也就是说我用不着你给我做饭。我不着家，因此家里也不乱啊，所以收拾方面你也用不着费太多心。你其实要做的就是一件事，尽你最大能力让我的儿子感到温暖。这孩子，从小死了妈，缺乏母爱，他需要这个。但是呢，他也只是周末才回来。所以，确切地说，你真正要做的，每天给我儿子煲一罐汤给他送到学校去。他在学校寄宿的。还有呢，就是周末我儿子回家的那两天，照顾好他。你能做到吗？

红秀忍住心底的悲伤，发自肺腑地说，我会把他当成自己的孩子。

付师傅被红秀的这句话打动。这话由一个刚刚进门的保姆说出口，常规讲听着有点假，但付师傅无论如何感觉不到红秀哪里有假，他只能暗自认为，这女人可能心肠比一般女人要好很多。

有那么一阵子，付师傅发现天新特别喜欢红秀。这几乎是一目了然的。从前，天新周末回家那两天，在家里总待不住，周六或周日的白天，总闹着付师傅要他带他去哪个地方玩一玩、逛一逛。如今他不怎么吵嚷着要出门了。每周回家的那两天起，他大多数时候宅在家里，吃点红秀变着花样做出来的某种东西，上上网，打打游戏，看看书。他还在家里布了台跑步机，没事就上去跑几步。而所有那些时候，红秀往往都会远远地、尽可能不打扰到天新地坐在一边，用满含爱意、意味深长的目光打量着天新。

那种目光在付师傅的眼里，是特别的。付师傅发觉自己总会被这红秀这样的注视感动。然后他就会想，如果有可能，他愿意一直请这个保姆在他家做下去。像她这种出于真心爱护天新的保姆，再要想找，恐怕是找不到了。

有一个雨夜，付师傅从外地驾车赶回，一只车轮在一个被偷掉了井盖的排水井口卡住了，他折腾到深夜才打着喷嚏回家。每个人都有这样一个时候：忽然被某种坏情绪袭击，并且无法自拔。那天深夜，付师傅一进入空寂的家中，便被那种莫可名状的坏情绪笼罩了。

像他这种钻石王老五级别的男人当然不愁女伴，平常他每周都有那么两次三次会带女伴回来过夜，她们都是年轻、美貌的女孩，十八九到二十五六岁不等。有时在深夜，他寂寞难眠，也会一时兴起叫来她们中的一个，当然，他从不在天新回家的那晚呼叫她们。红秀出现在这个家之后，付师傅是给她专门辟了保姆间的，只要她想，她每晚都可以住这里。当然，她也可以不住这里，只要不影响她的分内工作，她愿意每晚去她租的房子住，那也没关系，随她。红秀自觉，在经历了最初几晚她住在这里时与付师傅的临时女伴尴尬相对之后，她晚上便不再住在这里了。

这样一个夜晚，情绪低落的付师傅竟没有召来某个年轻女伴的冲动，他想喊的人，居然是红秀。他想立刻让红秀出现在这个房子里，帮他煮点暖胃的稀饭，陪他看会儿电视，怎么都可以，总之只要这个女人在就行。这个冲动如此地不妥，却又如此地强烈，叫这个中年男人心慌。最终，付师傅还是把电话提了起来。接下来发生了出乎付师傅自己，也出乎红秀预料的事：红秀才进门不到两分钟，付师傅就把她扑倒在了沙发上。

红秀内心千般犹豫，万般冲突，失去了决断的能力，便只有一任此际霸道的付师傅主导她的行为。在这样一种情形下，她的身体竟然升腾起欢悦的感受来。这久违的欢悦，来得有点儿慢，但一来就再也走不脱了。它就在她身体里迂回、荡漾，叫她把持不好自己那颗悲沉的心。索性，她就很难得地释放起自己来。她喊，叫，间或疯癫地失声惊笑。然后，尽情释放的后果出现了：她的内心在蓦然之间坠入觉醒与悔恨之中，继而，那个还在她身体里求索的异物令她开始不适了。红秀心底里终究对付师傅是埋了一股恨的，这时它们狂奔着冲向她的脑门。红秀的双臂像突然充了电一样，大力神似的，将付师傅推得滚翻在地。

付师傅跟红秀道过一次歉，就在第三天她在厨房做菜的时候。红秀脸上风也平浪也静的，任付师傅说什么，她都不应，只埋头做她的菜。后来付师傅觉得无趣，就不再开腔了。可是红秀心里清楚，这种事情有了开始便不会有结束，除非她离开这个家。但她是绝对不会的。那么，以后该怎么面对这个男人呢？红秀左思右想，后来竟发现自己是喜欢这个男人的。这种喜欢早在她偷窥他与天新在学校门口一次次欢喜相拥的时期就慢慢确立了。这个男人心里有一处地方是专门装着善良和爱的，一旦找到合适的人选，他会把它们向对方毫无保留地倾倒出来。那些爱和善良的气息常常打动红秀。想着想着，红秀便想，那种事，就随他的意吧。

他们断断续续又有过几次，后来红秀在付师傅的授意下跟他晚上也睡在了一起。起先，除了周末那两天，每周的其他几晚他们都在一起。后来有一段时间，他们在不经意间发现天新已经对他们的关系有所察觉并且表现出认同和鼓励的样子，有一个周末，他们就鼓足勇气当着天新的面进了付师傅的卧室，次日天新脸上竟露出窃喜之色，再之后他们便不再避着天新同居了。

多有意思啊，他们都会这样感叹。常常，几乎是在同一时刻，三个人可能在不同的地方，可能在一起，譬如说他们正呈三角形坐在一个饭桌上吃着饭呢，三人的思绪在同一个落点停住。天新会想，他多少年来都讨厌爸爸再跟别的女人有染，可是现在他却由衷地为爸爸能跟这样一个女人在一起高兴；付师傅会想，为什么这世上有那么多妙龄女郎他从无跟她们长期在一起生活的想法，而他一看到这个女人就想和她躺在一起、坐在一起、走在一起；红秀会想，我竟然会接受这样一个男人并且希望这样的关系永远持续，这真的太不可思议了。

他们常常脑子里盘旋着同一个问题，然后任由内心被各自的秘密充盈。在这种有点奇特的氛围里，几年的时间过去了。他们形式上过的是一家人的生活，但红秀的名分依然是保姆。付师傅想过红秀的名分问题。说实话，他对再婚尚有恐惧，更何况他现在算是很有头面的人了，如果与红秀真正形成夫妻名分，恐怕有损他如今特别珍视的社会威望。很奇怪，红秀竟一直没有向他提出过转换身份的要求。既然这样，付师傅就觉得是没必要主动去钻那个牛角尖。而红秀呢，之所以不提那个要求，是因为她早就放低了对生活的要求。她觉得这已然很好，仅此，她就已经很满足。

有些时候，她在倏忽间想起很多往事，这时她会悄悄地想：难道我真的要向天新把他的身世隐瞒下去吗？

同付师傅时刻在等待一个最佳坦白时机不同，红秀最终的决定是：若非迫不得已，她必须永远对天新隐瞒。

九

可是，突然发生了一个事，叫红秀不得已地改变了初衷。终究，她还是要去向天新告解他的身世了。如果再不跟天新把他的身世讲讲清楚，恐怕红秀余生都不得安宁。事情来自美云。她故意吞了不该吞的东西，抢救来抢救去还是命悬一线，如今，她奄奄一息躺在她河北老家县城医院的病床上，似乎在等待某个困扰她的谜解开继而安心瞑目。红秀的两个女儿在病床边轮流守护她。她们一个已经结婚了，一个还没有。两个都是大学生，一个毕业两年了，在县城工作，红秀很多年前就跟她说好了让她做美云的干女儿。红秀的另一个女儿还在北京念书，今年刚毕业，正在寻着工作。这些年来，美云不是第一次有自杀的想法和举动。抑郁症如同一个可知可感的病毒，早已吞噬了她的理智。

红秀从来都知道美云情况不好，但她却也从未想过美云会这么早就要离开这个人世。这也是她先前最终论定不必跟天新告解身世的原因之一。如今美云就要离世了，只剩一息尚存，她红秀若是没找到天新那还算了，既已找到，在这样一个时候，她还要瞒着美云，这对美云太过不公。她必须让美云见一见天新，让天新以美云儿子的身份去见美云，或许美云就此活过来了呢？她拿定主意了。但是，该怎么跟天新说呢？

同付师傅不一样的是，他是早就想好了怎么跟天新说那件事，由哪些话来组成这样一次交谈，他早已构思得一清二楚，红秀不一样，她先前没想过要做这样的交谈，如今临到这个必须谈的时候，她完全不知道该从何说起。不管了，情况紧急，就开门见山地说吧。

红秀把天新约到她的出租屋。虽然这几年她基本上都在那个家里住，但她仍然将屋子留租着。这是午后，准确地说，这是天新与付师傅生活了整整二十年后一个秋日的午后。天新二十三岁了，他同红秀的二女儿，即他的表姐年纪相当，同样也是刚毕业。先前有四年，他在离本城只有一百多公里的省城上大学，还是像他上中学那几年那样，周末回来。天新已经大学毕业，即将有独立生存能力，这也是红秀敢于向他告解那个真相的原因之一。

天新疑惑地跟着红秀来到那出租屋。他有种轻微的兴奋的感觉。常常是这样的，一旦预感到有什么事情要发生，他心里总有种莫名的激动。他调皮地抢先问红秀叫他过来什么事。红秀用力地思忖了一刹那，深呼吸，然后她开场了。有件事我想跟你说。天新说，什么事呀？搞得这么神神秘秘的。红秀突然抱着头蹲下身去，然后她又快速站起来，顿足捶胸地哀声说：

你是他偷来的。天新，你是他偷来的。

天新一下子没听明白，只是觉得红秀刚才的样子特别好笑。他扑哧一声笑了出来。

你说什么呀？姨，你可以说明白一点吗？

还要怎么说明白啊？你爸爸，付建生，他不是你爸爸。

什么我爸爸不是我爸爸？我不明白。

天新嘴上这样应着，心里已然"咯噔"了一下。

红秀说，这么说吧，你还不记事的时候，付建生把你从别的地方偷到这里来。

天新不动声色，用一副饶有兴味的样子望着红秀，他不说话。

红秀急了。有的事我暂时不能跟你说，我只想告诉你，你的母亲在河北，她现在病危，你必须马上去和她相认，今晚就走！

天新说，我母亲在河北，我都不知道这件事，爸爸也不知道这件事，怎么就你知道这件事？你是谁？

红秀说，我是你姨。

天新说，我本来就叫你姨。

红秀说，我是你亲姨。

天新惊愕地瞪大了眼睛。他天生渴望自己的生活中会发生些与众不同的事件，可是眼下红秀给他提供的这些新信息所揭示的他的生活太奇特了，他一时间觉得非常混乱，理不清其中的头绪。他突然很烦躁，很别扭，很想逃离眼下的对话。看来他并不是真的喜欢遇见特别的事情，那是一种伪喜欢，真正的说法应该叫作年轻人的矫情。天新对红秀有所警觉了。

你是我亲姨？这不可能。你说吧，你到底是谁？说这些到底是为了什么？

红秀生气了。我就是你亲姨，不信你可以去问你爸。

问我爸？

你去问吧！我想他可以把我想告诉你的都告诉你。

天新奔出红秀的出租屋，找付师傅去了。

付师傅正在一个棋牌室里跟几个本城的合作伙伴搓麻将。天新失魂落魄撞开会议室的门，站在一众大款面前。付师傅忙跟牌友们打了个招呼，把天新拉出门去。付师傅摁下电梯下行键，然后抓住天新的肩膀问他怎么了，出什么事了。天新终于有机会释放委屈了，他带着哭腔说，她说，她说你不是我爸……

电梯门开了，付师傅却忘了进去。电梯又合上了，付师傅还没回过神来。天新将他这一系列的反应尽收眼底。什么也不用说了，行动表明一切，红秀没有编瞎话。天新受了无比巨大的打击，无法控制自己的情绪，跑向应急楼梯，跌跌撞撞向下奔去。二十几层的

151

高楼呢，他跑得急促，又没有章法，肩膀和脸好几处地方都给撞着了。付师傅今天的反应一直慢半拍，但他到底还是追到了天新。他们两个最终不成样子地站在了楼下临时停车场上。太阳穿过云层，亮了一下，又钻进另一片云层里去了。天新把目光从天空上落下来，对准付师傅。付师傅被他冰冷的目光弄得十分紧张。天新又把目光抬高了，然后他看到了刚刚才追到这里的红秀。天新这个时候已经镇定自若了。他歪了歪下巴，高声对跑近的红秀说，现在好了，你们两个都在了，就给我说说清楚吧。付师傅瞪着已经跑到面前的红秀，很是迷惑。他小声而求助地问红秀：

这是怎么回事？

红秀说，对不起，老付，我弄砸了。本来可以不这样的，我弄砸了，是我没说好。我本来可以不这样说的。

付师傅说，本来不这样说什么？

红秀说，老付，都招了吧。你的事我全知道，只不过你不知道我知道。你就如实说了吧。

付师傅还是没太弄明白，但有一点他已明确，他不能再轻易说话了。他紧张地望向天新。天新的眼泪不知什么时候流了一脸。他用一种他从未有过的痛苦的眼神，就那样地望着付师傅。付师傅给吓着了，声音颤抖起来。你别吓我，天新！

天新说，你不是我亲爸。为什么？为什么你不是我亲爸？

付师傅说，对不起！

付师傅这句话彻底让天新绝望了，他"啊"地发出一声狂叫，蹲到了地上。他把脸埋在膝间，又抬起来，泪眼婆娑地望着付师傅，说：

152

她说，我妈要死了……她说的……我该怎么办？我该怎么办？

付师傅惊望红秀。红秀冲他点点头。付师傅拧眉思忖了一阵子，而后大声唤红秀和天新上车。

她在哪里？我们去看她！

天新大喊，我不去！

红秀说，孩子，千错万错都是我们的错。但是姨求你了，你还是去见你妈最后一面吧。

天新说，我不去，我妈早就死了。你问他，他一直这么对我说的。

付师傅说，对不起，天新，我骗了你……

天新突然奔向前面的马路，红秀和付师傅赶紧去追他。

红秀在他身后喊，停下！注意车！

天新狂躁地大声说，就让我撞死算了！

付师傅奋力追上天新，将他拦在路边。不一会儿红秀也气喘吁吁地追了过来。天新疯了似的一屁股坐到地上，坐在二人之间，手脚狂舞，抓挠着地面，声音里除了痛苦就是无助。我该怎么办？我该怎么办？

付师傅仰起脸来，悲哀地望了望天空，然后他长长地吸了一口气，低下头来，凄然望着天新。后来他直挺挺地对着天新跪了下去。他什么也不想再说，谁也不看，就那么笔直地跪着。红秀去拉他，他也不起。天新惊望着他。红秀便去拉天新，近乎哀求地说：

天新，你就当刚才什么也没听见，我们什么也没说，就当没刚才这些话。你就当是帮我一个忙吧，就当是我请你去演一次戏。有个苦命的女人要死了，你去演一回她的儿子，让她看一眼她心里面

153

的那个儿子。这总可以了吧？

天新惨声笑了。你早这样说不就好了吗？伙同我爸编那么多故事来打击我干什么呀？我可是跟你说好了，我只是去帮你一个忙，只是去帮你一个忙，对不对？那你们还愣在这儿做什么？还不快点出发？

十

天新这辈子都将不能忘记接下来堪称错乱的三日。首先，他和付师傅、红秀三个人别别扭扭，途中彼此几乎不做任何交谈地来到河北。接着下来，天新因了面前这个完全没了人形的女人惊呆了。不需再有更多的解释，他就发现自己已经相信，红秀和付师傅说的都是真的。这个性命垂危的女人就是他亲妈。有种言语无法说清楚的感应在他们之间荡漾，天新能感受得到。

美云躺在简陋的病房里，瘦得几乎没了人形，她的头发白了一多半，脸皱得像块用得过旧的抹布，牙齿也掉了好几颗，这样一副朽蚀样子，谁能把她跟五十出头的年纪联系上呢。天新站在病床边默默凝视了她好一会儿，而后他脱了鞋，轻手轻脚上床。他小心地向美云倚过去，又更加小心地侧对着她让自己的身子躺稳当。他就这样静静地躺在她身边，用胳膊支起自己的脑袋，长久地望着她。过了一会儿，他伸出双臂，轻轻地把她拥在怀抱之中。美云有所感觉似的，从昏迷中醒了醒。她艰难地把眼睛睁开一条缝，试图看一眼拥抱她的这个人。大家都因她的醒来而惊唤她。天新浑身一激灵，跳将起来，把自己站高了，好让美云看到他。美云看到他了。她有所预料似的，直愣愣地盯着他。

红秀说，云，他是必健。对不起，他就是必健。

美云嘴角蕴了一抹笑，疲惫地闭上眼睛，睡了过去。天新搂着她睡了一夜。次日清晨，大家走进病房，看到一夜未睡的天新抱着美云已经僵硬的身体在发呆。

天新在此之前有一段日子里本来就在犹豫是在这小城帮付师傅打理他的产业，还是像他的多数同学那样趁着年轻去北上广这样的一线城市锻炼锻炼，从河北回来的途中，他拿定主意了：他不会留在老家，不会留在付师傅身边。至少，最近的这几年他不会。如今这个时刻，他脑子里只有一个念头，离付师傅越远越好，离红秀越远越好。他从前生活里这些那些人，管他是谁，他统统要远离。他要用远离这些人来远离他刚刚得知的那些事。他要去一个全新的地方，在那里，他可以不用想那些事，就当那些都与他无关。他去了北京。

事到如今红秀该怎么办呢？她站在一个旁观者的角度发现，这个时候她应该赶紧离开付师傅，回到河北，去她两个女儿身边，弥补她们成长期间她绝少给予她们的照顾和关爱，尽管现在她们已经羽翼微丰，不见得需要她的照料。可是，红秀扪心自问，发现自己并不愿意离开这个男人。她能感觉得到，她心里已存有一份爱意，专属于付师傅。如今他倾注全部心血养大的天新已弃他而去了，他实在是需要安慰和鼓励，她觉得，她表现出不计前嫌的态度，留在他身边，至少能让他当此时候不会那么地孤立无援。红秀矛盾得很，走也不是，留也不是。

她的两个女儿对有些事情了解得与事实有点出入，原因主要在

155

于红秀出于某种必要的考虑对她们有所瞒骗。红秀带着付师傅和天新去河北之前，在电话里，她需要介绍付师傅。当时她就说付师傅是天新现在的养父，但她强调，付师傅是从人贩子手里买到天新的。红秀的小女儿夏雁是个一急就头脑发热的孩子，红秀这么一说，她马上说那我们赶紧报案，去找那个人贩子算账。红秀如今怕的就是这一出，赶紧制止。红秀说，算了吧，就算找到那人贩子，对我们又有什么好处？天新现在生活得很好，这不就行了吗？夏雁说，这倒也是。如此一来，红秀的两个女儿对付师傅倒是没什么成见的。而且夏雁对付师傅的印象非常好。她觉得付师傅儒雅、睿智、温和、善良、有爱心，反正在她看来付师傅什么都好，她恨不得自己也能有这样一个爸，干爸也行。她觉得天新命真好。在河北的那几天，有一个夜里，她跟母亲咬耳朵，说，不如你跟他好算了，我看得出来，他对你有意思。这样一来的话，他就是我继父，我们就是一家人了。红秀还没有告诉夏雁她跟付师傅的真实关系，她之前只跟夏雁说自己是碰巧做了他家的保姆。

　　反正在找工作，夏雁也不愿意待在老家那个穷巴巴的地方，所以那次，她是跟着红秀他们一起回来的。她想在妈妈做事的地方看看能不能找个工作。当然，她一来，就发觉付师傅和红秀的真实关系了。她很高兴。所以当有一天红秀试着问她要不要跟她一起离开这个地方时，夏雁极其反对。红秀正需要这个，顺水推舟地就定下心留在这里了。付师傅对红秀家里的任何人都有种赎罪的心理，夏雁这个样子倒让他暗中高兴，仿佛他的那些赎罪的念头找到了根据地，那一阵子，他对夏雁之好，胜过对亲生的女儿。他给她找了份很好的工作，还给她买了辆中档车，夏雁的生活一步登天，她有做梦般的感觉，高兴得夜里做梦都想笑。她怎么可能愿意离开这里呢？打死她也不愿意。

在这样的情况，大半年又过去了。有一次夏雁去北京学习，约表弟出来说话，说着说着她就骂起天新来了。她说她真不理解天新，一个人在北京晃荡着，家里有那么好的一个父亲正缺少人手一起维护那份家业，天新偏不理会这茬儿。最让夏雁看不惯的是，她发觉那么长的时间天新竟然没有给养父打过一次电话。她觉得天新简直就是传说中的白眼狼，再没有比天新更忘恩负义的人了。她没头没脑地对天新一顿训斥，倒让天新真的迷惑了。有那么一阵子，他把目光从夏雁的头顶越过去，再越过前面的落地大窗户，最终停在了高低无序的那些楼顶之间。他想起自己来北京这大半年经历的种种。北京太难混了，凭他一己之力，要在北京正儿八经地安定下来，那不知道是哪年哪月的事了。最关键是他对那种漂泊在外的感觉有种与生俱来的厌恶，他不太想这样漂下去了。他又想起这些年来与付师傅一起生活的种种快乐，那些平淡但温暖的时光如今在他想来变得格外动人。他想着想着嘴角露出了笑意。夏雁还在那里说着，这才发觉他早就走了神，她不悦地推搡了他一把。

你在想什么呢？听见我的话没有？我劝你别对你爸那么差，真够不懂事的你。

天新举起杯子，大口把杯子里的饮料喝光，然后他感觉到有眼泪待要冲出眼眶，他忍住了。鬼才知道是怎么回事，他忽然十分想念父亲，比任何时候都想念。他想马上回到他的身边，跟他一直生活在一起，像别的正常家庭的孩子们一样，为他养老送终。他也不易不是吗？说来说去，他当年偷了他，诱因还不是喜爱？出于喜爱的偷窃，是值得饶恕的。更何况，这些年来，他确实充当的是一个受益者。至于别的那些也不能忽视的事情，是越想越让人头疼，并且是越想越叫人错乱，何必再去把它们去想得那么清楚呢？就当它们是不存在的吧。这样想着，天新有种茅塞顿开的感觉。他蓦地站了起来，拉起夏雁说：

你陪我回去收拾东西，我订明天的机票。我明天就要回去。

十一

有那么一年半载的时间，付师傅、红秀、天新，还有夏雁，他们四个人，像真正的一家人一样，过着其乐融融的生活。一切似乎都理顺了，他们之间关系融洽，互相依赖，缺一不可，他们的生活似乎与烦恼再也扯不上关联。他们喜欢这种温暖中的平静，希望生活就这样过下去。事实确如他们所愿，直到刑满释放的老蔡出现。

老蔡是在一个下午来到这里的。夏雁去接的他。她在付师傅的授意下，接到老蔡就直接把老蔡带到了他们的另一个住房。老蔡一进门发现是个空屋子，就有些介意。才把东西放下，他就质问夏雁为什么不让他住在他们真正的家里，怕什么？夏雁就嘲笑他老土，说城里不兴把客人安排在家里住。老蔡就释然了。但他迫不及待想见到红秀，不想再在这空屋子里待下去了。没办法，夏雁只好带他出来了。

一走进付师傅他们真正住的地方，老蔡心里不怎么正常起来。

需要指出的是，来这里之前，老蔡心里其实并不存有任何恶意，要说不舒服的感觉，倒也有，醋意吧。没错，当初是他主动提出和红秀离婚的，他是为了她好，不希望她守活寡。在狱中的这些年来，他确实一心希望红秀过上好日子，但他没想到红秀会过得这么好，找的男人是个如此多金的主儿，看上去还什么都好，并且最神奇的是，他竟然还是收养天新的人。自从大女儿接他出狱，跟他讲了这些情况后，老蔡总觉得这里面哪儿不对劲。他要亲自过来看上一眼，看看到底是怎么回事。

如今老蔡站在这个房子里，往里走之前目光四下里巡视好几遍。同他想象的一样，这房子很好，很高级，红秀现在的确生活得很好。

听到客厅里的声音，付师傅忙跑出来迎客。老蔡看到付师傅，心跳陡然就失控了。

付师傅有所不知，或者说他忽略了一点：当年，那个早晨，他在那个早点铺旁边的街角现身的时候，老蔡是看到过他的。但看是看见了，他当时没有留意付师傅这个人那倒是真的。等到那天老蔡和红秀发现天新丢失之后，及至他入狱的这二十多年里，老蔡已经在脑海里搜索那个早晨的一切可疑因素不知道多少遍了，这其中就有一个身穿宽长风衣的男人的身影。二十多年过去了，付师傅无非是面相老了一点点，没发胖，身形依旧，所以老蔡稍一揣度就认定了眼前这个男人就是天新失踪前一刻，他转身进入早点铺之前，他视野里出现过的那个穿宽长风衣的男人。如此一来，老蔡就有些犯迷糊了。

老蔡看看红秀，又看看付师傅，这个当仁不让是嫌疑人的男人。老蔡不能理解，他们两个人，是怎么搅和到一起的。这里面有太多的疑问。不过，他最先要弄清的是，付师傅那个早晨的出现，跟那个早晨天新的失踪之间，到底是什么关系。

老蔡因为心里存了这些事情，人倒因此变得笃定了。付师傅只是觉得老蔡样子怪异，但他没过深揣摩老蔡为什么这么怪，他想当然地觉得老蔡本来就是这么个怪头怪脑的人。付师傅迎着老蔡进来坐下，给他泡茶，跟他寒暄。老蔡一直对他爱理不理，难得搭个腔都没个好语气。付师傅很尴尬。大家都感到尴尬。后来老蔡主动站起身来，说了声"我走了"，便快速离去了。夏雁送他到住处。在那里，老蔡也没讲理由，突然就对夏雁咆哮，勒令她不要再住在付师傅家。夏雁感到莫名其妙。她从小就几乎没跟父亲在一起生活过，偶尔去监狱探视，对这个火气大的男人充满畏惧，实在是对他没有太多好感。见他对她乱发脾气，她冲他反吼了两句拂袖而去。老蔡一个人在屋子里摔碎一个玻璃水杯，然后坐在那里长时间抽烟。

　　入夜，老蔡匆匆在住处下面的兰州拉面馆扒了几口面，喝了两瓶啤酒，接着他大步流星来家里找付师傅他们了。敲开门，老蔡对一起堵在门口的他们说，我没别的事，就找付老板聊聊天。他们都面面相觑，不知道是该顺从老蔡还是找理由拒了他。还是天新机智，他跳到大家中间，建议大家一起出去找个茶楼去喝茶，喝完茶再找个好地方吃点儿夜宵，说着他要去打电话订包间。老蔡突然冷冷地说，不必了，我就想找付老板一个人说几句话。说着他自顾自起身走了。付师傅见状就跟了出去。天新和夏雁不约而同地对红秀说，你在家里等着，我们去看看。

　　四个人二人一伍，相隔几步远地下楼，上马路，直到去往付师傅入住的地方。四个人陆续走进去。这是个套一的小房子。老蔡见夏雁和天新跟在后面，索性拉付师傅进了里面的卧室，留夏雁和天新在外屋。夏雁和天新一步不落地跟进卧室。老蔡不高兴了，但他显然又不想对这两个孩子明说。想了想，他对夏雁说，雁儿，你帮爸去买点水果回来。他又看看天新，说，你也一起去。夏雁和天新没有办法，只好掩了卧室的门站在外屋，然后天新跟夏雁小声商量了一下，后来决定由夏雁去超市买水果，天新就候在这外屋观察。

等夏雁离开，天新在沙发上坐了下来。隔了一会儿，他听到一声响，似乎卧室门给从里面反锁了。天新上前拧了拧门把手，果然如此。他有所警觉地透过锁眼往里看了一会儿，什么也看不见。终究又觉得不致有什么大事，便靠着墙打起盹来。

不知何时天新被一阵压抑的斥责声惊醒。他腾地跳起身来，里面却又没声音了。他正待松一口气，却听到老蔡的一声低吼。

妈的！哪能这么算了。我要去报案，告你这个狗日的，告死你这个狗日的！

天新闻言立感不妙，小声请求老蔡开门。老蔡当然不。作为一个容易失去理智的人，尽管受了这么些年的改造，一旦遇到什么事，这理智该失去还是要失去，这就是天性，天性最多只能完善，永远无法被改造。只听得老蔡开始砸东西，似乎还抽了付师傅一巴掌，一边还嘶哑着嗓子低叱，越叱他越愤怒，越愤怒说出来的话越离谱。老蔡说：

我必须告你。你也得去尝尝坐牢的滋味。人活着得讲个平等，为啥你犯了法还过得这么人模狗样？我先告你，再去找红秀算账。对！红秀，好家伙，没想到红秀跟你是一伙儿的。你倒是给我说说，是不是红秀里应外合帮着你把孩子偷到手的？是不是？我看是。他妈的，这什么世道，太恶心了。我要告死你，告死你们这对奸夫淫妇。害我受了那么多苦，害得我家破人亡。我必须告你们⋯⋯

付师傅在他唠叨着的时候只有讨饶的份，还有逃。他终于逮到了一个机会，拧开了门锁，跑出卧室。老蔡抢步拦住了他。天新忙去钳制老蔡，请他冷静。老蔡见天新如此这般更是气不打一处来，他顺手捉了个什么东西就往天新脸上砸，边骂：

你个没骨气的东西，吃里爬外的东西，不长脸的东西！老天爷啊，你们陈家怎么出了这么个败类？你这叫什么？叫认贼作父懂不懂？

他一把将付师傅扯过来，与天新撞到一起，然后他指着天新的鼻子骂道：

你看好了，这个人，就是这个人，害我捅死你爸，要不是他偷了你，我会杀了你爸吗？所以你爸不是我杀的，你爸是他杀的，是他杀的你懂不懂？你竟然还把他当爸？还那么死心塌地地把他当成自己的爸？你是人吗？

这些话句句打中天新的命门。天新羞惭心起，眼泪汪汪地站在那里，不知如何是好了。老蔡说得对，自从他知道自己的真实身世之后，他总觉得自己该恨这个一手带大他却也同时更改了他人生的男人，但是很奇怪，他真的没有办法让自己心里注入这一份恨。他不知道自己这是怎么了，大多数时候，他对他的出生地，他对自己离开出生地之前的生活，他对他亲生父母，特别是对他的父亲，怀有的尽是些轻虚的感受。而他对付师傅的感受，是扎实的，可知可感的。他深深感觉到，他爱这个姓付的父亲，胜过这世上其他任何人，包括他的亲生父亲和母亲。这是他最真实的感受，他没办法改变，除了接受还是接受。

天新说，你不要再说了，我求求你，不要再说了。

162

老蔡说，要我不说可以，你离开这个王八蛋，永远别跟这个王八蛋在一起，是苦是累你去过你该过的日子，别跟这个王八蛋搅和在一起，你姓陈，不姓付，记住没？

天新说，不是这么说的，你不懂。求你了，别来干涉我的生活。

老蔡说，好！我知道了，都不是个东西。他猛地发出一声冷笑。那我也就不客气了，我去报案。

言罢他跌跌撞撞向外冲去。付师傅和天新齐跳起来拽他。他们因此扭在一起，渐渐他们扭打到了卫生间。地上太滑，老蔡一不小心摔倒了，后脑勺迅猛地向大理石洗漱台面的边沿撞去，然后他咕咚滑落到地上。一尘不染的白色瓷砖地面上迅速有股红的血漫开。付师傅和天新惊恐地瞪着迅速变得一动不动的老蔡，然后付师傅突然抓住天新的胳膊，厉声说：

你快走！如果以后警察问你，你就说你不在场。

天新在潜意识的支配下无声而坚决地拒绝，付师傅便把他往外推，途中他又把天新拉住，快速地命令道：

跟夏雁你要这么说，你爸在支走你之后，又支使你出去买烟去了。你不在场，你一定是不在场的，从现在开始，你告诉自己，你不在场，这里发生的一切你都不知道，你记住了吗？

天新又是在潜意识的支配下快步跑出屋子。他穿过空寂的走廊，走到电梯那儿摁了下行键，猛然想起电梯里有摄像头，忙转身冲向应急楼梯。就这样他几级楼梯一步地从十八层楼奔下，又沿着暗夜笼罩下的楼脚摸索着向远离大门的围墙一角走去。这个角落的围墙上面爬满了有刺的藤蔓，天新脸和手上被划得鲜血淋漓，但他哪有时间顾得了这些。终于爬过围墙，他朝着前方的小道撒腿狂奔起来，一直奔到一处正待拆迁的破房子里。他选了一间最小的房间，钻到角落里，紧紧抱住自己坐了下去。他把头埋在自己的四肢之间，用力地回顾刚才自己在逃亡路上的心路历程。他发现，在那最多也就是十来二十分钟的时间里，他竟然除了逃跑没有别的想法。于是他放声痛哭起来。哭了几下他猛地站起来，迎着呼啸而来的夜风向来路方向跑去。

（原载《江南》2012 年第 4 期）

你　　在

一

安丰平和时薇晓的人生要来一次自由落体了。就从那个电话说起。

这是二〇〇二年元月中旬一个下午，四点来钟的样子。半个小时前，他们刚进家门。再往前，他们在外地旅游，新马泰深度十日游。仔细想来，那应该是他们婚后最放松、愉悦的十天。这么说吧，之后的十多年里，那样一种十成足的放松和愉悦，再没光顾过他们的生活。

十日游最后一天，安丰平在泰国多吃了几块炸猪皮，吃坏了胃。他有胃溃疡的老毛病，动不动就复发。那天一进家门，安丰平就去了卧室。躺下不久，那电话来了。不过才响了一下，他就听见客厅里传来脚步声，步速惊人。时薇晓是个爱热闹的人，所有不期而至的来电，都能让她小兴奋一下——她还年轻。

"什么？你说什么？"然而，时薇晓的声音一出场就是恐慌，

"你能再说一遍吗？不可能吧？"

安丰平好奇心起，支起耳朵。稍后，时薇晓突如其来的一个大嗓门，吓得他胃壁一紧。

"你绝对弄错了！"她喊。

这之后，有不少于五分钟的时间里，时薇晓的声音消失了。可分明地，电话并没有扣掉。安丰平疑惑地下了床，悄然开门，进了客厅。迎着客厅尽头的落地窗，背对着卧室这边，时薇晓正用极小的声音跟电话那头的人对话。

"谁来的电话啊？"安丰平都快走到时薇晓身后了，她竟没觉察。

听到安丰平的声音，时薇晓忙不迭地对着话筒说结束语："明白了！我还有点事，先就这样吧！"

"到底在跟谁通电话？"安丰平警觉了。

他生性敏感，该警觉的时候绝对无法麻木不仁。

时薇晓快速将脸上的慌乱删除干净。"没什么，一个姐们儿，感情出了问题，找我倒苦水。这人挺烦的。"这么说着，她已然转换成一种轻松的表情，"不提她了，商量个事儿。"

"哪个姐们儿的电话？"

"女人间的事，你也感兴趣？"时薇晓把安丰平推坐到沙发上，"答应我一个事呗！"

"什么事？"

"先保证，一定答应我，不然我不说。"

"你看你，总跟个孩子似的。"

"你答应了？"时薇晓搂住安丰平的脖子，"那我可说了？"

"说吧。"

"去广州玩几天吧，今晚就去！"觉察到安丰平脸上随之而来的诧异，时薇晓孩子气地嘟起嘴，"去嘛！老公！"

安丰平用下巴指指地上、茶几上的包。大包、小包加起来五个，都没来得及打开呢。"时薇晓！"安丰平用手指点击她的脑门，"郑重提醒你，再过十几天就要过年了，又往外跑，说得过去吗？"

"当然说不过去。可我喜欢，不行吗？"

时薇晓已经不需要安丰平的批准令了，她匆促地跑进卧室，开电脑，上网，订机票，落实酒店。安丰平在客厅里纳闷了好一会儿，然后摇摇头，笑了。

依了吧。不依了她，就有点对不起他们这种非典型的夫妻组合形式。

他们这一对，是老少配。安丰平那年四十八，但时薇晓才三十四。在安丰平心里，时薇晓有时不是他的妻子，而是他的女儿。所以，他对她的爱，有溺爱成分。她也相当爱他。他们的感情之好，绝对到了如胶似漆的程度。就拿吃水果这件事说吧，一个苹果削完了，再小，也会分着吃，就算是梨，也会冒触犯"分离"大忌的风险剖成对半吃。

换个思维想想，不就是把本已结束的十日游拽成十几日游嘛。再说了，广州多暖和呀，成都的冬天真的太阴冷了。去那个花团锦簇的南国都市过几天暖和小日子，不挺好嘛，反正，他也不难走开——

安丰平在一个事业单位上班，是科里唯一的"笔杆子"，科长又是他哥们儿，所以，他能比较随意地支配上下班时间，包括偶尔为之的旷班。

而时薇晓呢，八个月前跟安丰平结婚后，就不再上班了。之前，她在一个药店当店长。是安丰平让她不去上的。反正他们眼下的生活里也没大项开支，她去不去上班，都不能从根本上提升或降低他们的生活层次。

去就去吧！等时薇晓订完机票回到客厅，安丰平已自行说服自己。"要带点什么去吗？"

"把干货带全就行，现金、银行卡、信用卡。"时薇晓一本正经。

她眼中掠过一丝阴霾。这次，安丰平没注意到。

事实上，即便去了广州后的头三天里，安丰平也没有过多地去关注时薇晓。主要是，走之前安丰平跟科长兼哥们儿打电话请示把他的年假多延长几天时，人家开列过来一个交换条件：你走可以，上头开会什么的我也可以给你打掩护，但你得把本科的下年工作计划写出来。于是，这趟广州之行期间，安丰平就专心窝在酒店里写官样文章。那三天，时薇晓白天很早出去，晚上很晚回来，安丰平也没在意。他心里还挺庆幸：这次广州之行，她从未要求他陪她这儿走走、那边逛逛，他倒是落了个清静和自在。

当然，他是错的。

二

一开始，时薇晓不能相信那个电话。电话来自广州珠江医院心脑血管急症急救中心。"是安洛家吗？"事情太急，致电者不等时薇晓接话，便说，"安洛出车祸了！"

"什么？你说什么？"时薇晓难以置信。

"安洛出车祸了！"致电者重复，"请问，你是安洛的哪位家属？"

"我是他妈！"

安洛是安丰平跟前妻生的。安丰平和时薇晓没孩子。

作为一个天性乐观的女人，时薇晓无法立即相信这个电话。在乐观者的潜意识里，噩运总是遥不可及的。

"你能再说一遍吗？不可能吧？"她反问。

对方没有耐心滚车轱辘话，她开始用迅捷、精确、几乎不带标点符号的语言，告知时薇晓在什么地方发现了因车祸卧于马路边的安洛，又如何得到他家的电话号码。地点是广州火车站与省长途汽车站之间那截马路上，电话号码来自安洛手机里的电话簿。

广州？时薇晓听到这两个字后，她身体里那些乐天基因立即发酵了："不可能！你弄错了！你绝对是弄错了！"

安洛在北京读大学，大四。学习之余他倒是喜欢往外跑，但仅限于北京周边地区，最远一次，不过是大连。就算有例外，安洛眼下也不可能在广州，他根本没跟他爸说起过——安洛跟安丰平可亲了，几乎无话不谈，真要去广州，事先怎可能不电话告知？

可是，千真万确，那就是安洛。来电者开始一股脑儿地向时薇晓罗列从安洛包里找到的他的身份证、学生证、两张银行借记卡、一张建设银行的信用卡、他手机的牌子，更关键的，是他的体貌特征。这个俊秀、瘦高、二十出头、手上缠了一圈黑檀木佛珠的男孩，渐渐在时薇晓的听觉里就是安洛无疑了。那佛珠，是上个月他过生日时她寄给他的礼物。

时薇晓，这个天性乐观的女人，终究还是接受了那必是安洛的事实。在此期间，有好几次，她的注意力变得很分散，以至于她一时间忘却了这房子里还有另一个人存在。不过，当那个人——安丰平，在她的身后突然发出声音时，她立即警醒了过来。

不能告诉安丰平安洛出车祸的消息，最起码，暂时不。安丰平在她视野里出现的瞬间，她做出了这个决定。

她不是个爱做决定的人。确切说，在她和安丰平为时不长的共同生活里，大小主意几乎都由安丰平拿，她乐得逍遥自在。但那一刻，不容细想，凭着直觉，她就做出了这个强悍的决定。平常不爱做决定的人，做起决定来，会比常人更坚决。

三

时薇晓能做出这决定，仍得益于她身体里高过常人的乐观指标。

虽然在电话里，那护士把安洛的情况说得很糟糕，但时薇晓总觉得那么倒霉的事不会降临到她家。就算天上下六合彩，也不见得会砸中她家啊。她认为，安洛一定能很快醒来的——是的，那护士说，安洛脑部受伤，被撞倒后，一直昏迷不醒。

还有另一个原因：与安丰平结婚后，时薇晓逐渐发现，某些情况下，安丰平不是个有能力掌控情绪的人。说来好笑，年近半百的人了，安丰平还动不动就焦虑，就急躁，就勃然大怒。万一安丰平听到那个消息情绪失常怎么办？时薇晓最不愿看到这个。每见他心情变坏，她会担心他的身体。坏情绪对健康多有害啊。

就是这样，时薇晓怀揣着掐不死的五成乐观，和五成不安，连哄带骗把安丰平拽到了广州。他们住的那家快捷酒店，离珠江医院心脑血管急症急救中心仅一条马路之隔。时薇晓给医院交够了钱，请了一个护工，二十四小时陪护安洛，她自己则尽可能多地往医院跑。她还那样想过两次呢：

等安洛醒了，出院了，她带着他突然出现在安丰平面前，然后，他俩你一言我一语，怀着一腔的窃喜，向安丰平追述刚刚过去的那场生死风波，那将是一个多么动人、可爱乃至浪漫的时刻！

除了过于乐观之外，还常会冒出些浪漫小情怀，这就是时薇晓。而即将到来的事实将证明，这次她的浪漫是不合时宜的。

三天过去了，安洛还是不醒。时薇晓带过去的钱哗哗地数出去，医院该使的法子都使了，安洛还是醒不过来。过了这么长时间不醒，醒过来的可能性就微乎其微了。时薇晓开始动摇那决定：如果安洛永远不醒，就此离世，安丰平势必错过儿子最后的日子。她正做着最后的斗争，另一桩她不能独挡的事出场了：就在第三天下午，公安局方面打通了她的手机。

"明天下午，请到我们这儿来一趟。"电话那头的人说，"安洛的车祸调查报告出来了，我们要当面跟你们通报一下。"

公安局是弄清安洛有亲生父亲的，提出安丰平必须到场。时薇晓再想隐瞒，已无可能。

四

很久以后，安丰平都不能忘怀那个他被悲痛、恐惧，还有一些愤懑集体围攻的夜晚。他的一生就是在这个夜晚坠入最低谷的，而后才是设法向原点攀爬的艰难过程。

时薇晓的表现极不正常，这次安丰平终于关注到了。他刚刚写完年度计划，打开电视看央十的《探索与发现》节目，时薇晓打他手机了。

"哥哥，你下来一趟，"时薇晓的声音比平常低八度，"我们去看电影吧！"

安丰平看看表，二十一点四十六分。这么晚了，她非但不回来，还要去看电影？他想，她可真是孩子气。心里头就有点不悦。

"你在哪儿？"

"就在酒店下面，你出来吧。"时薇晓哀求。

她这种语气，令安丰平的心只剩下了柔软。"好吧，这就下来。"

"快点，十点钟就开场了，是今天最后一场。"

安丰平飞跑下楼。电影不怎么样，但要说弱智，倒也谈不上。是部铁了心要煽情的电影。煽情的旗帜在这里被举得那么显明、触目惊心，这多少让安丰平有些不自在。他的年龄和阅历要求他抵制浅显的煽情行为。令他的不自在加码的，是他觉得三十四岁的时薇晓也应该抵触这种煽情电影，可是，她竟然哭了起来。

她连连哭泣。尽管没哭出声，但安丰平还是发现了。有好几次，他感觉到坐在右侧的妻子有些异常，便偷偷把头向右转过去一点，打量她。从前方大荧幕的影像里跳脱出来的光影，使她半明半暗的脸上的泪光闪闪发亮。她哭着，一次又一次认真、正式地哭着。显而易见，剧情深切、入里地搅动了她的心。安丰平后来竟然因为时薇晓无法遏止的哀泣而对电影有了一点点的认同，倏忽间也有点伤感起来，他轻轻在黑暗中攥紧时薇晓的一只手。时薇晓任由那手被他攥着，小心地让它一动不动。对她来说，那是最展现他们爱情的

172

时刻，她爱这个。

电影院离酒店不远，看完电影他们步行去往酒店。途中，安丰平开始抨击这部电影。放在别的时候，时薇晓会应和他几句，以表明她任何方面都愿与他同仇敌忾。但是，那个夜晚，她轻声打断了安丰平：

"老公，有个事我想跟你说。"她拉起安丰平的手，"哥哥，记不记得，来广州前一天，我接了个电话？"

时薇晓心思重，或过于高兴时，会对安丰平称呼凌乱，一会儿老公一会儿哥的。她太爱他了，在这些极端的时刻，这样可以将她的情绪拉得平顺一点。

"当然记得。"安丰平问，"到底是什么电话？"

时薇晓抬头看安丰平，察言观色，忽然不敢说了。安丰平看到她身体晃了一下，似要晕过去。忽然，她站定了，放声痛哭。

安丰平一下子变得紧张极了，他显然比常人容易紧张。"到底怎么了？快说！"

时薇晓一不做二不休，用一种速战速决的语气，把它说了出来。"洛洛出车祸了。"她抬脸，示意安丰平看黑暗中高处的"珠江医院"那几个大字，"他现在就在那里……"

安丰平的反应很激烈，当然，这是时薇晓想到过的。不过，时薇晓没想到安丰平会骂脏话。安丰平，是的，安丰平突然就跳脚了。

"你怎么才跟我说？你混蛋！你有病！你真不是东西！你简直太不像话了！"

紧接着，他推开时薇晓，冲向马路，向着珠江医院奔去。时薇晓脑袋一空，紧追而去。那是他们结婚八个月、交往两年来，他第一次对她恶语相向。

狂奔了十来步，安丰平刹住步，回身喊时薇晓："你也快点！我必须马上见到洛洛！"

好就好在，他的失控来得快，去得也快。本质上，他是个好男人。

五

安洛是自杀。太不可思议，这个长相、学习、人缘样样都好的孩子，竟是自杀。

可自杀的结论确凿无疑。出事地点，恰是广州市内治安状况最复杂的地段之一，因此，马路两边或明或暗地设置了不少摄像头。调出来一对照，从各个方向录到的事发当时状况的画面都很清晰，而且，由于那地方人流量极其密集，所以目击者甚众，几乎不下二十个人同时看到，当时，安洛突然就向一辆正常、匀速行驶的省际客运大巴冲去，速度之快、用意之明确、态度之坚决，那是一目了然的。

公安局专门派了两个人，细致、缜密地向安丰平和时薇晓陈述他们的调查报告，并且把来自马路摄像头的视频资料调出主要的一些来，给他们二人看。来自各方面的证据都表明：自杀的结论根本无法推翻。那么，这个孩子，这个安丰平倾尽心力养到这么大的孩子，为什么要自杀呢？

坐在公安局过于明洁的接待室里，安丰平陷入了一种深刻的悲痛。时薇晓一直握着他的手，他反过来同样紧紧握着她的。

"过会儿有个跟你们孩子自杀有点关系的女孩会过来。不过，她不是直接造成你们孩子自杀的对象，所以请你们见到她时保持冷静。"一个警察说。

安丰平的魂魄不在这里。他很恍惚。有那么几次，他的思绪飞向了医院。他忽然不想在这儿坐着了，只想回到安洛身边。

昨天夜里，当安洛插满各种管子的身体蓦地出现在他眼前时，他失控地嘶吼。护士和时薇晓合力抱了他好一会儿，他才冷静。就是这个夜里，安洛停止了心跳，院方正式宣告病人死亡。

现在，安洛已从病房转运到太平间。他还坐在这儿干什么？安丰平觉得自己不可理喻。

半小时后，警察把他们所说的那个女孩带进来了。这是个棱形脸、瘦、两颊明显残留有粉刺疤痕的女孩，年纪比安洛略大。她进来后紧张得不知道该往哪里站。正是因为这个，安丰平本来想冲她咆哮的，到底没有。

"这个女孩跟你们的孩子是网友。"警察介绍。

接着下来，女孩语无伦次地讲清了事情的原委：

安洛与这位在广州打工的女孩网恋了，在安洛那边，到了如火如荼的程度，最终单方面决定来广州见她。本来说好在广州火车站出站口相认的，女孩却临阵脱逃。原因来自她突如其来的自卑。据她说，她没想到安洛真像他自己所说的那样：高大、帅气、气质超凡脱俗。她原本以为，他先前把自己说得那么好，是自恋、自吹自擂，通常情况下，网络里的男孩、女孩不都是那样吗？就像她自己，一直以来，发给安洛看的，都是她们厂花的照片。

女孩说，她坚信安洛看到她的庐山真面目后，会备受打击，扭

175

头就走。她不想自讨没趣，就毅然做了隐身人。谁能料到呢，网友的拒不相见对小时候得过自闭症的安洛来说，是世上烈度最大的打击。

女孩说着说着，大概觉得坦然了，就没那么紧张了。她开始直视安丰平和时薇晓。然后，她忽然看见安丰平站起来，摇晃地向她走来。女孩疑惧地望着他，收紧了身子。她误以来安丰平要过来揍她。安丰平没有。他只是走过去，站在女孩面前，看着她。看着而已。

那个时候，安丰平心里闪起一个奇怪的念头：为什么自杀的不是这个其貌不扬的女孩，而是他俊美、优质的儿子？这不公平，绝对不公平。

这个念头在他心里盘桓着，挥之不去，然后，他发现了它的肮脏之处。他挪开目光，转身快步往门外走去。

自杀的结论，对安丰平和时薇晓产生实质性的坏影响。它表明他们将几乎得不到赔偿。在安洛十七岁时，安丰平就跟保险公司给他买了意外保险，就因为是自杀，这个险白买了。虽然交过的保险金不会白交，但最终退回到手上的，又能有多少呢？从这个角度说，安洛死得一钱不值。这个白白英俊、优质了二十二年的男孩，就这么一钱不值地背弃了他必然有过的生活的初衷。

六

回成都他们选择坐火车。安洛的死马上让他们比任何时候都清醒地认识到，他们是穷人。贷款住着一套六十四平、两居室的旧房子，只一个人上班，月均收入一千五，不是穷人是什么呢？

至于作为穷人的他们为什么会让自己的生活里出现新马泰深度十日游这样的事情，那是有原因的。其一，安丰平欠时薇晓一次蜜月旅行。他们"五一"结的婚，那阵子是旅游旺季，去哪里都会花费不菲，而近日由于年关将近，出行的人少，各旅游公司都在搞促销，他们又恰巧碰到了一个价位低到极限的双人游套餐，就勇敢地奢侈了一次。

还有一个原因令他们勇于制造这次奢侈。这又得说回到时薇晓的乐观天性。她总觉得，跟安丰平的生活不会永远拮据，所以，趁着他还不老，她尚年轻，能出去看看就尽量去。

可是，安洛的死让他们几乎是不约而同地认识到：他们以后再没有奢侈的机会了。

回到成都，离春节还剩十三天。他们先去把寄养在时薇晓一个女友那里的舟督芳接了回来。舟督芳是他们婚后开始养的一条萨摩耶狗。取名为舟督芳是因为这狗调皮到了跋扈的地步，与安丰平单位里一位二十多岁的讨厌男士性格上有得一拼。那男士就叫舟督芳。

养舟督芳是时薇晓的主意。跟安丰平好之前，时薇晓跟一个同龄男子谈过一场长达七年的恋爱，对方是个混账东西，吃喝嫖赌样样在行，可时薇晓和他共处七年竟不知他有如此多的劣迹——那男人干那些事当然都背着她，当着她的面又竭尽哄骗，于是她对他的真正面目全然不知。她为这男人流过两次产，其中一次手术还出了点事故，但就算这样，她跟这男人在一起的时候，都一心想着要跟他结婚。到最后，是这男人抛弃了她。她真的特别单纯，认识安丰平前，心理年龄从未超过十八岁。当然，有过那样的恋爱挫败经历，

177

对安丰平这种真情实感的男人，她极珍惜。

心理年龄远小于生理年龄的时薇晓从小就想拥有一条属于自己的大型狗，千难万难结了婚，有了自己的家庭，她火速给自己还愿。理所当然，那个时候，安丰平对时薇晓是能满足就满足。尽管，他那时喜欢的是猫。

从女友那里接回舟督芳，他们立即被一个迫在眉睫的现实问题困住。

早在安丰平与时薇晓去新马泰之前，他们就与老人们商量好了，今年过年，安洛去绵阳外公那里过，安丰平和时薇晓去上海安丰平的父母那儿过。时薇晓的父母就在成都，他俩可以初五初六的样子从上海回来，再去拜个晚年，在同一座城市，这些就好协调。

而为了平衡安丰平父母对安洛的思念，在安洛去绵阳陪外公之前，他先得去安丰平父母那儿住一周。也就是说，本来，已经放寒假的安洛现在已直接从学校出发去安丰平父母那儿了。

现在，安洛没了，安丰平该如何执行以安洛为主角的春节探访计划呢？

"得瞒住这件事！"从广州回到成都的当晚，安丰平对时薇晓说。

"瞒！必须瞒！"时薇晓精神状态很不好，脸色惨白，但她坚决异常。

她的坚决，强化了安丰平的决心。

无须任何解释，时薇晓就能理解安丰平。当初，第一时间得知那噩耗，她即刻决定向安丰平隐瞒。安丰平心里面的逻辑，她感同身受。

安洛的外公、爷爷、奶奶，能否接受外孙、孙子去世的事实，

178

这必须存疑。他们这三个老人，加起来都快两百四十岁了。年纪最小的也七十三了，最大的已经八十二，那是安洛的外公，他最疼安洛。安洛的外婆已去世十多年，如果他们，哪怕他们中的任何一位，在得知安洛去世后出点问题，那都不是他们想看到的。

"要想瞒住老人们，就得瞒住任何人！"安丰平说。

"对！"时薇晓的思路跟安丰平同步。

只要安洛去世的消息向一个活着的人泄露，就可能形成一条泄露链，使所有人都知道。为防止噩耗抵达老人们那里，他们要选择对任何人严防死守。

死守秘密是一个空洞的说法，要死守成功，得想一个又一个的招。

在这个春节日渐临近、亲人们等着团聚的时刻，当务之急，安丰平想到的是说谎，是圆谎。

七

从广州回来后的第三天，安丰平立即专程去了趟绵阳。

专程去绵阳的原因，是安丰平觉得当面圆谎要容易一些。时薇晓问安丰平，要不要她陪同。安丰平觉得一起也无妨，因为安丰平的前老丈人、安洛的外公，这位八十二岁的老人从未反对过安丰平续弦。更重要的是，时下安丰平分分秒秒都想跟时薇晓在一起。有她在身边，他感觉自己淡定许多。

他们一早就出发，中午的时候到。安丰平的前老丈人是个间歇性耳背、嗓门大、爱开玩笑的老头子。"你们俩过来干什么？我想见的是我外孙。怎么他没来，倒是你们来了？"

艰巨的说谎和圆谎任务终于降临了。"爸，我正想跟您说这事儿呢。本来不是说好今年春节洛洛在您这儿过的吗？但恐怕他来不了了。"安丰平忙把准备好的话往外掏，"洛洛不是一直说要考研究生的吗？刚巧前些天他碰到一个赏识他的导师，以后可以报考他的研究生。那导师特别喜欢洛洛，非得叫洛洛现在提前进入情况。寒假洛洛要一直跟未来导师做事呢。"

老人家听明白后，很失落。"那这孩子今年春节也不回来过了吗？不可能吧？"

"我们不是为洛洛的前途着想嘛。"安丰平凑近他，"碰到有导师提前赏识，这么好的机会，他当然要好好配合。我们也支持他不回来。"

老人家看了时薇晓一眼，又将目光投向窗外。他孙子、孙女、外孙、外孙女加起来有六个，但唯独性格沉静的安洛最讨他欢心。虽然，安洛的妈，跟他关系特别僵。

"那好吧，"嘴上这么说，老人却兀自走向话机，"那我给我乖孙打个电话。"

安丰平和时薇晓同时去制止，但老人家已经开始摁电话号码了。然后，安丰平背着的包里，突然响起了手机铃声。安丰平这才想到儿子的手机在他包里——那天在广州的公安局里拿到它之后，他就一直把它随身带着了。

带着它，仿佛儿子还在，没走太远。

安丰平手忙脚乱地蹿出去几步，躲进里面的屋子，去拿电话。只听打着电话的老人家还抽空提醒安丰平呢："哎！你手机抢戏了，它也响了。"又嘀咕道，"乖孙的手机通了，怎么不接呢？"

安丰平把电话捉到手上，手忙脚乱地快速按拒接键。就听到那边遥遥传来老人家纳闷的声音："怎么给我掐掉了？小兔崽子！存心气我！"

不由分说又把电话号码摁了一遍，摁得很快，显然这号码老人牢记在心。安丰平的手上再次发出悦耳的铃声，是孙燕姿的《我要的幸福》——安洛前阵子特别喜欢这首歌，曾在电话里唱给安丰平听。

刹那间，安丰平特别难过。在这痴缠的歌声里，他失魂落魄。

这个孩子，他幸福过，但那也许不是他所认为的最幸福的生活类型，他一定在心里规划过那样的生活，那是种什么样的生活呢？安丰平已经没有机会知道这些了。

幸亏时薇晓及时跑过来，帮安丰平摁掉了电话。

老人家听着话筒里和另一个屋子里同时断掉的《我要的幸福》，终于醒觉安洛的手机就跟他在同一个空间里。他放下话筒，向安丰平和时薇晓走过来，把安洛的手机抢到手里："洛洛的手机怎么在你们这儿？"

"哦！这个，"安丰平急中生智，"洛洛前几天回去过一趟，拿衣服来着。电话嘛，他走得急，落在家里了。"

"你们是不是有什么事儿瞒着我？"老人家有些警觉了。

"没，我们能有什么事儿？"时薇晓说，"爸，我知道您惦记洛洛，怕他没电话了不方便。您放心，过几天我们就把电话给洛洛送过去。"

"早点去送！"老人家说，"我想跟我乖孙说话。他没手机我怎么跟他说话？我还想问问他呢，能不能把考研究生的事放一放，该回来过年还是要回来。这是什么导师嘛，大过年的，也不让人家孩子回去。"

老人家说罢蹒跚地往外面走去。安丰平和时薇晓远远站在这里，望着老人家的背影，二人都心有余悸，更因未来必将到来的更多的难题而心生慌乱。

安丰平想，在他前老丈人这边扯圆一次谎都这么难，下步面对他的老父、老母两个人，该如何应付？——这两个老人更精细，脑子有时候比年轻人还好使。而且，能蒙到他们什么时候？直到他们撒手归西吗？瞧他们身体都还硬朗，都能够再活十年二十年的样子，再说了，难道他希望他们早点走吗？当然不，绝不是。无疑，他是怕他们中的任何一人受不了那打击。

接着下来，安丰平和时薇晓跟老人家零落地说话。难免就说到了安丰平的前妻、老人家的女儿。这是他们每次相见必说的话题。

时至今日，老人家跟安丰平的亲近，远远超过了跟自己的女儿。事实上，安丰平的前妻打从八年前与他离婚后，慢慢就处于失踪状态了。他们离婚，直接原因是多年来她与一个台商有不明不白的关系。其实，没人赞同她这样。当初，亲人们更是不同意她与安丰平离婚，尤其安洛，一度发出如果她跟爸爸离婚就不再认她为妈的通牒。但她还是一意孤行，冒着与父亲、儿子决裂的大不韪，离了婚，跟了那台商。

最开始，她还跟大家电话联系的。后来，她换了号，先不告诉安丰平，只告诉安洛和她爸，再后来，她再次换了号，连她爸和安洛都不告知。也许后面还换过几次号。总之，眼下她早已跟这边的所有人都失去联系了。也许，她是记恨当初大家抵制她和台商好吧，而等她与台商真的结婚了之后，她发现那正是她朝思暮想的婚姻。

她最后一次跟她爸通电话，是六年前，她说她当时已跟新夫迁到新加坡生活。新夫满世界跑，她也跟着跑，反正她爱跑，喜欢有新鲜感的生活。估计是越跑越野了，尝到了快意人生的甜头，她越来越执迷于此，终至连普通的人伦都不顾了，索性就跟她早年生活里的所有亲人完全脱离了干系。

安丰平和时薇晓一直待到傍晚，之后赶夜车回成都了。

不知不觉安丰平和时薇晓同时在车上睡着了，他们都感到特别累。其间，安丰平的电话响了。他母亲打来的。她说，她跟安丰平父亲来成都了，已经进了门——他们有安丰平家的钥匙，安丰平给的，方便他们想过来随时过来。不过，他们说，那只狗看起来对他们挺抵触的，所以他们只在屋里待了一会儿，就出门散步去了。

安丰平和时薇晓同时一激灵：骨灰盒，安洛的骨灰盒。

千万不要让他们看见安洛的骨灰盒。

八

他们把骨灰盒放在安洛房间的衣橱里。舍不得立即下葬，就先在家里放着。再说了，他们也拿不准，如果不举行一次公开悼念仪式就下葬，这对已经过世的安洛来说，是不是太不公平了？生者要考虑活人的感受，也不能忘了死者的感受，不是吗？

骨灰盒多半没有被发现吧？安丰平和时薇晓进了家门忙不迭地去安洛的房间查看。衣橱在里侧，去往它那里要先越过安洛的床，床与墙壁间的狭道正中放着一张小圆凳。安丰平和时薇晓记得，他们离家之前，它就是放在那个位置的，所以，安丰平的父母应该没去过衣橱那儿吧？

安丰平还是不放心。他跨过那张小圆凳奔到衣橱前，打开。骨灰盒醒目地位列衣橱的正中，当然，它原来就在这个位置。因为这位置如此醒目，一开衣橱就能看见，所以很难确知它到底被发现了没有。万一，他父母来过衣橱这儿，开过衣橱呢？小圆凳很容易移开再复位不是吗？如果，他们看到了，又希望安丰平和时薇晓不知道他们看到了呢？

安丰平站在这衣橱前，心情十分凌乱，而近在咫尺的安洛的骨灰，令安丰平感觉生命虚妄。他看着骨灰盒，就想，这是安洛，是用另一种方式活在他生活里的安洛。他不了解这种方式，尽管，他特别地想了解。那样一种想知道却又无从渗入的感觉，忽然令他极其恐惧。在那过电般的恐惧之后，悲伤接踵而至。他整个五脏六腑，都像是被一大把碎冰揉搓着似的，带给他阵阵抽痛。最终，那痛在他胃部落定了，他感觉有许多囊虫正沿着胃壁爬行、殴斗——可恶的溃疡。

时薇晓见安丰平情况不妙，马上向他跑来。她搀住他。

"老公，又疼了吗？明天去医院看看吧。"

"你说得倒轻巧！"安丰平神经质地推了时薇晓一把，"现在我有这份心思吗？"

时薇晓一屁股跌坐在安洛的床上。"你这样我很担心！"

安丰平看着床上的时薇晓，感觉她的脸色比平时惨白了几分。她跟他说过，她有低血糖，最近几年才有的。真难为她了。这几天，她何尝比他承受得少？安丰平忽然觉得自己太可恶。"薇，我累，扶我去躺一下。"安丰平轻声道。

这轻柔的语气，在他，就是道歉的方式了。时薇晓懂。

大门外响起脚步声，接着是钥匙在匙孔中捣动的声音。安丰平和时薇晓同时往大门口跑。

又一场战斗开始了，他们想。

门开了，他们看到安母提着一大兜水果，安父提着一大兜菜。他们的脸上挂着笑。

愉悦、毫无负担的笑。

谢天谢地！他们没有看到骨灰盒。安丰平看着他们脸上的笑，松了一口气。

"都愣着干什么？替把手！"安母把手里的东西往前送，示意安丰平去接，"真没想到，这边的物价，比上海还贵。"

"可不是嘛！现在什么事都反过来了，二三线城市的消费经常比一线城市高。"安父搭安母的腔。

这一对老人一辈子都在交谈，从早到晚，从黑夜到白天，当然，并没有大话题，都是些琐小的话，但他们永远说得起劲。安丰平从小就向往父母这样的婚姻，他第一场婚姻与理想婚姻背道而驰，所幸，这第二场，是称心称意的。

安丰平把水果兜和菜兜合并到手里往厨房里拿，时薇晓去帮安母把围巾接过来挂到墙上的搭钩上。安母就说话了："洛洛呢？出去玩了吗？"

时薇晓有点愣怔。安丰平手里提着两棵葱，从厨房里冲出来。"妈，要不我们今天出去吃饭吧，给你和爸接风。"

"接什么风啊？你爸单位退休办组织的活动，这几天我们一直在外面吃香喝辣，晓得哇？我们肚子里的油脂怕有一尺厚了，你爸回去查血的话，估计'三高'都高得不成样子了。还是粗茶淡饭好，适合我们老年人。就在家吃，你和你爸去做，我和小时坐下来讲讲话。"

"好啊，"时薇晓学上海腔喊安母，"姆妈！"

"哎！"安母喜滋滋大声应了下，拉住时薇晓的手，道，"洛洛什么时候回来？已经回成都了吧？寒假应该早就放了对不对？这小囡，好久没给爷爷奶奶打电话了，唉！他就跟他那个外公亲。"安母冲着又进了厨房的安丰平大声说，"平平，我们这次来，主要是让洛洛看看我们，要不然我们也不会拐到成都来。本来洛洛不是要先去上海看了我们再去绵阳看他外公吗？我们一想，不如我们送上门来给他看好了，省得他跑，反正我们也算顺道。"

安丰平再次从厨房里出来，心里慌，说不出话来。

"对了，"安母说，"今年春节就不要叫孩子去他外公那儿了，他那个妈，那么讨厌，赶紧跟她这个体系里的人全部断了往来算了。"安母对前亲家方面的所有人有种固执的敌意。"这样好哇，我们在这里多住几天，然后你呀、小时呀还有洛洛跟我们一起去上海。或者，我们都不去上海了，全在你这儿过年，反正，今年一定要团团圆圆的。"

怎么办呢？安丰平警觉心起，正式地坐下来，把白天刚跟前老丈人撒的谎再撒了一遍。由于有过了一次预演，这一次撒得比此前那次要圆熟很多，所以，任安母、安父是多么精细的人，也没有立即听出什么破绽来。

后来安父和安丰平去厨房做饭。又过了一会儿，安母也进了厨房，陪站在那里，方便继续跟老伴闲聊。时薇晓忽然才想到，须得把骨灰盒转移。因为安父和安母肯定至少要在成都睡一晚，而要睡就只能睡在安洛的卧室里。

趁着安父、安母都在厨房的空当，时薇晓跑进安洛的卧室。舟督芳这会儿突然变得很来劲，死缠在时薇晓的身后。时薇晓打开那衣橱，小心抱出骨灰盒，目光搜寻它的新安置地。这时，舟督芳瞪着这白颜色的瓷缸状物品大叫起来。时薇晓就腾出一只手来，挥动着制止它。这骨灰盒还是很沉的，她一只手一下子抱不稳，差点使它掉下来，所幸她及时收回那只手护住了它。

最好转到她和安丰平的卧室去，时薇晓拿定了主意。

正要往外跑，忽听得安母的声音从外面莺歌燕语般地传了过来："小时！你去哪儿了？过来看看我给你买的丝巾！"

耳听安母的脚步声离安洛的卧室只差一两步的距离了，时薇晓急中生智，迅速矮下身子，将骨灰盒塞到了床底下。舟督芳今天真讨厌，竟然对着骨灰盒的方向手抓脚刨起来，使劲要往里面钻。好在空隙不大，它的肥身子钻不进。

"这狗，吵死了！小时，快出来，试试看！"安母已经站到门口，挥动手里的丝巾。

丝巾立即成为新的诱惑源，舟督芳直接从床上跳过去，扑向它。安母吓得心惊胆战，扔下丝巾躲开去了。时薇晓赶过去，拍了舟督芳一把，它老实了。然后，时薇晓提着丝巾虚弱地站在客厅与安洛卧室之间，大喘气。

九

安父和安母在成都住了两天才走。

期间，安丰平和时薇晓找到一个二老出去散步的机会，终于再次得到了转移骨灰盒的机会，把它转到了他们卧室的保险柜里。

这样的隐瞒真的不是件轻松的事。有几个他们突然变得极其脆弱的时刻，时薇晓都想动员安丰平向安父、安母坦白继而让所有人知道安洛的死讯了。但终究，她还是没有。她不想。并且，她知道，安丰平绝不会同意的。

就想想安丰平现在多么痛苦吧。一样的道理，安洛是这三个老人的至爱、心肝，是他们的希望，就像安洛是安丰平的至爱、心肝，是他的希望一样，如果他真的还爱着这些老人，就要尽可能地保护他们心里那团希望的火焰，不让它熄灭。何必让人人都去承受痛苦呢，况且，痛苦又不是能够以分摊的形式存在，多一个人知道，它就多一倍机会作威作福。

然而，难道要一直隐瞒下去吗？难道能一直这么隐瞒下去吗？瞒个几天就慌成这样了，瞒几个月，乃至几年呢？一直隐到他们一个个带着未熄的那团火焰安然百年？那有可能吗？安洛从此后不出现，连电话都不打一个，他们还能对此安之若素？这些设问，马上盘踞到他们心里，叫他们束手无策。

春节，最好不要去父母那里吧，安丰平想。去了，一不留神，泄了天机，怎么办？这么多年来，他还是第一次春节不去看父母。

离春节还差两天，安丰平给父母打去一个电话，说市里有个大会，需要写手，他被单位指派过去写稿，春节要连续加班，无法去外地。又安慰他们，反正过节前已经见过面了，就当是那次见面是春节的团聚吧。在上海，安父、安母还有一女一子。安丰平不去，他们春节也还是挺热闹的。安父、安母数落、叮咛了安丰平几句，口头认同了他的不去。不过，安父、安母又问到了安洛，说怎么不见他给爷爷、奶奶打个电话呢，人不回来，连个电话都不打，不懂事了吧？费了非常多的口舌，安丰平才说通了父母。

这样的隐瞒，何其困难。选择这样一种隐瞒的生活，就等于选择了一种难度最大的生活。事实正是如此，这样一种持续的隐瞒，在后来的日子里，一天比一天变得困难。这样一种隐瞒的生活，一天比一天让安丰平和时薇晓难以承受，令他们心力交瘁。

十

陈裕针和安仲民心里面其实是存了很多不解的，那些疑点，来到他们心里，生根发芽，愈来愈大个，叫他们没办法装糊涂。那个春节里，他们两个人比往常任何时候都热爱讨论，一天二十四小时，除了都在床上睡过去了的那几个小时，其余的时间都用于开讨论会了。议题显而易见：儿子家里到底怎么了？

洛洛是个细致、有心的孩子，这几年里，从来都是很规律地给他们打电话的，这次到底是怎么回事？大过年的出尔反尔不过来看他们不说，连个电话也没有了。过年啊，这种时候没电话，怎么都是说不过去的。

还有平平，过年说不过来就不过来了，那么果断，一点征求他

189

们意见的意思都没有，他到底是怎么了？完全变了个人似的。

肯定有什么事情，没跟他们讲。

什么事情呢？有那么不方便讲的吗？

而且这个事情肯定是平平和洛洛父子俩之间的，要不然他们不会同时反常。

对了，对，这父子俩，是串通好了的，肯定是。到底是什么事呢？

跟平平新娶过门的小媳妇，有关系吗？

跟平平离掉了的那位，有没有关系？

想来想去，他们把焦点锁定在了已经取消了儿媳资格的那个女人身上。对时薇晓，他们是喜欢和信任的，这个女子，他们看得上眼，没有花花肠子，这一点他们是非常确信的。但是那个女人就不行了，哪儿哪儿都是不行，都叫他们看不顺眼，而已经发生的事实也证明，他们对她有成见是必然的。

难道是这个女人又借尸还魂了？洛洛现在是大学最后一个学年，接着下来就不用谁负担自己可以挣钱了，那个女人意识到了这一点，突然想把洛洛占为己有了？

对，一定是这样的，一定是她花言巧语，说服了洛洛毕业后跟她去国外，跟她一起生活。相较于平平，这个女人经济上有优势，洛洛毕竟还是个孩子，当然更想过富贵安康的日子，所以是容易被她的迷魂汤灌晕的。一定是她，一定是她把洛洛的魂给夺去了。

然后呢？洛洛心里有愧，这孩子心思又重，碰到过于艰难的话题，索性就不想去解释了，但又怕爷爷、奶奶追问，那好麻烦的呀，不如就来个一刀切，彻底失踪，叫他们想问也问不到。也许，等过一阵子，爷爷、奶奶心里的气平息了，话容易说得通了，他再现身，跟他们来一个正式的解释，是这样的吧？一定是这样的。

陈裕针和安仲民讨论了一整个春节，其间几乎每天都要打电话给安丰平，以寻求印证，或新的有助于他们释疑解惑的逻辑。最终，他们确定了这样的观点和结论。

然后他们就用他们宽和的心态理解了安丰平和安洛，甚至于，连带着对"那个女人"也有所理解了。他们不是狭隘的人，有些逻辑，只要讲得到那儿去，他们能够请自己接受，然后真的就接受。他们所要做的，就是耐心等待吧，等安洛觉得时机到了，来找他们，给他们解释。他们爱安洛，所以，安洛想跟谁都可以，只要是，他开心。

有那么一阵子，陈裕针和安仲民就没有像春节那阵子死缠着安丰平要各种答案了，这个时间有两个多月。那段时间里，他们也担心安丰平，怕他不能承受安洛被前妻夺走的打击，但他们又觉得安丰平既然选择不与他们交流这桩事，就应该尊重他、配合他。那两个多月里，他们没怎么给安丰平打电话，安丰平给他们打电话也比往日少。然后，春天昂首阔步地来了，有一天晚上，他们正在房间里看一个穿越剧，那个他们期待的时刻出现了：

安洛的电话，终于打过来了。这孩子，终于还是来电话了。

话机显示的还是安洛从前的号——这跟陈裕针和安仲民先前的推理不搭。如果去了国外，应该换了国外的号啊。不过，对手机这种新生事物，陈裕针不懂行。也许安洛不换号自有他的用意，她自己给了自己解释。

"奶奶，身体怎样？"

这个心细的孩子，还是那样，一开口就关心长辈的身体，真是个好孩子。

陈裕针眼泪才要掉下来，心里面若有若无的冰层和疑点都已经化开了，因而她马上就开心地笑了起来。

"你个小囡，当奶奶和爷爷是空气呀？哪能那么久不打电话的？"

"忙！"

"忙什么呀？不就是要考研究生吗？你爸已经跟我们说了。你怎么啦洛洛？感冒了吗？声音都变了。"

"哦？是，感冒，有点。"

"要不要奶奶和爷爷去你那儿看看你？反正我们也没有事情，给你去做饭吧。"

"不！"

安洛用字很节俭，怕多用几个字会怎么样似的。

"你们那个导师也真是的，考研究生难道还不允许跟家里人见面、打电话的吗？害得一个孩子生病了，家里人也关心不到。"陈裕针好奇地问，"你到底准备研究什么呀？没听说过读研究生不许跟家里人联系的。"

"专业，挺特别的。嗯，确实，要保密。"

"还真的是要保密的呀？"

"嗯，不然，我消失这么久？正想说，以后，跟你们，还是要，少联系。"

"到底是什么专业呀？"

"奶奶，说出来，你也不懂。电话可能被监听。问爷爷好，挂了！"

192

"哎！等等！那你现在在哪儿啊？不在北京的学校里吗？"

"嗯！跟导师做课题，在外省。必须挂了，奶奶和爷爷，保重身体！"

说挂就挂了。

陈裕针在接电话的时候，安仲民一直歪着个脑袋在旁边听着，好几次要把老伴的电话抢过来说话，被陈裕针挡开了。没有跟外孙说上话，安仲民很扫兴。陈裕针也扫兴。不过很快，他们的心就被欣慰占满了。

不是他们想的那样，跟那个女人无关。这个孩子，他们误会他了。安洛怎么可能跟那个女人去国外呢？那个时候，他是抵死都反对他妈跟他爸离婚的，坚决否定她的行为的，是跟她对抗的。国外再好，那里没有他喜欢的人，他去干什么？当然不会去。

这个孩子，还是那么懂事，那么惦记着他们，只是他受了限制，没有办法，才失踪了这么久。

现在的孩子，就业压力大，学习上是怎么要求的，就只能遵守啊。

陈裕针的手依然把持着电话筒，舍不得放下，就这样跟安仲民发表她的看法。安仲民点头，默认她的说法。他们两个那个晚上有点开心，决定晚睡一会儿，像个年轻人一样下楼去吃夜宵去了。

十一

确如安洛首次重现的那次电话里说的那样，他不太能联系他们。再来电话，已经是这一年冬天了，这中间树绿了又黄，黄了又落，大半年过去了。往后，安洛的来电就固定在了这样的频次——半年一次。

那第二次电话，很简短，几乎是陈裕针才说了一句整话，安洛就满腔歉意地要挂电话了。

用字仍然简短，仿佛他是从国外来的，不熟悉中文发音，主要靠字和词交流，那种流畅的句子为难他了。

还有一个情况：安洛似乎比较排斥跟爷爷说话，一旦爷爷把电话抢过去了，他就基本上只是沉默了，或者干脆挂电话。

关于这一点，陈裕针理解，历来安洛就是跟她有话讲，跟爷爷不是。

不过，陈裕针最开始还是有所埋怨的——到底什么专业，抑或是什么样的工作，叫这个孩子变得如此讳莫如深，惜语如金，对打电话这件事如此地慎重呢？她有心怀疑安洛在欺瞒她什么，但一来她从心底里不愿意相信这一点，二来她也认为欺瞒之说完全不能成立——真要欺瞒，索性就不来电话了。

到底，她还是释然了，慢慢适应了安洛半年一次的简短电话，习惯了他的用语省俭。甚至于到后来，她都觉得这是安洛必经的一种成长——这个孩子，如今变成了这样一个人，他不再是那个用语温软的孩子，而成了一个向着内敛性格过渡的准男人。内敛有什么不好？这样的男人更有质感，这对安洛是好事。

有时候，陈裕针和安仲民也和儿子安丰平探讨安洛，说安洛稀少的来电，节制的用语，他的这些显明的习性上的变化。安丰平从来都是疼儿子的，容不得别人质疑他的儿子，包括自己的父母，每当谈论到安洛的改变，安丰平立即替儿子辩解。安洛的现状，安丰平显然比任何人都理解，并且他还说，这也是他的意思，让安洛把心思多放在学习和工作上，其他的事，以后再考虑。

有了安丰平的耐心解释，陈裕针和安仲民往往就不再去深思安洛的变化了。慢慢地，他们就把变化后的安洛的表现当成一种常态了，要是安洛真变回他儿时的样子，兴许他们还有点不适应呢。在此期间，陈裕针和安仲民在快速地变老，陈裕针的耳朵有点背了，安仲民的反应也迟钝了些——这两件事几乎是同时发生的，他们这对互敬互爱、说话总那么投机的伴侣，总是那么步调一致。

那应该是二〇〇八年左右的事吧。也就是这一年，有糖尿病史已十三年的陈裕针突然病危。

急性脑梗死。晚饭吃到半途，人突然就坐定在了那里，眼睛呆直地望着前方，别人说什么话，陈裕针都听不见。突然又听见了。安仲民正觉得奇怪呢，又听不见了，没知没觉了。然后，"咕咚"一声，陈裕针连人带碗摔倒在饭桌底下。

在上海本地的大女儿、女婿，还有大儿子、媳妇，火速赶到闸北区陈裕针和安仲民的老房子，将陈裕针送到医院。当晚，陈裕针生命体征就开始往弱里跑。她时昏时醒，醒的时候语无伦次，说着乱七八糟的话，夹杂着对一些陈年旧事的回顾、对家庭琐事的看法，叫大家听得一头雾水。中间有一次，她突然这么喊了一句：

"洛洛！"这两个字是喊得极其清晰的。

又过了一会儿，她又喊了："洛洛！"

就这样，病床上的陈裕针，大声呼喊出她心灵深处蛰伏了多年的愿望。这愿望经由她细弱的声音播放出来，叫安丰平心碎，叫旁边其他的听者恼恨。他们恼恨的对象，是教子无方的安丰平。

老人都这样了，难道你还要纵容着儿子不在场？你就看得下去吗？不消说出来，大家都是这么想的。

到哪里去找安洛呢？陈裕针此生怎么可能见得到安洛呢？最近六年来电波里的那个声音，来自他安丰平的设计啊。

设计出安洛的声音，虽然难，但只要用心，刻苦训练，就能成。但是，要让安丰平设计出一个站到大家面前的安洛，那是万万不可能的。

陈裕针表达过要见安洛的愿望之后，安仲民，还有其他在场的安丰平的亲人，都把目光投向安丰平。他们都已经在安丰平的设计下，接受了安洛在做着一个秘密工作的信息，但，这个工作再秘密，总不能叫人永远不露面吧？古往今来，哪有如此秘密的工作？何况，现在是和平年代，是讲究人性化的时代。

安丰平的姐姐脾气火暴，终于开始数落起安丰平来。安丰平只好在旁边听着训斥，心里充满歉疚。见训斥没用，安丰平的姐姐决定亲自上阵，给安洛打电话。

一打，关机。再打，还是关机。

而那个时候，安丰平盯着姐姐快速摁手机的动作，心里紧张得不行，手下意识地探进裤兜里，紧紧抓住了他的另一个手机——安洛的遗物，那只手机。幸亏安丰平这次想得周到，来之前把手机关了，不然，还真不知道该如何解释。

但是，安丰平的姐姐，还有哥哥，包括安仲民，这次是坚决要打通安洛的手机了，接下来的一两天里，他们表现出这样的决意。其时，安丰平就在他们身边，看得清清楚楚。

那一两天的最后，下午某个时候，找了个借口，安丰平离开了他们，去了一个公园。他一直往里走，走到一个僻静之处。那里风在呼啸，安丰平开始等待必将到来的电话，打给安洛的电话。他等着再次扮演安洛。

他闭上眼睛，想象自己在西北某个人烟稀少的地方——他用安洛的声音跟陈裕针和安仲民还有另一位已经八十有八却依然健壮如牛的老人讲过，如今，安洛被分配到了甘肃的一个秘密基地工作，那个单位是属于国家安全部门的，那里人烟稀少，信号不好，手机里的人声听着一般都会失真。

安丰平就一直站在那里等，见有人来马上让开几步，怕人声会影响他接下来的声音表演。半个小时后，安洛的手机，被安丰平紧紧攥在手心里的那个遗物，震动了起来——安丰平一般都把它设置成这样。

安丰平清清嗓子，等待对方的质问或请求。他已然准备好了怎么回复。安洛的嗓音跟他的嗓音就质地而言，有相似之处，这方面显然是有遗传的，这也正是安丰平当时在两个多月的时间里基本掌握了安洛声音的原因。电话是安仲民打过来的；

"洛洛吗?"安仲民用哭腔大声说，"洛洛，我的孙啊，奶奶要死了，你快回来一下吧!"

安丰平假装被惊呆了一下，然后，他任由自己哭出了声来。他把手机拿远，以便让这哭声传到电话那头时可以变得毫无辩识度可言。然后，安丰平将喉肉收紧了一些，使自己发出类似安洛的那种柔弱、温软的声音——这是个温柔的孩子啊，多么好的一个孩子。

"爷爷，我回不去! 真的回不去!"

"哦!"安仲民失望地停住了哭泣。

"我听爸爸说了，奶奶病重。你叫她坚持，一定要坚持，一定要坚持到可以看到我的那一天，坚持啊！"

安仲民把手机塞到陈裕针的耳朵根子上，让她听"孙子"的叮咛。陈裕针竟然有了比较多的意识，渐渐把眼睛睁开一条缝，脸上有了一抹生机。她怔怔地听着，最后，用很微小的动作点了点头。

不可思议，仿佛安洛的这个电话赋予了陈裕针一个新的人生使命，一个希望，这希望是一支强心剂，给了她强有力的激励，她竟然，竟然脱离了危机，转危为安了。加上用了最好的药，请了最好的医生，陈裕针不久后就化险为夷，并且在半年后神奇地康复了。

这之后，她一直活得蛮有精神。

而那一天，在公园打完电话后的安丰平突然像疯了似的，沿着公园里幽深的小路狂奔起来。那天的天气晴朗，天空透亮，透亮到能叫人隐约能看到空气中尘屑的地步。这隐约带给安丰平一个想象，仿佛他突然就跨越了凡人的生理极限，可以看到三维之外的空间。不过，这样的想象，给他带来的是极大的恐慌。洛洛死了，早就死了，我们都会死，死到底为何物呢？恐慌中的他脑中不断出现这样的闪念。

安丰平一直跑，跑啊跑的，然后在公园门口的马路边上蹲了下来。他使劲地压抑着要哭出来的冲动，然后顺利地将它们压制了。再然后，他用气定神闲的形象走进了旁边的便民超市。他去买烟。

那天，安丰平遇到一位素质很差的女士。明明轮到安丰平结账的，她视若不见地插到安丰平前面。往日遇到这样的事，安丰平会容忍。但那天安丰平不知道是怎么了，也许是那女人毫无理亏之感的神情触怒了他吧，他就去提醒这女人了：

198

"哎！我比你先排的队。"

那女人完全没听见似的，顽固地站立在安丰平的前面。

安丰平记得特别清楚，突如其来地，一股热血冲上脑门，什么东西顶到心口，令他心跳速度大增，然后一种无法控制的激愤使他忘却了一切。他猛地扔掉手里的东西，抓住柜台上的一把水果刀，照着那女人的脸捅了过去。

鲜血直流，本来就不占优势的五官被遮住了。先是她擦着收银台砰然倒地，然后是，在地上抽搐。

安丰平瞪着地上的女人，非但不收手，还继续举高了水果刀，向她捅去。

一刀，再一刀。鲜血四下里迸溅。

收银台背后的女孩大骇地瞪着安丰平，忘了或者根本不敢去阻止。然后，安丰平看到自己狞笑地望着地上的女人最后一次抽搐过后蹬直了脚——

安丰平在这样一种酣畅淋漓的想象中短暂地失去了意识，直到前面这位插队的女士已经买完单傲然离去，收银台后面的女孩呼唤他，他才在自己无意识的冷笑声中醒觉过来。

怎么回事？怎么会有如此可怕的想象？

当然，在后来一些年里，他会不断想起这件事。会知道所有的隐痛和压抑都需要补偿，所有的不当都有征兆和过渡。

十二

安丰平当然不能忘记如何想起了那样一个方案，也不能忘记如何费尽周折地使自己变成了这个方案的合格执行者。

他认识川音一个教授。起先，他想委托这位朋友找一个声音模仿能力超强的学生，来帮他实施这个方案的。他都见了这位川音朋友推荐过来的一个学生了。他还用信封装了他两个月的工资——这是他预想中要这位年轻的声音模仿高手的报酬，一次这么多报酬，再有一次，他再给这么多，依次类推。可是，等这位年轻人坐到安丰平面前，他犹豫了。

要请人家演戏，要让人家演得逼真，不露痕迹，滴水不漏，安丰平当然要给人家讲前因后果，讲清楚安洛之死，请人家扮演安洛的用意，一切的一切。

可是，万一人家最后把安洛的死泄露出去呢？握着这个秘密要挟他们呢？不能，绝不能找人来模仿安洛的声音。

那么谁来模仿呢？除了他自己，再没有更好的选择了。虽然，他天生对声音扮演这样的事最缺乏天分，平时唱歌他就五音不全，在KTV从来都是同事和朋友嘲笑的对象，但现在，再难，他也要解决。

好在他那个川音朋友教授有方，仔细审查安洛的声音，把安洛声音的特征一一找出。而安丰平自己，照着那川音朋友步步为营的训练计划，终究在两个多月之后掌握了安洛的声音，基本达到了能以假乱真的地步。

其实安丰平是拿安洛的外公当第一个试验对象的，毕竟他当时就有间歇性耳背，跟他演对手戏，难度稍小。安丰平记得，他重新给安洛的手机号充了话费，用安洛的声音跟安洛的外公第一次打电话的时候，是个雨夜。外面雨声淅淅沥沥，给可能到来的老人的质疑提供了足够的环境依托。

安丰平这个电话刚接通，老人就用他与生俱来的幽默抨击他了：

"你小子啊！这么久才想起外公来，该打！"

很好，这个间歇性耳背的老人毫不怀疑电话的真实性。这给安丰平接下来的表演人生注入了足够的自信。

其实安丰平也曾经和陈裕针、安仲民想到一处的，就是把责任推到他已然了无踪迹的前妻身上，就说是她用迷魂汤灌走了安洛。但他担心，这样的谎言会给老人们带来另一种伤心。他不希望他们受到任何的伤害。所以，这个方案虽然最先被想起，但马上被他和时薇晓否决了。

不到万一，不用这个方案。就把它当成下策中的下策，留着备用吧。多一个方案在那儿备着，也好。

十三

出过一次事故。

安丰平把安洛的手机丢在公交车上了。也许，是给人偷了。

那是二〇〇九年岁末的一个早上，安丰平匆匆去单位。在单位大门前的马路上下了车，他正紧赶着往单位里跑呢，突然下意识地摸了摸左边的裤兜，然后，他震惊而恐慌地在马路中央站住了。

那手机不在了。

若干年来，出于真实性的需要，他给它置换过好几张手机卡，但一直没换掉手机本身，完全不想换它。它在着，在帮助安丰平完成了表演大业的同时，也给予了安丰平慰藉。它早已成了他最心爱的宠物。可是，它不见了。

安丰平飞快地跑到马路边，回忆它的去向：难道出门的时候没带吗？不可能，每次出门，他都要把它带在身边，哪怕自己的那个手机不带，也要把它带着。而且，每一次出门前，都要检查了又检查。他确信，那天他照例好生检查过一番，确信它在口袋里，才出门的。怎么突然就不在了呢？

毫无疑问，他把它丢了。甚或说，公交车上的某个贱人偷走了它。

如同所有丢失珍爱手机的人那样，安丰平马上拿出自己的手机打那个手机号。亦如同通常手机突然失踪后会发生的那样：打不通。关机，关了。如此看来，丢的可能性为零，是被盗了。

这是一个什么样的小偷啊，明明这是一部旧得不成样子的手机，卖给专收二手手机的人，两百块钱都值不到，为什么要偷它啊？可是，虽然它值不到两百块钱，但对安丰平却是无价之物啊，那个小偷，他知道吗？知道这一点吗？

安丰平就一直打，不停地打。这期间他发现自己的情绪近乎要崩溃了。安丰平打啊打啊，那手机一直就是关机的提示。后来安丰平索性忘记了那天要去单位干什么的了，打了个出租车回去了。在出租车上，回到家里后，他一刻不停地打那个手机号。时薇晓都被他的疯狂吓住了，又不敢阻止，只好跟在一旁监护着他。

万一那个偷手机的人打开手机后，正好老人们把电话打过去呢？也许老人们会立即明白这手机被偷了，但也不是没有可能使事情败露啊——比如，小偷告知他是在成都捡到这个手机的。安洛不是秘密工作者吗？怎么回成都了呢？能回成都为什么不能去上海，不能去绵阳？

安丰平必须令老人们打不通这个手机，他要用自己持续拨打的动作把这条通信线路占为己有。

可是，这不是办法，他总不能不吃饭，不睡觉，不干任何其他事，就这么一刻不停地打下去吧？但除了这个办法，还能有什么办法吗？

安丰平开始吆喝时薇晓用她的手机给那个手机号发短信。语气要恳切，请求对方两点：一、不要接任何来电；二、把手机还给机主，如果实在不想还，就扔掉。而回报是丰厚的，两千，不，五千，甚至于你要多少就可以给你多少，只要你照这两点办。

时薇晓紧张地编写短信，发过去。又复制这条短信，重发了不下十余次。然后，安丰平才稍见平息一点，他停下拨打的动作，跌坐到沙发上，怔怔地看着时薇晓。

小偷一开机首先会看到那则短信的，如此交易，他何乐而不为？

如果小偷不开机，永远不开机，那当然就没事了。

几天过去了，没有人打过来电话。其间，安丰平依旧持之以恒地拨打它，仍然是从来都没拨通过。

过了一些日子，安丰平再拨打，提示那手机号码是空号了。

一定是小偷见这手机破旧，当时就卖掉了，而收购者每天收好多手机，没有对这手机过分关注，直接就抽出里面的号码芯扔了。

又过了一些时日，安丰平和时薇晓没收到来自老人们的质疑的电话，就放了心。

但是这桩事故，让安丰平从此行事大为小心，做那桩事更加缜密，他买了一部最廉价的手机，用于他后来的声音表演。当然，再廉价，它也不可能离开他半步了。

十四

安丰平和时薇晓的生活从质变到更大的质变，是二〇一〇年秋天的事。

在这之前，有一年多的时间里，他们都感觉那种他们久违了数年的叫作希望的东西开始重返他们的生活了。他们一直想再生一个孩子的，属于安丰平和时薇晓的孩子。这个想法其实在安洛出事后的第一年就产生了。但由于他们有隐瞒大计在身，加上经济上越来越拮据，他们觉得如果生活里出现一个新的孩子，必然带来更多不可预知的难题，于是，就把这事拖下来了。虽然，安丰平越来越逼近老年，而时薇晓，也慢慢不复年轻。

在二〇〇九年那一整年里，他们都觉得也许可以向有一个新孩子的生活努力了，他们也在做着各种各样的准备工作，也努力过，但都不成功。安丰平年纪确实大了一点，这件事上，他已经不能提供足够的保证。也不是他一个人的问题，时薇晓当年打过两次胎，其中出过一次出血事故，这时候一检验，发现她几乎不可能再生孩子了。除非试管婴儿，但那简直太麻烦了。

顺其自然，只好这样了。

而二〇一〇年这一年发生了很多意外的事。最先是，一天夜里，陪伴了他们八年的那条狗，突然就死了。八年里，这狗渐渐成为安丰平和时薇晓最好的伙伴，如同他们共同的孩子。尽管在它到来之前，安丰平更喜欢猫，但真正与它生活过那么久之后，他比时薇晓都要喜欢它。这只被他们戏唤舟督芳的狗似乎也很依赖安丰平。安丰平早已习惯了出门舟督芳送行、进门舟督芳迎候的生活。

这一年四月间，安丰平所在的科发生了一次人事变动。原科长，即安丰平的哥们儿，升了副处长，他们单位那位极讨厌的男士，舟督芳本尊，接替了科长的位置。这位爱找别人碴的狗东西，最爱找安丰平的碴。安丰平经常被他搞得烦不胜烦。

有一点已然明确：安丰平习惯了十多年的比其他单位或部门要自由些的上班生活要终结了——就因了这份自由和散漫，他这辈子在工作上都没有思过进取，一直当个科员他都觉得可坦然接受。现在，在他再挨三四年就要退休的时候，他却再也不可能像以前那样相对自由地对待上班这件事了。

这一年中秋节前一天，安丰平的老丈人九十大寿，安丰平和时薇晓前往绵阳参加寿宴。九十是高寿，老人能来的亲戚、小辈全来了，包括安丰平的前妻——对！就是她。这真让人始料未及。若干年来，她音信杳无，叫人以为她将永远不再可能踏足家乡，如今，她竟然毫无征兆地重现于江湖，这真是个不按常理出牌的女人。

最为讶异的当然是安丰平了。看到她，他很慌。安洛，他担心她追查起安洛来。毕竟，她是他亲妈。

前妻带了一个孩子过来的，女儿，有七八岁，显而易见是亚欧混血品种——说明这个女人跟那台商结婚后没几年就离了，然后，她跟了一个白人。是什么样的白人呢？据前妻自己说，是驻加拿大某国大使馆的一个外交官。从她满身的珠光宝气和比早前更为自负的神色可以看出，她如今的生活过得相当如意。包括这个女孩在内，她后来生过三个孩子，这是其后安丰平听她跟别人聊天而得出的结论。她这次回国不会很久，回程票已经订好了，就在三天之后。

安丰平畏惧的时刻终究还是出场了。她把安丰平拉到一边，问到了安洛：

"安洛当兵去了？"

"当兵？谁说的？"安丰平奇怪她哪里听来这样的说法。

"那就是我听错了。"前妻用已经不很熟的川普说，"老头子跟我讲，安洛不怎么回来，工作有点保密，我以为是当兵。"

这话暴露出两个值得揣摩的讯息：首先，安丰平的前老丈人，在安洛的问题上，很可能跟女儿说谎了——"不怎么回来"，而不是从来没回来过，为什么老人要说这个谎呢？哦，大概，这是老人抨击女儿的一种方式——谁都不会像你这样，从来不回来看我。第二，安丰平觉得前妻对安洛的问题并不上心，她懒得细究，没耐心打探长子的现状。

安丰平的两个揣测，有一个，完全正确。老人确实跟女儿撒了这样的谎，原因多半一如安丰平之推测。但后一个，就难说了。

在交谈的末尾，前妻拿起手机打起安洛的手机来。在安丰平来之前，她已经知道安洛现在的手机号了，不消说，是从她父亲那儿得到的。

"安洛关机了！"然后，她有点沮丧地把手机拿下来，对安丰平说，"我前面已经给他打过两次了，都是关机。回头再打吧。"

安丰平手插在裤兜里，紧握住他给安洛买的廉价手机，不安地瞪着他的前妻。他有一个冲动，把手从裤兜里拿出来，出其不意地将手里的手机砸到前妻的脑门上。把她砸晕过去，最后永远不能再醒过来，永远不会再出现，无法来影响他刚刚有所改观的生活。

他刚刚怀着不安，摆脱这种暴戾的想象，前妻已经皱着眉头离开了。

当晚，回到成都，安丰平就把那手机拆开，把卡拿出来扔掉。他打算过几天托甘肃的朋友弄一张甘肃地区的手机卡快递过来，就像他前面两次曾经做过的那样。但愿那个女人知难而退，或者，她过后发现她所记下的安洛的手机号已是个空号后，就此罢休，不会再去追索安洛的新号。

但是这个夜晚，安丰平躺到床上，刚刚闭上眼睛不久，就出现了幻觉。当时的情形是这样的：时薇晓比他晚上床几分钟，她把灯熄了，正拉开被子往他的怀里靠，安丰平突然在黑暗中睁开了眼睛。

"我看到一个人影！"他将头支起来，望着窗户的方向说。

窗帘紧闭。他们的眼前除了黑暗，就是空洞。

时薇晓说："哪来的人影？别胡说啊！"

"真的，我看到了。"安丰平严肃地说，"刚才，他就站在窗帘下面，看着我。"

时薇晓一下子被他说得毛骨悚然。"别乱说了，快睡吧！"

"真的，没骗你。"安丰平不想就此作罢，"我看见他了，高个子，瘦瘦的，穿一件运动服。颜色呢？黑，没看清。"

黑暗强化了时薇晓的恐惧，她打开灯，坐起来，指着窗帘，说："什么也没有，对吧？你不要在这儿胡思乱想了嘛。"

她重新关灯，把被子蒙到头上，先自睡去了。

"安洛！"过了一阵子，安丰平说，"我回想了一下，刚才那个人，是安洛。没错的，肯定是安洛。"

时薇晓被他说得恐惧极了，紧紧把头埋进他怀里。"老公！求求

207

你，不要再说这种话了。那是你的幻觉，你出幻觉了。求求你，快睡吧！"

"哦！但愿是幻觉，可能真的是幻觉吧。"说完这句，安丰平不再说了。但是，过了十来分钟，他又开腔了："为什么一定会是幻觉呢？为什么就不能是真的呢？我们总是不愿意相信那些无法解释的事，那是因为我们人类太无知了。宇宙是怎么产生的，怎么会有人，这些人类都还没真正弄清呢。为什么那就不是真的?"

时薇晓躲在被窝里不敢说话。接下来，安丰平说了一大通话：

"兴许安洛没有死呢。你看，他有一个喜欢玩失踪的妈，就难保他身上没有喜欢玩失踪的基因。兴许他不是死了，是失踪了呢？他怎么可能就这样死了呢？我到现在都想不通，去见一个网友，人家不愿见他，然后，他就自杀了。这太难以让我相信了。"

这世界上让人难以信服的事多着呢，时薇晓想。当时，在珠江医院，安洛可是在他们眼皮底下死的，那千真万确。难道警察伙同医院给她和安丰平配置了一个长得跟安洛一模一样的人，将真安洛藏到别处了？他们有这个必要吗？她和安丰平是谁啊？能劳动人家做这样的戏？简直太可笑了。时薇晓想，安丰平今天不正常。

"如果安洛真的是死了的话，那么，也许是另一个可能，我是说刚才的人影。"安丰平自行推翻了之前的想象，"薇晓，你说，有没有可能，这些年来，我们用我们的方式让安洛存在于我们的生活里，然后，他真的以一种我们人类不能了解的方式活下来了。要知道，人类的意念能产生神奇能量的，如同磁场，我们的意识形成一种磁场，将安洛的魂魄吸住，然后，无形之物慢慢物化，再然后，终于，今天，他出现在了我的眼前，站在了窗户前面。所以，我认为，不

208

知道什么时候起，安洛已经在我们的房子里了，来了就再也没离开过，永远不会离开。我们出门，一次又一次，但他永远都不出门，他就一直在这里。只是先前他没办法让我们看到他，但他一直在努力让我们看到他，而今天，他的努力出现了质的飞跃，他出成果了，使我看见他了。"

"你不能再这样胡思乱想了。"时薇晓更恐惧了。但是，此时是另一种恐惧，她惧怕安丰平的精神状态出问题。"你不要再想了，好好睡一觉吧。睡一觉，醒过来，连你自己都会觉得很荒唐的。"

"为什么你不能认同我的推论呢？再说，安洛的骨灰一直就在我们的房子里放着，他从来就没有下葬，他确实就在这个房子里。他从来就没有离开过啊！他被我们从广州带回来了，然后，一直就住在家里。只是，我们人的眼睛无法看到他的存在。我们看不到，不证明他就不存在啊。他是想让我们看到他的，而现在，他成功了，我们应该祝贺他。"

时薇晓的心脏在心房里突突地跳，她怕它会跳出来。

"把他的手机拿给我，"安丰平说，"我要用我的手机给他打个电话，试试那个手机里会不会出现他的声音，让他跟我说话，也许，这正是他想要做的……"

时薇晓从床上跳了起来，打开灯，捂住脸，哭了起来。

安丰平这才从幻想中醒觉过来。"对不起，薇，我刚才走火入魔了。我们睡觉吧。"

他也知道自己刚才走火入魔了。他对此警觉，对胡思乱想有抵触。这还算好。

当周的周末，他们去物色了一块还不错的墓地，花掉了当时仅有的几万块钱积蓄，将它买了下来。在把骨灰盒入墓之前，他们专程去文殊院拜访了一个高僧。自安洛去世后这八年来，他们养成了半个月去文殊院烧一次香的习惯。当初，安洛的骨灰盒是否可以留在家里，他们也是认真咨询了那位高僧的。得到认可，他们才那样做。

把安洛下葬后，有那么几天，安丰平确实恢复了正常。但是，仅仅是正常了几天而已，很快，他又开始出现幻觉了，这一次，他觉得他能听到安洛的声音。更有些时候，他认为自己是两个人，一个当然是他自己，另一个，竟然是安洛。真的，有时候，他对时薇晓说，安洛在他的身体里，要借用他的身体说话。然后他就说了一些奇奇怪怪的话。而且，那个时候，竟然真的是安洛的声音——比他这些年来模仿的安洛的声音更接近安洛的真实声音。还有些时候，安丰平用各种完全不像他的语气语调说话，最可怕的是，他奶声奶气地扮演个孩子，并且说着说着，他还会解释说，在他小时候的那个时代，小孩子都被要求像成人那样成熟能干，所以，他一生下来就是大人了，不曾有过童年，他想体验做孩子的感觉……安丰平如此多的怪异表现，让时薇晓招架不住。

然后，那件事情就发生了：

他揍了时薇晓。

十五

一个中午，安丰平跟平时一样，拿着一本叫作《宇宙通史》的书，躺在床上看。通常，看一会儿书，他容易睡过去。当时，他想午休。但不知怎的，那天他越看脑子越精神起来。后来，他把书放在一边，开始跟时薇晓倾诉上午舟督芳对他的一次责难。时薇晓不怎么在意，就像她经常做的那样，图个息事宁人，她劝安丰平，叫他别往心里去。那并不是多大事啊，她说。谁料安丰平突然就怒了。

"你也觉得是我错了吗？难道？请问，我请问你！"

"我不是这个意思，"时薇晓说，"我只是希望你不要过多想别人的问题，然后弄得你自己特别不开心。我只是，只是不想看到你不开心。"她说的全是心里话。

这么些年后，时薇晓早已从先前那个心理年龄远小于生理年龄的女人，变成了一个心理年龄大于生理年龄的人。安丰平的精神状况在她的眼皮底下一天比一天差，她担心他，总在想办法帮助他。在这样的过程中，安丰平不仅仅是她的爱人了，有时候，她甚至觉得自己要在他面前扮演姐姐乃至妈妈的角色。当然，她不排斥这样。她坚信他是个好人，这一切的发生，皆有因，并非他所愿。她必须坚信这一点，她一直都做到了。

"你少来这一套。"安丰平说，"你一定觉得我脾气坏，所以那个烂货男人不断找我的碴，是有我的原因的。我告诉你，我在他们面前，跟在你面前完全不一样。我在你面前，说话随意，发脾气，发牢骚，倒苦水，那是因为你是我的妻子，我信赖你，依赖你，我不用克制这些。但在他们面前，我是克制的，竭尽克制的，历来是这样。我从来不失态，从来都对他们温柔谦和，有礼有节，从来都是忍耐忍耐再忍耐。你不相信吗？"

"我相信你！"时薇晓虚弱地笑了，"我怎么可能不相信你呢？如果我不信任你、信赖你，我会跟你到今天，会死心塌地跟着你吗？"

"你说谎！"安丰平眼睛放光，"你相信我说的，为什么要笑？为什么要这样笑？你去照照镜子，看看你那个笑。你是在嘲笑我，你嘲笑我这么大年纪了都处理不好一切，还要跟人闹别扭，你觉得我不行，我什么都不行，我不是个好样的男人，对不对？你嘲笑我，我看见了，我看得很清楚。"

时薇晓不敢有表情了。她怔怔地瞪着安丰平。她看到眼睛前面，空气在冒气泡，微茫的星点在闪逝，无形的空间变得有迹可循，然后，她觉得自己随时会晕倒过去。她睁大眼睛，指挥脑细胞不要偷懒，多做运动，使她清醒。

"老公，你不要闹了，我请你去吃饭吧。"她听到她在用自己惯用的那类方式平息安丰平。

"你请我去吃饭？"安丰平说，"我和你的钱是分开的吗？你请我？你怎么请我？我们很有钱吗？动不动就出去吃饭。你不要不知生活的甘苦了。你知道我现在工作有多累吗？累心、累体——"

"我也工作！"时薇晓深吸一口气，忍不住辩解了一句。这两年，她开始重操旧业，去药房上班了。不过，不再是店长，而是普通的售卖人员。

"你是工作了，你说得对。那么，你这么说，是什么意思呢？你是指责我不该同意你去工作吗？应该让你一直像早几年那样不工作？我们有什么资格两个人都不工作？"

"我不是这个意思，肯定不是这个意思。"

"那你是什么意思？你知道我有多埋怨你吗？都是你。要不是你，我早跟老人们说安洛死了的事了。如果安洛刚死，我们就说，

212

现在呢，他们早就渡过难关了，早就过去了，就像我现在一样。"

"你并没有过去啊。"

时薇晓指出这一点。因为这太显而易见了，他根本没有过去。如果已经过去，他现在不会毫无逻辑地说着别的事的时候突然往这件事上过渡。他只是表面上过去了。内里，那已经成了最深刻的隐痛，钉在他内心深处，永远都拔不出来。

"你少说这些。都是你，是你，使我决策失误，你祸害了我。"

"够了！"时薇晓忽然失声大叫。

神经病！千真万确，安丰平精神问题越来越大了。这可怎么活？

她不该顶他，她应该等到他冷静下来后，再数落他几句，就像她往常做的那样。在他失控的时候，她为什么不能控制一下自己呢？事后，时薇晓这样反思自己。不过，那已经是事后了，于事无补。

而此际，时薇晓顶过安丰平两句之后，安丰平感觉自己整个人都要炸了。后来，他会满心后怕地、一遍一遍地回顾接下来几分钟里他的情绪，结论是，那几分钟里的他，太可怕了。那几分钟里的他是怎样的呢？

——起先，他气呼呼地坐到餐台边，抓起一个苹果，用力地削，削完用力地啃了起来。仿佛那苹果是他的宿敌，他要咬死它。

时薇晓没有想那么多，她希望他们之间这少见的不愉快气氛赶紧过去，于是她走过去，故意娇声娇气地说：

"一个人吃苹果，都不分给我一半！"

往常，他们不都是一个苹果分成对半一起吃的吗？她希望马上回归到常态。

万没料到，安丰平把这当成时薇晓对他的指责了，只见他一扬

213

手，将啃了两口的苹果猛地往墙上掷去。

时薇晓走过去，从地上捡起砸烂的苹果，而后站起来，向安丰平做了一个嗔怪的表情。这表情，那一刻，在安丰平看来，是那么的难看。

安丰平突然抓起水果刀，用力地抓着，杀气将他的目光撑直了，钢针一般，贯穿了他与时薇晓之间的空间。他保持着那种杀气腾腾的样子，站在那里。

千真万确，那个时刻，他非常想把刀举起来，扎到时薇晓后脑勺上去。

好在他终于意识到这是多么可怕的念头。他飞快地扔了刀，跌坐到身边的椅子上。

刀落在地上，发出响声。时薇晓转过头来，看到安丰平脸上那些还未完全隐退的杀气，她被此震撼了，惊退了两步，愣怔地望着安丰平。

安丰平终于抬起头来，与时薇晓的目光撞在一起。他大口地喘着气，过了一会儿，他用一种惊愕的语气，小声对时薇晓说：

"薇，刚才，我差点用刀去捅你！"

"你说什么？"时薇晓浑身抖起来，颤声问。

"我差点用刀去捅你！"

时薇晓浑身战栗。

"我必须说实话，"安丰平说，"这是真的，刚才，我有用刀捅你的念头来着！"

时薇晓两眼一黑，晕倒在地。

安丰平急忙从椅子上站起来，扑过去抱起她，直把她抱到床上。

然后，他满心的愧疚，抚摸着时薇晓的脸。这已经不是时薇晓第一次晕了。跟他在一起，真是够她受的。他怎么可以如此对待她呢？这一刻，安丰平比任何时候都厌弃自己。

十六

"你离开我吧！"

第二天，安丰平和时薇晓坐在一起，他提出了这个建议。

"我说这话是冷静的，"安丰平说，"我现在总是情绪失控，我不知道以后会不会更加失控。人一失控是很可怕的。到时候，一些平常根本不愿意做的事也能做得出来。我怕有一天，你在我失控的时候，被我伤害。"

时薇晓哭了起来。过了一会儿，她斩钉截铁地说："不！"

"你还是听我的吧。我觉得，你现在跟我在一起，随时可能给你带来生命危险。万一真发生了那种事，你我都后悔莫及。"

"我不怕！"时薇晓抬起头来，直视安丰平，"就算死，我们也要在一起。"

"可是我怕！"

"你怕，说明你有救，"永远无法不做乐天派的时薇晓说，"说明这事不是什么大不了的事。"

安丰平不说话了，平静了下来。时薇晓的乐观能够影响到他。

然而，过了半个月，类似的事情再次发生了。这次，真的出现了他们不想看到的后果：

安丰平用拳头揍了时薇晓。事后，连他们都记不太清到底因为

215

什么安丰平的拳头会冲向时薇晓，反正，这事情发生了。

那是晚上，入睡之前。拳头是冲着脑门来的，幸亏时薇晓闪了一下，打在了她肩膀上。

很疼，特别地疼。

"薇，你离开我吧，真的，我请求你，离开我。我们不要在一起。"安丰平痛苦地抱着脑袋蹲到时薇晓面前，哀求她。

时薇晓放声痛哭。等平息了一阵，她拉住安丰平的手说："丰平，你再也不要说这个话了。你要我离开你，那是不可能的。我这辈子认定了你是我的男人，不管发生什么，我们都要在一起。最重要的是，如果我离开了你，你怎么办呢？有我在，出点什么事情，我们还可以一起商量着解决。如果我不在呢？我担心你的问题越来越严重。我不想看到你变成那样。"

安丰平不说话了。他何尝愿意让时薇晓离开，那是违心话。他们约定过很多次，等他们老了，一起去养老院。那未尝不是一种新鲜生活：在那里，他们会遇到很多像他们一样失独的老年人——他们这一代人，最多只有过一个孩子，比任何时代的人都容易失独——他们一起坐在养老院的院子里感慨失独后的那些难挨的但到底还是挨过来了的岁月，那还是挺有意思的。他应该跟她一起慢慢等待这一天的到来，而不是动不动就说这么伤感情的话。后来，安丰平已经足够冷静了，他说："下次，你警觉一点，发现我不正常了，就躲开。比如，躲到卧室里去，从里面把门反锁。直到我好了，你再出来。或者，你马上出去玩，想去哪儿就去哪儿，想干什么就干什么去。等你回来的时候，我就好了。"

时薇晓笑了。"这不就是了吗？问题远没有你想象的那么严重，是很容易想到办法去解决的。人活着怎么可能会不发生问题呢？发生了，再想办法解决就是了。"

这个乐天的女人开始教导安丰平。这是教导他的好时机。

安丰平开始惭愧地、耐心地听她说教。然后，他先自在床上躺了下来。这个晚上，他睡得不错，呼吸均匀，面容舒展。半夜，时薇晓偷偷起床。确信安丰平没有被惊醒之后，她去了安洛的房间，从一堆衣服下面的衣橱的角落里摸出抽屉的钥匙——那个抽屉是她专用的——她打开抽屉，快速往药盒里装后面三天的药。

快十年了，这个隐秘的动作在深夜里出现过一次又一次。而后是，每天，她避开安丰平的注意，偷偷服药。有时，是在厕所里；有时，她索性找个借口出了门；更有某些时候，就在安丰平的眼皮底下。

似乎，只要用心和细致，做好这种隐秘的事，那并不难。

十七

有一件发生在时薇晓身上的事情，安丰平也许永远都无缘知道了。

每个月，时薇晓都会想办法避开安丰平，独自出去几个小时，去医院检查，或者去药房买药。

她倒是想过跟安丰平交代这事的，一直以来，她都在等待合适的时机。但照现在这种形势看，这个时机不知道猴年马月才会来。也许永远都不会来了吧。

这件事是跟安洛的死同时出场的。那一年，有三天时间，时薇晓独自往来于珠江医院急病急症中心与医院对面的那家快捷酒店之间。其间有一天，她想反正自己在医院，就去查查身体吧，因为自从她为初恋男友第二次流产之后，总会感觉身体不舒服，低血糖，容易晕眩，还动不动就月经失调。

一查，还真的有病。做了一次头颈部 CT，发现脑垂体有病变，需要终生用药来维持体内激素的均衡。不用药，后果不堪设想。终生用药，理论上能控制住这病。至于这病的由来，应该跟她那次流产有关。那病名很奇特：席汉氏综合征。据说，席汉氏是一个男人的名字，他发现了这种病。

时薇晓永远记得，被确诊的那天下午，她非常恐惧，觉得自己随时随地会死掉。她离开医院，一个人在街上走，从这条街走到那一条，整整走了三个小时。在那段时间里，她感觉到，那些与生俱来的乐天基因从她身体里消失了。后来，她就往那家快捷酒店走。来到酒店楼下，她开始给安丰平打电话。院线上正在上映一部所谓的纯爱电影，不知道为什么，她特别想去看。她想用看这种电影的方式帮帮自己，把那些乐天的基因赶紧唤回来。

在电影院里，她一直哭，不发出声音地哭。她哭着，一次又一次地，认真、正式地哭。然后，她感觉到了安丰平的手。安丰平轻轻把手拿上来，在黑暗中攥紧她的手。多么温暖啊，她就喜欢他抓着她的感觉，就是喜欢跟他在一起。

只要能跟他在一起，她什么都无所谓。这是在适应了有那种病在身之后的生活后，扎根在时薇晓心里的一个想法。

她的这个病，极可能使她无论多努力都无法活到预期寿命那么长。对于这个事，时薇晓是这样想的：那正好啊，届时，她与年龄长她十多岁的安丰平，便可以几乎同步地抵达晚年，继而，时间差较小地去迎接往生的召唤。这样一来，晚年生活是否有子女的照应，对他们俩来说，也就不太有所谓啦。

乐观者的思维趣味，可见一斑。

（原载《芳草》2014 年第 1 期）

我不叫刘晓腊

一

铺子里的几排货架、一面墙，围合成三条甬道。靠墙那条甬道最长，顶头是一扇门，门里是一间储藏室——这么说不完全对，刘晓娜跟方大亿也在里面睡觉。现在刘晓娜坐在这长甬道的外端，那儿恰好是铺子的出入口。刘晓娜坐在那儿，盯住甬道中间的那双栗色磨砂皮鞋，一个念头烧灼她的脑袋：如果方大亿穿这双鞋出门，她就跟他闹。

储藏室或卧室的门开了，方大亿从里面出来，经过那双鞋，他停了下来。刘晓娜心里一紧。好在方大亿停下来，只是为了找货架上的什么东西。他没有找到，向刘晓娜求助了，娜娜，那面小镜子呢？我记得一直是摆在这一格的，怎么不见了呢？

方大亿的声音松懈、拖沓。刘晓娜心里有适合方大亿的腔调，这种腔调跟他不搭，而且方大亿总是把"娜娜"喊成"腊腊"，这个是刘晓娜最不能满意的。"N"和"L"分不清的，都是土鳖里的鳖精。

你个男人家的，照什么镜子？刘晓娜没好气地说。

方大亿把头从货架里抽离出来，冲门外的刘晓娜笑笑，耸了耸肩膀。

他的这个动作，彻底把刘晓娜惹毛了。刚说你有病，你马上就打起摆子来了。那我要是说你是头公驴，你是不是马上满大街发情去了呢？动不动就把肩膀抖起个花来，假洋鬼子，恶心。

方大亿早习惯了老婆的恶语，对此有很高的免疫力。他笑嘻嘻地经过刘晓娜的身边，用力地捏了把她的屁股，迈着笃然的方步走出了铺子。刘晓娜捂着屁股去追打他，他无视她的动作，坐上电瓶车，当他的送水工去了。

刘晓娜冲着方大亿的背影发起了呆。这个城市因为常年见不着太阳，使人们养成睡懒觉的习惯，八点来钟的这个时候，巷子里几乎没有什么声音。方大亿很快消失在了巷子的拐弯处，刘晓娜这才回过神，站起来，进了铺子，开始往门口搬东西。她急手急脚，搬出每天该搬的东西：整箱的矿泉水、方便面、真空包装的面包、孩子玩的小贴纸……搬运完了，她花了一点时间把这些纸箱子排列整齐。

这间杂货铺在巷子的尽头，稍往外几步，是民安路。现在，刘晓娜把电饭煲提出来放到门口的椅子上，插好了插头，开始煮稀饭。其实巷子中段，就在中石化家属院的门口，是有一家早点铺的，但刘晓娜不可以让自己掏钱买早餐吃。方大亿却经常买，搞得像个公务员或白领似的。一想到这一点，刘晓娜的火就上来了。这两年来，她越来越容易生气上火。她表妹杨欣欣叫她当心"早更"，说三十六

221

七岁是女人最危险的年纪，过了这个年纪，就不容易被"早更"选中，要"更"的话，就直接奔更年期去了。刘晓娜觉得杨欣欣是在咒她。

从民安路方向传来一阵急刹车的声音，刘晓娜的坏情绪还没过去，懒得朝那边看。不过，她到底还是把头扭过去了。然后，她看到了那个场景：一辆白色大众宝来车停在民安路上，车门打开，出来一个穿蕾丝收腰撞色连衣裙的女人。刘晓娜被这女人的不俗穿戴吸引，停下了手里的活计，直了身，定睛往那儿看。这样一来，刘晓娜就看到了躺在马路上的那个老太太。她躺着的位置，离车头不超过三米。那个女人快步跑到老太太身边，蹲下身去，却又赶紧站起来，快速往她的车跑去。她才把车门打开，人还没坐进去，刘晓娜想也没想就喊了起来，你先别走！不能走！脚上的拖鞋快节奏地拍打着巷路，刘晓娜一阵风似的跑到了民安路上。你站住！撞了人就想跑？别跑！

民安路上没有其他人。之前也没有。不过，很快就涌出一个又一个前来围观的人。理所当然，当刘晓娜她们三个女人被围在核心后不久，警车也开过来了。一个警察从车上跳下，拨开人群。让开！都让开！别妨碍我们执行公务！

几分钟前，我开车经过这儿，看到一个老太太躺在路上，就下来看看……那个女人先声夺人，对警察说。刘晓娜说，瞎扯！你怎么不直接说你就是活雷锋呢？雷锋不但活过来了，还变性了，你是这意思吗？警察冲刘晓娜摆摆手，意思让那个女人先说。从现在开始，你要为你说出来的每一句话负责，听清楚了吗？他对那个女人说。真的不是我撞的，我没有撞她。那女人说，我看到地上躺着这

222

个老太太，就把车停下来，想看看我能不能帮她点什么。可我刚下车，这位女士就跑出来，说我撞了老太太。

这个女人说话的时候收着小腹，端着上半身，颈项像打了石膏似的绷直，嗓门压着，使她的声音修饰感很强。刘晓娜抵触她行腔吐字的方式，这种抵触是从直觉里蹦出来的，不需要理由。什么你刚下车我就跑出来了？明明是你下车后又逃到车里去，我才跑到你面前跟你说话的。要不是我及时跑过来喊住你，鬼知道你现在已经逃到哪里去了。

我重新跑到车里去，不是因为我想开车走掉。女人笑容可掬地看着刘晓娜。我是下车后发现老太太晕过去了，而我车里有备用急救的器具和药，我回车上，是为了去拿它们。女人扬了扬手上一只药瓶。你看，我是去拿速效救心丸。我当时看老太太在地上抽搐，觉得她可能犯了心脏病。

她说到这儿的时候，包括警察在内的大家，仿佛才意识到地上还躺着一个比现场任何人都重要的人似的。有人抢过女人手里的药瓶，要去给老太太喂药，但马上另一个人制止了他。什么心脏病犯了？我看她纯粹就是被撞晕过去了。警察说，反正救护车马上就到了，肇事者和目击证人留下，其他人都散了吧！

女人毫不迟疑地抗议，警察同志！我不是肇事者，请注意您的用词。

警察说，好吧，我暂时不能认定你是肇事者。又把头转向刘晓娜，就你一个人目击吗？刘晓娜说，是吧，好像是。警察问，那你有没有空？一会儿等她的保险公司来人做了现场勘察和鉴定之后，麻烦您和这位女士跟我到派出所去一趟。

二

刘晓娜回到小卖铺的时候，天已经黑了两个来时辰了。可是，卷帘门死死关着。这个方大亿，还不回来！打开卷帘门，也不开灯，刘晓娜熟门熟路地从货架里摸出一包方便面，去里面厨房里舀了一大勺辣椒，泡了一碗超辣的面，坐到门口吃了起来。脑子里回放着白天的事，慢慢有了种成就感。

在派出所，那个女人说一句，刘晓娜立即顶过去两三句，叫人家招架不住。警察很赞赏刘晓娜，对她的态度是越来越好，对那女人的态度却是越来越差。碰到刘晓娜这种仗义执言的人，警察多少会高看一眼。他们不是不清楚，有的人目击交通事故后，就只想躲远点，省得给自己找麻烦，断然不会像刘晓娜这么积极地前来做证。

泡面吃完了，方大亿还是不回来。刘晓娜又去泡了一包更辣的面，吃完，探出头去，眺望路灯下的这条叫作红帽子巷的巷子，心里开始不耐烦。你死哪儿去了？怎么还不回来？刘晓娜打方大亿的手机。方大亿说，马上！马上！刘晓娜说，赶紧给我回来，我有事情跟你讲。她想向方大亿宣泄一下心里那种成就感，她怕方大亿回来晚了，它已经不存在了。

没几分钟，方大亿就回来了，仿佛他就在铺子附近哪个犄角旮旯里藏着似的。也就是说，他接刘晓娜手机的时候，人就在巷子里。什么事？为什么不开灯？方大亿进门去把灯打开，问话的腔调却是漫不经心的。这两年来，不知道他是如何慢慢驾驭这种本不适合他的腔调的。以前方大亿是急脾气，跟刘晓娜现在一样，语速急快，语气坚决，仿佛是怕别人觉得他不自信。刘晓娜最烦方大亿现在这种腔调了，不了解他底细的人，还以为他是个公务员，是个公司高管，甚至是个退休老干部，总之，不容易想到他是个送水工。你跟我讲话，能不能专注一点？她又要生气了。方大亿说，你就说嘛，到底什么事？刘晓娜真的生气了，我告诉你方大亿，你为什么总是没耐心听我好好说一次话？红帽子巷里那些贱女人到底给你灌了什么迷魂汤，让你变成了这样的人？方大亿说，杨欣欣说得没错，你真的"早更"喽。一边说，一边去抓刘晓娜的乳房。刘晓娜闪开了，并抓起一样东西，要往他身上扔，但马上想到把它扔坏了就不好卖了，又把它放下了。

入睡前，刘晓娜还是忍不住跟方大亿讲起了白天的事。她讲完，方大亿问了一句令她意外的话，你真的看清是那个女的撞的？刘晓娜一愣，忽然意识到，这一天以来，她尽在想着怎么向那些围观者、向警察论证那个女的在说谎了。换句话说，她从头到尾都在等待那女人说出她想象中的谎言然后予以驳斥，都没有给过自己一点点时间，去真正回顾最先出现在她眼前的那一幕到底是什么样子。

现在，刘晓娜披起外衣从被窝里坐起来，在小得不能再小的房间里开始了这迟来的回顾：

她最先看到的，应该是民安路上有辆私家车停了下来，接着，车门打开，从车里跑出一个女人——现在刘晓娜知道了，这女人叫林谨——再接下来，她看到林谨向车子的前方跑了过去。然后，她看到了车前方两三米的位置上，卧着一个老太太。

这就是刘晓娜最先看到的一切。接着下来的事情，就是无穷尽的争执、辩论。刘晓娜仿佛得到一股惯性，去争执，去辩论，让林谨一次次地败下阵来，使警察高度认同她的证词。

可是，较真了说，刘晓娜并没有看到车子撞到那老太太身上的那个画面，更没有看到林谨的车撞上老太太的那个画面，更别说看到林谨的车把老太太撞晕的那个画面，不是吗？想到这里，刘晓娜不安起来。她索性从床上爬起来，打开里屋的门，坐到了黑漆漆的铺子里去，继续想下去。

坐着想了一会儿，刘晓娜不再不安了。那还用说吗？老太太就躺在林谨车的前面，而林谨突然停下了车，仅凭这两个点，即可断定老太太是林谨的车撞的。更何况，在此之前，刘晓娜一直就在小卖铺门口忙乎，在与这个事件有关的画面出现到刘晓娜视野里之前，至少有两分钟的时间里，她并没有听到有车子驶过民安路的声音。她从来都是个对声音很敏感的人，如果真有车开过来开过去，她不可能听不到，听到了不可能不在记忆里留下声讯。刘晓娜站起身来，往里面的小屋子里走，和衣躺到了床上。无须质疑自己的记忆，就是林谨撞了老太太。在瞌睡虫侵犯她之前，刘晓娜这样地叮嘱自己。

光这样叮嘱还不够，在梦里，刘晓娜仍在跟自己的记忆合作，以校正出最精准的答案。梦总能激发出人们大脑皮层最深处的记忆，天快亮的时候，刘晓娜突然借助于它回想到了更多当时的画面：

林谨往老太太那边跑去的时候，刘晓娜分明看到老太太在滚动——就那么向前滚动了一瞬，滚了一小步不到，然后老太太的身体静止了。没错！刘晓娜不是一看到老太太的时候，老太太就一动不动的，她滚动过一下，对！滚动过一下的！

那么，是林谨撞倒老太太？绝对是！这变得更加确凿无疑，不是吗？如果不是刚刚被车撞上，老太太怎么可能顺着车前行的方向滚动呢？根本就是被撞之后，她的身体随着惯性发生位移。这滚动就是挣扎，随着撞击力的方向进行的一种挣扎。可怜的老太太。

刘晓娜说起话来挺糙，户口也不在城里，但她学历跟这城里的同龄人相比，至少能达到平均水准。是的，她念过大学，正儿八经大专毕业，而且她大学的专业是财会。也就是说，她是有足够理性思维的人，绝不会动不动就自以为是。在刘晓娜自己心里，巷子两边中石化家属院、地质局家属院、中国联通公司家属院，各种院子里的某些闲女人，不如她刘晓娜看问题理性。

刘晓娜决定不再跟自己较劲，那实在是没有必要。在这件事上，她现在唯一要做的就是，等待警察的传讯，然后她坐到庭审现场，以目击证人的身份，为那无辜的老太太做证，尽好一个目击者的本分。

三

老太太名叫吴秋兰。她是出来给上小学的孙子买早点的。她的家，就在民安路外围的一个商品房小区里。孙子想吃红帽子巷里那家早点铺的龙眼包子，于是吴秋兰一大早就出来了。跨越民安路的时候，就被撞上了。她今年六十八岁，常年无病，很少住院。这次遇到这样的事，一下子被撞得没知没觉了，也真是倒霉。

关于老太太的这些情况，是当日围观者中的红帽子巷里的某个居民，来小卖铺买东西的时候，跟刘晓娜说的。这个人还夸刘晓娜，你做了一件好事！要不是你，那老太太的儿子、媳妇多倒霉啊。为什么呢？因为，据说吴秋兰是农村户口，虽然有农保，但那点农保抵不到什么大用，医药费几乎还是得自己掏。而一送进医院，从撞倒到现在，才三天，这医药费已经花去三万多了。只要吴秋兰醒不过来，平均每天就得花上一万来块钱的医药费。看那样子，她是不容易醒得过来的。

刘晓娜决定去看望一下吴秋兰。她拿出一只大方便兜，去货架上挑了几样好一点的零食，关了店就出门了。才走出去几步，方大亿骑着电瓶车回来了，今天他店里新来了一个送水工，他没那么忙了，就偷闲回来坐会儿。你去哪里？方大亿拦住刘晓娜。那个老太太挺可怜的，我去看看她。方大亿抢过刘晓娜手里的食物袋，把她往铺子里面推。不能去！刘晓娜怒道，为什么不能去？方大亿说，你平时挺聪明的，怎么现在犯糊涂了？你是证人，去看人家，就好像你跟人家串通好了，要跟那个叫林谨的女人对着干似的。刘晓娜说，我刚听说，这老太太跟我们一样，也是宜宾人，光凭这一点，我就该去看看她。方大亿说，你真是傻到家了，如果老太太家跟我们是同一个地方的，你就更应该避这个嫌了。

方大亿这么说是有道理的，刘晓娜不得不承认。随着在红帽子巷里待的时间越长，方大亿看似越来越嬉皮笑脸，但实则变得比几年前练达多了，遇到大事情，他是绝对不会犯迷糊的。

不过，也正因为方大亿越来越喜欢用嬉皮笑脸来伪装自己，刘晓娜越来越容易生方大亿的气。她不喜欢他现在的样子。他这样，会让刘晓娜觉得他有问题，有事情瞒着她，不跟她一条心。刘晓娜最终还是不管方大亿的阻拦，去医院看吴秋兰了。

在医院，看到身上扎着针、缠着输液管的吴秋兰一动不动的样子，刘晓娜的眼泪一下子就掉下来了。那个叫林谨的女人，怎么就这么缺德呢？刘晓娜想。正这么想着的时候，吴秋兰的儿子、儿媳妇进来了。他们感谢刘晓娜的正义。刘晓娜摇摇头。你们快别这么说，这都是我应该做的，世风坏了，我刘晓娜做人的原则不能坏，不站出来做证，我过不了自己这一关。

巧得很，正跟吴秋兰的儿子、儿媳妇聊得投机的时候，林谨也来医院看望吴秋兰了。其实说巧是不太准确的，因为，后来刘晓娜得知，自从吴秋兰入院之后，林谨天天过来看望。

林谨也提了一大兜食物，相比于刘晓娜带来的东西，林谨带来的都是些高级食品。其中有一个面包，刘晓娜在一家台湾人开的面包店见过一次。那次，她放暑假的儿子嘉嘉来城里待几天，她陪嘉嘉去街上逛，给嘉嘉买过一个这款面包。没记错的话，那么小的一个面包，花了刘晓娜十二块钱。这钱都可以用来买两袋旺旺雪米饼了，她可舍不得买这么贵的东西给自己吃。

无疑吴秋兰的儿子对林谨是有情绪的，为了让林谨感受到这种情绪，他撕开一袋刘晓娜带来的旺旺雪米饼，扔给他老婆一块，自己拿一块，吃了起来。他对林谨说，你也不想想，我妈这么一个昏迷不醒的人，能吃东西吗？你买些吃的过来看我妈，说明你没有一点儿诚意。虚情假意，我们不需要。我们需要的，是你实打实的行动。请问林女士，后面几天的医药费，你带过来了没有？

林谨站得直直的，打开精美的坤包，从里面掏出一沓钱来，小心放到床边。这是两万块钱。想了想，又补充道，你们先拿着用吧。如果最后的判决是我没撞你妈，那这钱就算是我借给你们的，到时你们还给我就是。如果判决是我撞了，这钱我自然就不能要了。吴秋兰的儿媳妇厉声打断了林谨，你撞了我妈这个事实，难道还有疑问吗？你这个女人，怎么这么顽固？林谨深吸一口气，缓缓道，我们之间老是这样为同一个问题重复争论，是没有意义的。所以，我现在也不打算跟你争论事实到底是什么。我们都相信法律吧，法律能给我们大家一个公正的说法。

吴秋兰的儿子猛地就跳脚了。你这副拿腔拿调说话的样子，真让我不舒服！你装什么装？你要真没撞我妈，心里没鬼，天天跑到医院里来看我妈干什么？林谨低下头去，不一会儿，她慢慢抬起头来，恢复了淡然的表情。我来看你妈，是尽一尽做人的道义，我是信佛的，事情被我撞见了，让我无动于衷，我是做不到的，这也正是我那天停车下来的原因。刘晓娜再也听不下去了，冲在吴秋兰儿子、儿媳妇的前面，还击林谨。你这个女人，真是不像话！你信佛就能证明你没撞人吗？菩萨要是知道你拿他老人家做挡箭牌，一定会把你从他的信徒队伍里开除掉。林谨皱了皱眉头，避之不及地说，我先走了，不打扰你们了。吴秋兰的儿子伸手把林谨带来的那兜食物提起来，迎着林谨的后背扔了过去。

四

林谨的辩护律师也是个女的，她在进行辩护的时候，刘晓娜竟然在不知不觉间笑出了声。当然，她只笑了一次。不是这个姓于的律师的辩护词多么可笑，事实上，那些辩护词令刘晓娜震惊和意外，深感林谨请了个不按常理出牌的律师。刘晓娜笑，是因为于律师每次都把她的名字念成刘晓腊。证人"刘晓腊"这个，证人"刘晓腊"那个的，此起彼伏从于律师嘴里涌现出来的这个"腊"字，抵消了刘晓娜因她那些诡异的辩护词而产生的愤怒感，继而变得笃定了。刘晓娜针锋相对地与于律师辩论。

法官同志，请允许我针对于律师刚才的话做一次驳斥，刘晓娜说。于律师说没有任何事实依据可以证明我不是在扯谎，所以，我的证词不能作为本案立论的依据。这个话实在是太可笑了，也说明于律师太不专业了。我难道先要来证明一下我不是个撒谎的人，才有资格坐到这里做证？请问我们国家有办理不撒谎证的相关机构吗？如果有，我肯定是先办一个再来做证，可是没有这种机构啊！为什么会没有？那说明不需要这种机构。如果照于律师那种逻辑，庭审现场就不可能有证人席了。我既然敢坐到这里做证，说明我是敢确保我说的话句句属实的。再说了，如果我说了谎，法律自然会给予我相应制裁。法官同志，我以我的人格保证，我不可能做伪证。我跟林女士无冤无仇，我跟吴秋兰也没有礼尚往来，我没有理由来做伪证。我就给你举个例子来表明我的人格吧，我开小卖铺的生意，从来不卖假货，一件假货我都不会卖。要知道开小卖铺卖假货是非常容易的，别的开小卖铺的人多少都会卖一点，没有人追究，因为小卖铺卖的都是零碎东西，谁也不会因为买了几块钱的假货，过来退货什么的。

刘晓娜这段话让于律师抓到了足够多的漏洞，这下好了，于姓律师再为林谨辩护，变得逻辑严谨起来。前面，她似乎没怎么找到感觉，辩护词大多停留于狡辩。这从另一个角度说明，人的信心通常是给别人激发起来的，如果那个人明显让她感到不如她本人。显然，说话这件事，于律师在刘晓娜面前是有优越感的，没有优越感那才怪了，好歹她也是个律师，虽然明眼一看就不是个优秀律师。

于律师说，你们都听到了，证人刘晓娜说起话来绕东绕西，让人找不着重点，这说明她逻辑混乱，这样的人的精神状态是可疑的。而且，她试图用她不卖假货来证明她人格高尚，这说明她很感性。我不得不怀疑，证人刘晓娜说她亲眼看见林女士撞了吴秋兰女士，有她主观臆测的成分。这样的人的证词，有多少可信度？

　　庭审结束，回到小卖铺，刘晓娜十分生气。她实在没想到，在这么一个蹩脚的律师面前，她的表现是那么不尽如人意。她对自己很失望。正好当天房东夫妻两个回来，到楼上来拿东西——他们通常不住在这儿——看情形，他们这阵子生意不错，人胖了一大圈，红光满面的。他们在车管所有人，专做倒卖车牌的生意。见到刘晓娜，他们顺便从手里提的水果兜里拿了好几只橘子给她。刘晓娜等他们上楼了，将橘子扔到了垃圾桶里。

　　晚上方大亿回来后，在床上问刘晓娜庭审结果，刘晓娜郁郁地说，法官好像倾向于相信我的证词有问题，有可能林谨能胜。说到这里刘晓娜哭了起来。大亿，你觉得我是个说谎的人吗？方大亿忙安慰她，你是最讲诚信的人了，诚信被你当成了命根子。我都记不清有多少次了，别人忘了找零的钱，你赶紧去追人家。有一次，你追过去太远了，小卖铺没上锁，回来你发现有人偷了东西，但是你那天一点儿都没后悔，你说你做了该做的事，所以，即便小卖铺全给偷光了，你也觉得值得。刘晓娜说，是啊，我就是这样的人，杨欣欣的那个词怎么说的呢？精神洁癖，对！我们虽然穷，但在道德上，我们不穷，我反而觉得，在道德上，我们是富裕的，比红帽子巷里有些女人富裕多了，你不觉得吗？

　　方大亿嘿嘿笑了两声，不开腔了。刘晓娜看到他这副样子，突然就把矛头向他掉转过去。你笑什么？难道你不觉得那些女人很无耻吗？你过去送水，她们就把你拉到床上去了。这不是犯贱吗？要有多贱，才会主动去跟一个送水工上床。方大亿脸色骤然冷了一下，刘晓娜立即意识到她刚才这么说，对方大亿是种贬低。真是的！她竟然觉得红帽子巷里有女人勾引她老公，是因为她们犯贱，而不是因为她老公有值得勾引之处。她真把方大亿看得那么低吗？当然不是，她怎么可能会嫁给自己低看的男人？她从来都觉得方大亿不比红帽子巷里的大多数男人差，那么，她为什么会那么说呢？难道在红帽子巷的女人面前，她心里是埋藏着根深蒂固的自卑感吗？想到这里，刘晓娜心里很不舒服，也不再开腔了，掉过头去睡觉。

深夜的时候，刘晓娜下意识地抱住了方大亿，然后，她感觉方大亿身体的形状很好，手感更好。他的肚子比红帽子巷里的任何同龄男人都平坦，那胸大肌她一只手都抓不拢，屁股里面像塞着两个足球，两条腿更不用说了，要多筋道有多筋道。这得益于方大亿常年骑车爬楼，而且，方大亿从今年开始，还像个城里人那样，注重体育运动了，但凡得了一点空，他就会去民安路上的那家游泳馆游泳，当然，游泳票是红帽子巷的某个女人送给他的。他偶尔会得到来自红帽子巷的某个女人的赠物，那双栗色磨砂皮鞋就是，不过，是二手货。当然，方大亿养成游泳的习惯，这暴露出他想赢得更多红帽子巷里的女人的青睐。

想到这一点，本来已经若有若无从心里跑出来的欲望立即散了，刘晓娜大力从床上坐起。她把睡梦中的方大亿从床上揪了起来，叫道，你老实交代，最近有女人勾引过你没有？方大亿人已经被她拉得坐了起来，但却没有醒，他一只手伸下去，把短裤里那玩意儿掏出来，一只手拍拍刘晓娜。你是想了吧？我今天有点累，你自己坐上去吧。刘晓娜一巴掌拍到方大亿脸上，怒道，你一天到晚想那事儿，你是给那事儿搞累的吧？方大亿醒了，瞪了刘晓娜一眼，也生气了。你没完没了地闹，也不管我困不困，就不能让我好好睡一觉吗？

刘晓娜就不再搅扰方大亿了，毕竟，他明天一早就要起来去上班送水，每天如此，他挺辛苦的。但刘晓娜自己这之后再也没能睡着，翻来覆去的过程中，她回想与方大亿到城里后这几年发生的事。她想起第一次嗅到方大亿可能跟红帽子巷里某个女人有染后跟踪方大亿，最终得到确凿证据的事。当然，后来她在与方大亿有过一次深入交谈后得知，那是红帽子巷里一个最拿这种事不当个事的女人。不过，方大亿显然从这女人身上找到了一种灵感，他知道了，他是有机会跟红帽子巷里更多的女人上床的。刘晓娜想得没错，他慢慢变得注重修饰自己，养成了去游泳的习惯，是因为他想让这种机会变多。他娘的！女人给男人搞出那种事，那叫戴绿帽子，那么反过来如果那事是男人搞出来的呢，可以叫戴红帽子吗？要这样讲的话，她住在红帽子巷还真是住对了，恶心！

五

几天后，庭审结果出来了，林谨败。但是，令人意外的是，这个判决之后，林谨一反常态，不再是那个在任何场合都竭力克制情绪的女人。她在微博上倾诉，每天一篇简练、有力的微博。不管哪篇微博里，她都坚定地强调她没有撞吴秋兰。当然，这些微博里还有别的意思，比如，林谨说到她自己的生活。我这辈子怎么就这么倒霉呢？林谨这样说。她告诉任何一个看到她微博的人她四十一年来的生活里所经历过的所有倒霉事：跟丈夫结婚五年后，发现丈夫养了小蜜。她不能容忍这样的事在她身上发生，速战速决地跟丈夫离了婚。当时不到四岁的儿子判给她。这么些年来，她一个人，受了常人想象不到的苦，把儿子养到十六岁，将他送到了加拿大读书。她可不是有钱人，甚至于，她比街上任何一个看上去穷困潦倒的人都要穷。儿子去加拿大读书的钱，都是她借来的。她立誓要让儿子得到好的教育，即便举债，也在所不惜。这么说吧，她欠下的债务，已经高达三十多万了。当然，这是在那件事发生之前。那件事发生之后，保险公司支付了很少一部分强险费之外，其他费用都是她自己掏。为了垫付吴秋兰的医药费，她的债务又增加了几万。现在，她已经借不到钱了，没人敢借给她。这也正是她不愿意去给自己做手术的原因——在那件事发生之前，她本来应该去医院做手术的，因为，她刚查出患了乳腺癌。

林谨说，她要重新上诉。

看得出来，她是一个擅长组织文字的人，她的这些微博，使她得到了大量的同情。也就是说，随着这些微博的发酵，很多人站到了林谨这边，替她打抱不平。她得到了广泛的社会舆论的支持，而这些支持的背面，是对林谨文字里那个"做伪证的女人"的抨击。

刘晓娜不上网，几乎不看报，方大亿更不。所以，刘晓娜得到这些新情况时，已经是它们成为社会话题之后好几天了。要不是杨欣欣打电话过来告诉她，她还蒙在鼓里呢。表姐！你到底做了什么啊？这两天网上到处都是骂你的人——我也是刚刚推测出来，被骂

235

的人是你。说是红帽子巷有个女人，开小卖铺的，做伪证，诬陷一个患乳腺癌的可怜女人。真的是你吗？刘晓娜说，什么患乳腺癌的女人？谁做伪证了？我可没有。杨欣欣说，那么，网上被骂的那个女人，真的是你了？你快去网上看看吧，你快被骂死了。这样吧，你不要去网吧看了，来我家上网吧，我还可以帮你出出主意，商量一下接下来你该怎么办。

刘晓娜锁了小卖铺，坐公交车直奔杨欣欣家中。途中，杨欣欣打她手机，问，你到哪儿了？刘晓娜说，我在公交车上。杨欣欣说，这么十万火急的事，你还有心思坐公交车？打车吧！刘晓娜下一站下了车，打了个出租车来到杨欣欣家。杨欣欣打开她的微博，搜了一堆关于刘晓娜的信息给她看。刘晓娜看了不到三分钟就气炸了。

太可恨了！刘晓娜说，她也太会撒谎了！韩剧看多了吧！她给自己编的那些个事，怎么可能是真的？我告诉你欣欣，你要是见了林谨本人，你会觉得她的谎撒得多么离谱。

杨欣欣说，表姐，我当然相信你，你的人品我还不清楚？但我相信你有什么用啊？关键现在群众被她误导了，大家都相信她。你怎么办？怎么扭转这个局面？要这样下去，你名声很快就臭大街了，真到了那地步，说不定你都没法在这个城市待下去。

晚上回到家中，刘晓娜气得站也不是坐也不是，她一个人在小卖铺门口走来走去。有一阵子，她突然想，要是民安路的这一段路上有监控，或者仅凭交通责任的调查，就可以确认事件真相，那就不需要她做证。可是，没有监控，交警以必要的程序在马路上测查了好几天，也找不到依据，所以只能凭借当事人的说法，或者证人证言，来寻求真相。不过，刘晓娜只是这么想了一下，就不再那么想了。让她打退堂鼓，助长恶人恶行，她绝不干。

有个中石化院子里的女人过来买厕纸，情绪恶劣的刘晓娜竟然跟这个女人吵了起来。吵着吵着，刘晓娜说，你这个女人，真是犯贱！到我这儿来找碴儿是吧？行！你继续找！我奉陪！那个女人吃惊地看着刘晓娜，最后决定不跟她吵了，转身就走。走之前丢给刘晓娜一番话：你呀，刚来红帽子巷的时候，见谁都笑容满面的，这两年你见谁都没好脸色，三句话不对头就跟人吵。你这个人的存在，真是影响我们红帽子巷的市容，我看你是不想在这儿待了！刘晓娜冲着她的背影大声回敬她，你是在威胁我吗？什么"我们"，红帽子巷是你家的？这个城市是你家的？"我们"？呸！少给我来阶级划分了，想赶我走就赶得走我？做梦吧！我告诉你，我会在这儿待得好好的，一直待下去！

方大亿回到家的时候，刘晓娜还在生那个女人的气。方大亿买了一份酸辣粉带回来给她吃，因为她在手机里跟他说，她气得连晚饭都没吃。刘晓娜从方大亿手里接过酸辣粉，刚准备感动一下的，忽然瞧见了他脚上的栗色磨砂皮鞋，一下子把酸辣粉泼到了地上。谁让你穿这双鞋的？你一个快四十岁的男人，穿颜色这么妖的鞋，你不觉得丢人我还觉得丢人呢。为什么你就这么喜欢这双鞋？方大亿忙不迭地把它脱掉，塞进她看不见的地方，而后，他闪进了里面的屋子。刘晓娜拿起扫帚来打扫地上的酸辣粉，心情糟透了。我怎么就能容忍他跟红帽子巷里的女人搞那种事呢？她像经常想过的那样，这样问自己。

这个问题的答案很简单，不是她能容忍这种事，而是她需要接受这种事。除非她不想跟方大亿过下去了，否则她就应该接受。她从来没有想过不跟方大亿过下去，家庭对她来说就是个壳，她是寄居在里面的一只蟹。她已经习惯现在的这只壳了，她、方大亿，还有嘉嘉，住在里面，挤得紧紧的，不仅仅她，他们三个人，都对此习惯了。

有些土生土长在这城市里的女人，稍微一觉得这壳不对胃口，就马上换新的壳，换来换去的，一辈子尽是在折腾了。刘晓娜学不来她们，她跟她们不一样。换句话说，要想跟她们一样，那得需要资本，得有折腾的资本：不需要为生计发愁，有足够的闲情逸致……她没有这些，她跟她们不一样。

六

吴秋兰的儿子、儿媳妇给刘晓娜打电话过来，问她有没有空，他们想见她。刘晓娜说，你们到我小卖铺来吧。半小时后，他们来了。网上发生的事，他们也已经知道了。吴秋兰的儿子一进来就向刘晓娜道歉。真的太对不起你了！他说，你看吧，你也就是想说个真话，现在却被网民骂成这样了。吴秋兰的儿媳妇说，怪网民干什么，还不是那个姓林的居心不良，她编了那么一大套，网民们不给她蒙住也难。吴秋兰的儿子说，不管怎么说，我们是给刘女士添麻烦了，我心里不踏实。

见吴秋兰的儿子这么说，刘晓娜反而过意不去了。你们不必跟我道歉，我只是做了我应该做的事情而已。我是在给自己的道德、良心一个交代。这么一说，刘晓娜似乎进一步理清了她勇于做证的动机了，继而变得更加坚定起来。我就不信，凭林谨几句胡编乱造的话，就能把网民们的眼睛全部弄瞎了。事实就是事实，我相信网民的眼睛是雪亮的。吴秋兰的儿媳妇忙制止刘晓娜，妹妹，你的愿望是好的，可现实往往不是这样的呀，往往是，大家容易被人牵着鼻子。吴秋兰的儿子说，没错，现实的确是这样的。刘晓娜一下子就蔫了，那该怎么办？吴秋兰的儿子想了想，说，现在林谨这么大张旗鼓地博网民同情，引导舆情偏向于她，我真担心法院二审的时候受这舆情的蛊惑，到那时候，二审我们能不能照样胜，就难说了。他忽然伤心起来。可怜我妈，给撞成这样了，却连个理儿都占不上。刘晓娜望着吴秋兰的儿子，使劲动了动脑子，忽然就有主意了。我知道怎么办了！她说，林谨制造舆论误导网民，我们用同样的方式去回应她啊。我们可以把网民的观点和态度扭转过来，可以的，一定可以。还是那句话，我相信网民的眼睛是雪亮的。吴秋兰的儿媳妇眼睛一亮，妹妹，你说得太对了！我们不能让坏人为所欲为，我们要以其人之道还治其人之身。吴秋兰的儿子对刘晓娜说，那这样吧，明天有记者去医院采访我们的时候，我叫他们过来找一下你？这几天有记者来医院找我们，我们一直是躲避着这些记者的。刘晓娜说，那倒不用，也有记者想采访我，给我打过电话，我先前没有意识到接受采访的重要性，现在我知道了。回头再有记者要采访我的时候，我配合一下就行了。

当天下午，就有记者打电话给刘晓娜，要电话采访她。刘晓娜这次用一种积极主动的态度对这位姓邱的记者说，电话里面说不清，如果你愿意的话，我们找个安静的地方，好好聊一聊吧。邱记者订了一个茶室，跟刘晓娜约好时间，而后他们在那茶室见面了。刘晓娜花了三个小时的时间来接受邱记者的采访。邱记者非常有耐心，从他经过了充分准备的提问可以看出，记者的敏感让他很重视当前这个越来越热的新闻点，他想在此期间发挥作用，甚至想找到一个独到的表达方向。

第二天，刘晓娜专门去了一趟网吧。如邱记者所期待，亦如刘晓娜所希望和想象的那样，主要发布本城民生消息的那家网站上，在很醒目的位置上，果然有邱记者刚刚写就的文章。在文章中，邱记者发表他对这起正在引起热议的马路事件的看法，他主要表达了这样的意思：

毋庸置疑，在全国各地层出不穷的老人被撞事件中，的确有老太太反咬一口，讹诈好心人的情况出现，但我们不能因为曾经出现过这样的情况，而以偏概全，由个别老太太曾经讹诈好心人，而推导出当前世人道德沦丧的结论。这确实能吸引公众的眼球，能挑起公众去借机宣泄对社会的不满情绪。但如果我们总是用这种夸张的方式来做新闻话题，这除了引起社会混乱，除了使舆论走向另一种偏执，于事实、于真相本身，又有何益呢？发生在市民林谨与吴秋兰老太太之间的这件事，到底是撞人，还是讹诈，希望公众杜绝任何形式的偏执，用平和、公允的心态，去思考问题。

这篇文章一语中的，似一盆冰水，浇在某些狂热站在林谨一边的网民头顶，他们一个急刹车，停止了对刘晓娜和吴秋兰及其家人的谩骂。而另一方面，支持刘晓娜和吴秋兰及其家人的言论，一夜之间变多。这样一来，舆论便出现了新的倾向性，林谨开始坠入被千夫所指的不利局面。这样的局面，一直持续到二审开庭之日。

二审维持一审的判决，林谨败。

七

照刘晓娜的理解，二审之后，林谨就再也不好意思折腾下去了。撞了人，折腾过一阵子，就可以了，永远折腾下去，那是不可思议的。而且，在刘晓娜看来，林谨绝对不缺那个钱，赔了钱，安抚了吴秋兰的家人，这事慢慢就平息了，她林谨也可以让生活回到她原先的轨道，这不就万事大吉了吗？可是，林谨接下来的表现再度出乎刘晓娜的预料，甚至令她大跌眼镜。林谨在她的微博上，以及在接受媒体采访时说，她要坚持到底，坚持战斗下去，她就不信，事实会被歪曲下去。她要提请三审。

她的再次高调宣战，引起了新的化学反应。一个神秘人士在公众视野里出现了。这个人在微博上突然发声，指出林谨是一个一贯爱说谎的女人。她举例说明：林谨所说的她的前夫养小蜜而后她与其离婚，是她编造的。事实是，林谨与前夫结婚不久就感情失和，长期分居，一直在协议离婚。"小蜜"之说，实在是无中生有。真相是，那个林谨嘴里的"小蜜"，虽然确实是林谨前夫的同事，但在林谨与前夫离婚之前，前夫与"小蜜"关系清白，林谨前夫离婚后，他们才正式恋爱，而后步入婚姻。这个人指出这些事实后，反问道，难道一个男人离婚之后，就不能跟别的女人再婚吗？跟他再婚的女人就要承担污名？

照此人所说，他（她）似乎对林谨与她前夫的生活了如指掌。这个人是谁呢？网民的观点一方面受到了此人言论的牵引，另一方面，对这个神秘人士到底是谁，充满了兴趣。在大家的穷追猛打之下，此人主动亮出了自己的身份，她正是林谨之前微博里所描述的那个"小蜜"。这个身份立即使她的言论变得更有可信度。

林谨前夫现任的妻子在自曝身份之后，接着说，她本来不想暴露自己的，因为，她和她的先生现在过得很幸福，不想被人打扰，想过清静的生活。但是林谨在网上发表污蔑她的言论，严重影响到了她的声誉。再不站出来驳斥，她将变成熟人嘴里一个臭名昭著的女人。

她无疑在有力地表明：林谨在她婚姻失败这件事上说了谎，推而广之，林谨是个爱说谎，甚至说谎成性的女人，不是吗？再说她的乳腺癌吧，她敢不敢把乳腺癌的诊断书晒到网上来？换句话说，她有这样的诊断书吗？只要把诊断书一晒，谁也不会怀疑她得乳腺癌是假，但为什么这么些天了，她不晒它？因为她没有。至于那些借债之说，同样的，她敢把借据晒出来吗？她同样晒不出来不是吗？哼！她说谎成性到何种地步，就可想而知了。

针对林谨前夫现任妻子的言论，林谨的回复是：您说的这些，我不想辩论，公道自在人心。

这样的回复实在虚弱，立即，网上一片对林谨的骂声。林谨的微博变得安静起来。

但几天的沉寂之后，林谨突然发了一条新微博。微博上没写一个字，只是晒出了大家正在逼她晒出的表明她不是说谎成性的人的证据之一：她的乳腺癌诊断书。由时间看，诊断的结论，就来自那起马路事件的前一天。同一天，她晒出了那些借据。按借据所示，她借款的数目的确不是编造，加起来，那的确是个大数目。

你们不是想得出我说谎成性的结论，继而来说明我在这次马路事件上的表现，只是一个说谎成性的女人的再一次说谎吗？现在你们看到了，首先，说谎成性的结论，于我，是无中生有。至于在那起马路事件上，我有没有说谎，公道自在人心，我相信法律——林谨很快发了一篇微博，这样说。

但是网民依然不依不饶，你要晒就把全部证据都晒出来，比如你在加拿大读书的孩子，你举债供他读书，到底是真的还是假的？你需给我们证明一下。既然你开始证明了，为什么不给我们大家证明个够？但凡有一点你不去证明，那说明你心里头还是有鬼。

网民这样的回应，令林谨十分为难。她这样表达她的为难：我不想让我的孩子知道我举债供他读书的事，如果那样，孩子一辈子都无法逃避良心的谴责，那样的话，我供他读书，到底是爱他，还是害他？作为一个爱儿子的母亲，我不能做那样伤害儿子的事，请你们不要逼我。似乎意识到了什么，林谨紧接着又发了一篇微博，她说，我不能再这样发微博了，现在这事越来越引人关注，万一有一天，它传到了加拿大，被我儿子知道了怎么办？

八

刘晓娜让方大亿把他的电瓶车骑到了民安路上，然后她自己站在当时林谨车头所在的位置，把身体转过来，面朝着红帽子巷的方向，远远地对方大亿说，你骑过来吧，朝我撞！方大亿两只手扶着车把手，就是不把屁股抬到车座上去，他大声对刘晓娜说，腊腊，你别闹了！我把你撞坏了怎么办？刘晓娜说，我活该撞坏！快撞过来吧。方大亿快速把车推放到马路牙子上，然后向刘晓娜冲过来，用力将她往马路边上拽，快别闹了，回去吧，真的给车子撞到了怎么办？刘晓娜突然哭了起来，方大亿！你不了解我！你知道我看到林谨晒出来的那些东西后，我有多难过吗？我担心我诬陷好人。方大亿说，你怎么可能诬陷她？你当时不是看得清清楚楚的吗？刘晓娜说，你别废话了！赶紧骑到车上去，向我撞过来！我要还原当时吴秋兰被林谨撞的画面，让自己更加清楚一点。方大亿抓住刘晓娜不松手，我不会这样干的，你疯了，我可没疯！刘晓娜说，那行，我不用你配合了，你走吧，你去上班送你的水去吧。我一直在这儿站着，一会儿马路上就会热闹起来，开来开去的车多的是，我就不相信没有车敢撞过来，就不信还原不了当时的场面。

早晨阴湿的空气蛰伏在四面八方，似乎在暗中等着看刘晓娜的笑话。刘晓娜咬住嘴唇，把它都咬得出血了，一字一顿地对方大亿说，你滚！给我滚开！别妨碍我！

一辆车真的从民安路东面开了过来，由于它是刚拐了一个弯过来的，发现刘晓娜和方大亿有点迟了，它猛地急刹车，而后在刘晓娜和方大亿身边打了个呼啸继续往前开去了。车窗打开，从里面探出一个男人的脑袋，骂道，你们两个不要命了？找死也不是这么找的！刘晓娜不在意刚刚得到的叱骂，继续等待车子迎面而来。早晨开始变得有点热闹了，或者说，这个城市的早晨正在渐行渐远，开来开去的车越来越多了。刘晓娜勇敢地朝着那些车子，沉默地盯住它们，目光中饱含鼓励。可是，它们就是不配合她，换句话说，这个早晨出现在民安路上的驾驶员们的车技真的都太好了，好几辆车临到要撞上刘晓娜了，及时地刹了车，打偏了方向盘，绕开刘晓娜和方大亿开了过去。

刘晓娜失望地站在马路上，开始冷静了下来，然后，她觉察到自己的可笑。她抓住方大亿的手，惊恐地在方大亿的大力拖拽下向路边让去。大亿，多亏你在我旁边拦着，不然我真的做了傻事了。方大亿说，可不是吗，你怎么能这样干呢？刘晓娜说，我这不是心里难受吗？

　　突然，刘晓娜停住了脚步，仰着头不动了。方大亿顺着刘晓娜的目光向斜上方看去，就见他们正对着的民安路边上，也同样是红帽子巷尽头他们小卖铺对面方向那幢老住宅楼上，一户人家的窗户开着。一个女孩站在窗口，向他们这边看着。她显然一直在看他们，见到刘晓娜和方大亿发现了她，她马上就关起了窗户，进屋里去了。

　　刘晓娜突然激动起来。不止我一个目击证人！你看！这幢楼上，上百户人家，每户人家都有面朝民安路的窗户，我就不信那天早上没有一户人家开窗户，没有一个人站在窗户边上看到当时的情况。绝对有人看到了，而且，居高临下，眼前没有遮挡物，会比我看得更清楚。刘晓娜又说，你看到刚才那个女孩了吗？你认出她来了吗？她经常来我小卖铺买东西的。好多个早上，我小卖铺刚开门，她就来了，也就是说，她是个起床很早的人。那天，说不定她也看到了。我们去找她问问。

　　方大亿制止了刘晓娜。即便有人看到了，但这么些天来，网上闹得那么凶，可并没有其他人站出来做证，那说明他们是不愿做证的。如果那个女孩看到了，她也会说她没看见，所以，找她问，那也是白问。我们还是赶紧离开这儿吧，太危险！我要去上班了。

　　刘晓娜和方大亿离开了民安路，回到了小卖铺。方大亿立即踩着电瓶车上班去了。刘晓娜像往常一样，开始往门口搬东西摆放。

一边摆，一边继续心神不宁。自从昨天从杨欣欣的电话里得知林谨晒出了她的诊断书和那些借据之后，刘晓娜慌了。刚刚过去的那个晚上，刘晓娜眼皮子怎么都合不上，她彻夜未眠。有一阵子，她似乎浅睡了那么一小会儿，但就是那段时间里，她做了一个可怕的梦，只见林谨变得骨瘦如柴，披头散发地向她扑了过来，嘴里喊道，刘晓娜！我与你无冤无仇，你为什么要这么陷害我？我过得还不辛苦吗？你竟然还要让我苦上加苦。刘晓娜惊得从床上坐了起来，捂着心房想，为什么以前就没看出林谨过得这么惨呢？她那样子，看着一点儿都不像过苦日子的人啊！为什么城里女人过着苦日子却非得让人看不出来呢？

可是，林谨真的有那么苦吗？杨欣欣在电话里不是说了吗，这些女人，可奸了，谁知道诊断书和借据是不是假的。要在这两件事上做假，那实在是不难，不是吗？红帽子巷的另一头，这城市的许多街巷的顶头，都站着那些专门以代人作假为业的人，你走到他们身边，他们会偷偷摸过来，问你，要办假证吗？连身份证、护照、学历证书都可以作假，一份诊断书、几张借据，那要作起假来，不要太容易嘛。

现在，刘晓娜的思绪转到了这一环节，然后，她感到自己有所心安了。再过去几分钟，刘晓娜变得真正地心安起来，原因是，刚才她和方大亿在民安路上看到的那个出现在窗口的女孩过来了。女孩趿着拖鞋，站在小卖铺门口。刘晓娜倾听着身后的声音，走进小卖铺，去拿女孩要买的东西。女孩飞快地接过东西，给了钱，就要走。忽然，她转过身来，站到与刘晓娜几乎面贴面的地方，用北方口音，小声对刘晓娜说，大姐，我跟您说一件事，但是，你千万不要跟别人说我跟你说过这个。刘晓娜心里出现了一个预感，这预感令她蓦地心房大跳。她要告诉我她也看见了吗？刘晓娜听到自己的身体里发出这样一个声音。太好了！女孩说出的话，正是刘晓娜所需要的。我也是目击者，只是，我不想让人知道这件事。刘晓娜猛地抓住女孩的手，说，妹妹！你告诉我！快告诉我！你看到了什么？你是不是看到她撞人了？女孩说，当时，我正在赖床，还没起来，忽然听到了急刹车的声音。你知道吗？我住十楼，这楼层越高，马路上的声音听着越清楚，又因为我那天的窗户是开着的，所以，那刹车声我听得特别清楚。刘晓娜说，你看到她急刹车了？撞完老太太马上急刹车？女孩说，那倒不是，我从听到急刹车的声音，到跑到窗口，还是需要点时间的，所以，当我听到声音之后从床上爬起来，站到窗口，我看到的是那个女人的车停下来，而老太太已经躺着了。刘晓娜一口气松懈下去，感到整个儿都要瘫掉了。那你是没看到她撞人了？女孩说，嗯！但是，我听到老太太说了一句话。什么话？刘晓娜问。老太太说，你撞了我，不能走！女孩说，我确定，老太太是对那个女人说的。

刘晓娜松懈掉的那一口气再度提了上来，她感到从未有过的笃定，然后，她沉默了，望向民安路的方向，脸上露出沉着的笑容。女孩说，大姐，你别这么笑，怪吓人的。对了，网上的事我全看见了，你真的看清楚了吗？刘晓娜笃定地点了点头，那还有假？女孩说，那就好，有你做证就够了。坏人就要让她有坏报，你要坚持！麻烦大姐一件事。刘晓娜说，什么事？女孩说，能不能我们俩说的话，只有我们俩知道？我工作特别忙，真不想给自己添麻烦。现在这种事情太多了，太容易成为社会话题，我可不想让自己成为话题里面的一个小菜，被人们茶余饭后嚼来嚼去。刘晓娜看了她一眼，本来想教育她一下的，但看这女孩楚楚可怜的样子，遂变成了宽容的语气。我理解你，我不会说出去的。

老太太说，你撞了我，不能走！我确定，老太太是对那个女人说的。刘晓娜脑子里回响着女孩的这句话，她把女孩的这句话刻在了心里。然后，她睡了个踏实得不能再踏实的觉。这事儿会过去的，让它快点过去吧！刘晓娜想。

第二天，刘晓娜和方大亿的儿子嘉嘉过来，在小卖铺里住下了，他要在这里住两天。他已经两个来月没见到爸妈了，他通常两三个月抽个周末来这里看一下爸妈。或者，刘晓娜和方大亿两三个月抽两天时间回宜宾去看一下他。嘉嘉显然不知道最近发生在妈妈身上的那件事，一个劲儿地要刘晓娜陪他去街上他以前去过的那家面包店，刘晓娜便陪嘉嘉去了。那天，她不但给嘉嘉买了面包，还给他买了一件新衣服。

九

嘉嘉来的第二天，想去书城买几本教学参考书，刘晓娜让方大亿请一天假，陪嘉嘉去，方大亿表现出有点不情愿。刘晓娜火了，你不陪嘉嘉去，难道让我陪他去，那小卖铺谁看？或者，你是叫嘉嘉自己去？现在社会这么乱，他一个小孩子家的，对市里又不熟悉，遇到坏人怎么办？方大亿！你就这么舍不得不上一天班吗？方大亿见势不妙，忙道，我去，我陪嘉嘉去，只要你不啰唆了就行。父子二人上午就出门了。

下午两三点钟光景，刘晓娜正在铺子里整理东西，一个男孩进来了。看面相，男孩跟嘉嘉年龄相仿，十五六岁的样子，但比嘉嘉高一个头，也比嘉嘉壮多了，块头都超过了方大亿。男孩穿戴很讲究，一眼就能看出他出生在好人家。刘晓娜一边看着男孩，一边就替自己的孩子惋惜。她想，同样是个孩子，为什么嘉嘉就要过得那么苦呢，一年到头跟爸妈见不着几次面，在学校饭堂吃饭，从来舍不得给自己多打一个菜，难得买一件新衣服。正这么想着，男孩忽然从货架上拿起一把水果刀，而后拔开刀盒，紧紧握住刀柄，就向刘晓娜走了过来。你干什么？刘晓娜惊慌失措地大喊，往门外面让。

　　我干什么？我要杀了你！你这个坏女人！男孩飞快地将刘晓娜扯到铺子里面，往深处推，而后快步跑过去，用力拉下卷帘门。现在，刘晓娜与一个正欲对她行凶的大块头男孩共处一个狭小、封闭的空间里了。突如其来的黑暗让她变成了瞎子，她看不到男孩了，恐惧一下子扼住了她，令她浑身颤抖。好在她比男孩熟悉铺子里的陈设，说时迟，那时快，她扑到开关那儿，打开了灯。突然由漆黑转成炽亮的空间，给刘晓娜带来了另一种不适应，她的眼皮子跳突着，瞪着重新向她逼过来的男孩，大声喝道，你要干什么？你是谁家的孩子？怎么这么无礼？

　　男孩冷笑道，我是谁家的孩子，你一猜就能猜出来吧，难道非得要我提示吗？他这么一说，刘晓娜立即有所醒悟了，错愕得说不出话来。你、你是……男孩打断了刘晓娜，对！你猜得没错，我就是林谨的儿子。刘晓娜下意识地说，你不是在加拿大上学吗？怎么……男孩说，看来你对我的情况、对我们家的情况，是了如指掌了。那么你给我说说，你既然知道我妈过得那么惨，为什么还要害她？刘晓娜脑子依然是放空的，说出来的话完全是下意识的。她问，你妈过得惨？那是真的吗？男孩说，你别废话了！你只需告诉我，你为什么要害我妈？刘晓娜终于清醒了一些，她定了定心神，说，我没有害你妈，我只是在尽自己的道德义务。男孩说，你有什么道德？你就是个坏女人！丑八怪！又丑又坏的女人！

刘晓娜确信自己不丑，相反还是有几分姿色的，所以，男孩无疑是被莫须有的仇恨蒙蔽了双眼，蒙了脑子。认清了这一点，刘晓娜已经十分镇定了。她在想，这世上没有一个孩子不觉得自己的妈好，不是吗？她脾气大，动不动跟方大亿发火，每回嘉嘉看见了，还不照样向着她。眼前这个男孩怎么可能相信是他妈撞了人却不承认呢？想到了这一层，刘晓娜笑了起来。孩子，有时候，我们的愿望是好的，但事实是，你妈真的撞了人，她不承认，这非常不好！你如果是个好孩子，就应该回去劝你妈面对事实，承担应该承担的法律责任。

看来你是打定主意要害我妈了？男孩愤然甩了甩刀子，要不是刘晓娜让得快，那刀子就碰到她脸了。也正是因为刘晓娜避让过程中惊恐的神色，使男孩犹豫了一下。男孩瞪着刘晓娜，举着刀子的手忽然就没有那么直了，然后，刘晓娜看到它松了下来，紧接着，刀子落到了地上。男孩忽然用双手捂住脸，哭了起来，你这个坏女人，为什么要害我妈？

刘晓娜大胆地走到男孩身边，用指尖碰了碰男孩。你不是个坏孩子，要不然，你的刀就冲我扎过来了。刘晓娜说，好孩子就应该成熟一点儿，不要做不理智的事。

从卷帘门外突然发出一阵声音，哗啦一声，门跳了上去。刘晓

250

娜和男孩同时别过头去，就见嘉嘉和方大亿站在门外，吃惊地瞪着刘晓娜和这男孩。妈妈！他是谁？嘉嘉飞快地跳进来，用身子护住刘晓娜。刘晓娜忙说，没什么，这位哥哥进来买东西而已。买东西？我刚才怎么听见你们在里面吵？嘉嘉大声问。没吵，你听错了！刘晓娜说。庆幸的是，那男孩及时配合了刘晓娜。我就是买东西，你听错了。他说。

刘晓娜坚持要送男孩走，并且不让嘉嘉或方大亿他们俩中的任何一个人陪同。走在马路上，刘晓娜帮男孩拦出租车，她看到男孩一直在偷偷打量她。刘晓娜忽然从男孩稚嫩的表情里发现了他与林谨相似的某种神情，这一发现突然令她变得心软极了。她走到男孩身边，说，你妈知道你回国了吗？她不是不让你知道她的事吗？

男孩好长时间不说话，终于还是说了。她是不想让我知道，我自己在网上看到的。车子来了，男孩往车上走，突然回过头来，对刘晓娜说，阿姨！我求你了！你不能再这么对我妈了！请相信我！我妈真的不可能说谎，她说不是她撞的，就绝对不是她撞的。我们家真的欠了很多债，我很清楚。你想想就知道啊，如果我妈真的有钱，她会请那么没水平的律师吗？如果她请了有水平的律师，你们一审、二审能胜吗？刘晓娜一愣，不知道该怎么回应他。男孩马上又说了一件让刘晓娜更意外的事。那个女人说谎！男孩说，我亲眼看到我妈还没跟我爸离婚的时候，那个女人跟我爸上床。这件事我没跟我妈说过，也没跟我爸说过。那时候我小，他们是当着我的面上床的，他们以为，我这么小的人是记不住事的，但是，这件事我记得特别牢。

所以，说谎的绝不是我妈！男孩强调。

刘晓娜愕然。男孩与出租车从她的眼前消失了。

入夜，男孩给刘晓娜来了一个电话。电话号码当然是他从他妈那儿得来的。男孩跟刘晓娜说了许多话，其中有句话刘晓娜记得特别清楚。男孩说，我恨他们！他们太无耻了！他指的是他爸和"那个女人"。刘晓娜想，如果林谨的前夫和他现在的妻子，当时真的当着一个幼童上床的话，那真够无耻的！

可是，这男孩说的是真话吗？睡觉之前，刘晓娜问儿子，嘉嘉，你告诉妈妈，你会说谎吗？嘉嘉毫不犹豫地说，当然不会！刘晓娜问，是任何时候、任何情况下都不会吗？嘉嘉说，对！刘晓娜再一次彻夜不眠。

十

吴秋兰醒过来了。这真是医学奇迹，在沉睡了这么多天之后，在她儿子、儿媳妇都认为她已经成为植物人的时候，她竟然醒过来了。不过，她的脑子只醒了局部，最多四分之一。这是一件很要命的事，本来大家都想着通过醒来的吴秋兰使那起马路事件出现一个巨大的拐点，但吴秋兰四分之一的意识却令大家意识到，她根本无法担当如此重任。不但不能，而且还添乱了。吴秋兰的儿子、儿媳妇把出事当天最重要的几张现场照片——林谨的白色大众宝来车、林谨穿着蕾丝撞色连衣裙的样子，指给吴秋兰看。吴秋兰嘴唇抽搐着，从张得过大的唇缝里流出涎水，她没头没脑地嬉笑起来。吴秋兰的儿媳妇生气了。你好好看看！是不是她撞了你？吴秋兰飞快地点了一下头。是！呵呵！吴秋兰的儿媳妇站起身来，对围绕在周围前来探视的警察、刘晓娜、方大亿等等十几个人说，你们都听见了吧？我婆婆说了，就是她撞的。这下就更清楚了吧？

刘晓娜从人丛中挤出来，沿着医院的走廊往前走，心情非常郁悒。几分钟后，方大亿追上来，说，你怎么走了？吴秋兰的儿媳妇在找你呢。刘晓娜没好气地说，找我干什么？她婆婆不是醒过来了吗？可以自己做证了，还需要我干什么？你去跟她说，我不想再做这个证了。方大亿说，你跟她生什么气啊，她那么说，心情是可以理解的。换了别人，也会那么说。刘晓娜说，我不会！我绝不会拿一个意识不清楚的人的话当回事。

回到小卖铺不久，刘晓娜接到了杨欣欣的电话。表姐，你快找个网吧去上个网，出新情况了。刘晓娜淡淡地说，什么新情况我都不想去看了，我不想理会这件事了。杨欣欣说，表姐啊，现在是你不想理会就可以不理会的吗？刘晓娜心里一凛，飞快地跑出去上网了。

果然是不容忽视的新情况：林谨换了个律师，这个律师明显比前面那个于律师有方法多了。在离终审还有一个来月的这个时候，他已经跳到前台来，开始战斗了。这位跟刘晓娜同姓的律师专门建了一个微博，来直播他介入林谨、吴秋兰案的过程。今天早上，他发了一篇长微博，以此宣告他的战斗正式开始。

在这篇长微博中，刘律师说出了如下令刘晓娜吃惊且不安的情况：

最近几天里，他专程去了刘晓娜老家所在的村子，然后又专门潜伏到目击证人刘晓娜生活的红帽子巷进行走访，最终了解到了刘晓娜与方大亿夫妇之间一些鲜为人知的秘密。先说方大亿吧，此人看似忠厚老实，实则行为不端。据红帽子巷几位不愿吐露姓名的女士说，这位送水工经常趁着客户家只有女主人一人在家时，对其进行语言上的骚扰，让这些女主人无所适从。

再说刘晓娜。这位刘女士思维相当奇特，明明是丈夫骚扰那些女主人，她偏偏认为是那些女主人勾引了她的丈夫。在她得出了这样的结论之后，慢慢从最初刚来红帽子巷时那个谦和、卑怯的农村妇女，变成了一个喜欢出言不逊的女人。红帽子巷里的女主人们，经常在她们意想不到的时候，受到刘晓娜的语言攻击。刘晓娜骂她们时，最喜欢说"贱"这个词，"犯贱！""贱货！"这个频频从她嘴里吐出来的"贱"字值得深思。刘律师说，我不妨分析一下这个字为何被刘晓娜御用的原因，这将有助于我们洞悉刘晓娜在这起马路事件上做伪证的深刻动因——

刘晓娜上过大专，但因为某种别人所不知道的原因——譬如，多少因为身处农村缺乏对自我未来的经营，或缺少城市人脉而大学毕业后没有能够在城里找到工作——她回到了农村务农。过了几年，她跟那些没有念过大学的农村女性一样，成了一个真正的农村妇女。但是她不甘被命运摆弄，最终还是来到了城市，还拉上了她的丈夫方大亿。但城市虽大，工作虽多，她却没有得到正常的工作。于是，她只好开了个小卖铺，赖以为生。从某种角度说，刘晓娜是有很高心气的，但现实却迫使她在城里人特别是城里女性面前表现出卑微的态度。

刘晓娜这样的女性，一直在寻找机会向城里女人来证明，她跟她们是一样的。机会来了，她的丈夫方大亿给她带来了这样的机会。方大亿骚扰红帽子巷里的女主人们，但他回到家中绝不会对妻子做这样的表述，他会对刘晓娜说，是红帽子巷里的某个或某些女士勾引了他。一个妻子当然是愿意相信丈夫被别的女性勾引，而不愿相信丈夫骚扰别的女性的。于是，相信丈夫被红帽子巷里的女性勾引的刘晓娜得到机会证明她不比她们差了，甚至，刘晓娜因此在道德上拥有了优越感，觉得自己高于她们了。从此之后，刘晓娜便打心眼儿瞧不起红帽子巷里的女人了。这便是她喜欢拿言语攻击她们的深层原因。

但是，刘晓娜物质上的清贫，又令她清楚地意识到，她们强过她，因此，总的来说，她仍然是自卑的。那种道德上的优越感，并不能从本质上解决她的自卑，她处于自卑和自负的双重人格之中。也就是说，她在这两种情绪之间摇摆，这使她最终变成了一个有双重人格的女性，时而自卑，时而自负。她时刻都想撇掉那种自卑，相信自己与城里的女性是平等的，她一直在为此努力。在这样的努力过程中，所有看上去优于她的女性，都会成为她的假想敌。不幸的是，林谨无论从外貌、气质，还是打扮上，都是最适合成为刘晓娜假想敌的女性。这便是刘晓娜明明没有目击林谨撞吴秋兰，却坚称她目击林谨撞了吴秋兰的内心动因……

刘晓娜盯着电脑屏幕，渐渐感到一口气上不来，要窒息的感觉。她再也看不下去了。胡扯！刘晓娜忘了身边还有别人，网吧里此时人满为患，她的呵斥声太大，惊扰了四面八方的人。刘晓娜关掉网页，奔回了红帽子巷。

她沿着红帽子巷，像一只刚被电击过的猫一样，一瘸一拐地，快速而盲目地往前跑。方大亿，你在哪里？你给我说清楚，是她们勾引你，还是你骚扰了她们？刘晓娜在心里呐喊。这个问题的答案，她是十分清楚的，千真万确，她抓到了那个红帽子巷的无聊女人跟方大亿上床，而且，那女人也承认了，第一次，是她勾引了方大亿。所以，那位姓刘的律师毫无疑问是在污蔑她，诬蔑方大亿。这一点，她确信无疑。但是，她现在就要找到方大亿，让他亲口告诉她，他是被勾引的，不是骚扰她们的人，她需要方大亿用这种方式来帮助她平息心里的怒火。她简直要被刘律师气死了。

刘晓娜在红帽子巷的另一头，碰见了刚从一个院子里骑行出来的方大亿。她拦住了他，喊道，跟我回去！方大亿说，好，你上车，我们回去。她跳上方大亿的车，方大亿把电瓶车的速度开到最大，几分钟后，他们回到了小卖铺。刘晓娜拉着方大亿进入了他们平时用来睡觉的那个只能摆放一张床的狭小空间里，然后刘晓娜哭了。方大亿！你告诉我！你骚扰过她们吗？哪怕一个！你没有骚扰过红帽子巷里的任何一个女人，对不对？方大亿小声说，嗯，我没有。刘晓娜发出一声冷笑。为什么她们勾引你却不承认这个事实呢？为什么那个律师不相信这是事实？方大亿突然露出奇怪的表情。刘晓娜警觉地发现了这一点。你怎么了，大亿？方大亿沉默了一会儿，忽然鼓足了勇气似的说，老婆，有件事，我一直没敢跟你说，怕你骂我。什么事？刘晓娜问。方大亿说，的确有一次，是我主动骚扰了一个女的。

刘晓娜一巴掌扇到了方大亿脸上。

十一

方大亿说，要怪只能怪他那阵子太得意忘形了。那个最先勾引他的女人，可不是个一般的女人。她家可有钱了，老公是大官。红帽子巷里，像她家那么富有的人家，是屈指可数的。方大亿那时候想，这么样的女人都能看上他，应该别的很多女人都能看上他吧？于是有一次，他鼓足勇气对一个漂亮女人出言骚扰了，甚至于他还故意停留在她家不走。那女人最后拿起电话来要报警，方大亿这才跑出去了。就只有那一次！方大亿强调说，真的！就只有那一次，是我主动的。

刘晓娜说，就只有那么一次，已经够多了！你怎么这么不要脸？

方大亿说，即便是这样，跟林谨和吴秋兰的案子有什么关系？

刘晓娜说，我再也不想跟你说话了。

刘晓娜主动给林谨打电话，约她出来谈谈。林谨毫不犹豫地拒绝了她。不必了，我很忙！再说，我们之间，也应该避嫌！她的语气中，有一道人为的鸿沟，刘晓娜看得清清楚楚。她为此难过，为什么就不愿意跟我谈一谈呢？

夜里，刘晓娜使劲让自己进入梦境。她知道自己有一种天分，只要她够努力，就可能会得到梦境的奖赏——潜意识被无限激发，令她回顾到先前记忆未曾告诉过她的事。不是吗？最开始的那一次，她就通过梦境回想到了吴秋兰沿着车头方向往前滚动过一下的事实。

终审时间越来越逼近了，刘晓娜觉得时间紧迫。她一夜又一夜地向梦境索要新的记忆画面，然后，她成功了：她看到，当时，吴秋兰与宝来车头之间，有一只启了盖的矿泉水瓶，水从瓶里流出来，流湿了马路，湿了近乎一米。她即将跑到那儿的时候，也就是说，她跑到马路对面的时候，那瓶水似乎还没完全流尽，还在往外滴水。而就在她跑向那儿的过程中，林谨故作无意地用脚踢开了那只矿泉水瓶。林谨非常用力，一脚就将它踢到了民安路外侧的绿化带里去了。当时，刘晓娜过于生气，没有在意她的这个动作，更没有在意这个矿泉水瓶身上蕴藏着何种深意。现在她清楚了，这个矿泉水瓶是老太太之前抓在手里的。她被撞之后，它脱离了她的手。显然，它刚脱离她的手，不然，为什么还有水在滴呢？不然，为什么林谨要踢开这只矿泉水瓶呢？绝对是刚脱离老太太的手，不然，为什么警察过来的时候，地上的水迹已经干了呢？水是干得很快的，不是吗？

刘晓娜脑子里横亘着那只矿泉水瓶，以及那摊正在急速被风干的水渍，忽然就意识到自己为什么当时那么坚定地确信是林谨撞人的了，她的潜意识在支配她得出这个结论。她并不仇视那些看上去比她好的女人。那个姓刘的律师，是个偏执狂吧？她刘晓娜不是他说的那种人，他在诋毁她。

天不亮，刘晓娜就从床上爬起来，拿着手电筒，来到了民安路外围的绿化带。她要找到那只矿泉水瓶。找到它，她将不再会被自我怀疑袭扰。

刘晓娜打着手电筒，在绿化带里找啊找，结果只能令她失望。每天都有环卫工人来这里打扫，它早就不见了。刘晓娜只恨当时没有重视它，没有多跑几步，把它从绿化带里捡起来，交给前来的警察说，瞧，这是最好的证据！如果当时她那样做了，一定就没有后面这么多纷纷扰扰了，对不对？

十二

刘晓娜决定在终审之前做最后一件事，这件事做完之后，她将不再被犹疑左右，她将让自己持续地坚定。她对方大亿说，你陪我回一趟老家吧。方大亿说，回老家干什么？现在农忙时间没到，回去也没事做。刘晓娜说，你是不愿意陪我回去吧？你根本就不想回老家。你享受你现在的生活，有女人会勾引你，你觉得你生活得很好。你认为你就这样在红帽子巷过一辈子，你都是很幸福的。你不需要钱，不需要房子，不需要别的男人所需要的东西，你就像现在这样已经很满足了，对吧？方大亿说，你又怎么了？你每天都这样情绪激烈，我真受不了！

刘晓娜打听到吴秋兰在宜宾老家的地址，独自去了那里。那是一个拆迁后的邻近某个小镇的村子，当然，因为拆迁，现在它已经变得像个镇子了。刘晓娜拦住"镇子"上的行人，问，你们知道吴秋兰吗？一个胖胖的老太太，她有一个独生儿子，四十五岁，个子不高，做装潢生意的，她的儿媳妇左脸颊有颗痣，也很胖。刘晓娜拦了很多人，他们都只是冲她摇头。这一大片安置房会集了很多周边村子里的村民，她遇到吴秋兰以前同村的人，概率不超过百分之十。不过，在天快黑的时候，刘晓娜终于问对了一个人。吴秋兰吗？我知道她。你问她干什么？那人反问。刘晓娜把最关注的问题抛出来，她人怎么样？我是说，吴秋兰这个人怎么样？

不怎么样！那个人说。

那个人举了一个例子。拆迁分房的时候，本来他的妹妹家跟吴秋兰看上了同一套房子，但吴秋兰的儿子因为在城里搞装潢的原因，人脉广，他找到了关系，率先要走了那套房子。

看来，刘晓娜还问对了人了，问到了与吴秋兰家有过深入接触的一个人。可是，这也正是问题的所在，谁知道当时这个人与吴秋

259

兰家之间的过节儿，到底是怎么回事呢？一个人，跟另一个人有过节儿，难免对其有偏见。

但是，刘晓娜不打算继续打听下去了。天已经黑了，她要赶最后一班长途车回去。最重要的，她发现，这种打听是感情用事的。感性代替不了事实。用感性推断出来的结论，不能作为真正的凭证——林谨的第一个律师说得对。可是，除了依赖于感性，现在，她能有别的依赖吗？刘晓娜陷入了迷惘。

刘晓娜坐上长途车，很晚才回到小卖铺。一个她意想不到的情况出现在眼前：她的小卖铺卷帘门的锁被人撬了，小卖铺半敞在那儿。刘晓娜一边给方大亿打电话，一边钻进去，盘点货架上的货品。还用盘点吗？它们大多不存在了。你死哪里去了？为什么大半夜的，你还不回来？方大亿支支吾吾地说，我给人打了。谁打你了？刘晓娜大声问。我没看清！我刚骑车到铺门口，一个黑影从我身后袭过来，然后我头上被敲了一下，我就昏了过去。你要早打几分钟，我还没醒过来呢。现在我在医院里，你带点钱过来吧，我押金没交够，如果今晚不交够，就会被从急救室里赶出来。

刘晓娜来到医院，看到方大亿满头满脸包着纱布，躺在医院的走廊里。身边来来去去的人对他视而不见。刘晓娜心一软，难过地抱住方大亿。痛吗？脑子不会出问题吧？方大亿咧嘴笑了。不会出问题，你听我说话的声音，听！不是很流利吗？我脑子没被砸坏，我躲了一下的，所以，砸偏了。如果不躲，可能我就被砸坏了，我现在就跟吴秋兰一样了。

别提吴秋兰！刘晓娜厉声说。

谁趁夜袭击了方大亿呢？刘晓娜从随后赶来的杨欣欣手里接过

260

足额的押金，去补办了住院手续，回来的路上，想着这个问题。

这个问题似乎是不用想就有答案。一定是红帽子巷里的人，他们看到了刘律师的那篇文章，深感自己被卷进去了，因为刘晓娜在这起马路事件中多事而卷进去了，所以，他们中的某个人，过来找方大亿撒气来了。如果刘晓娜在，她一定也逃不了。

刘晓娜陪方大亿在医院里待了两天。第三天的时候，见方大亿似无大碍了，她决定先回去。天刚亮，她就出发，往红帽子巷赶。不知道为什么，她有一种不好的预感。这预感不是空穴来风的。来到小卖铺的外面，她看到了卷帘门上贴着的大字报。上面有很多签名，显然那都是红帽子巷的居民。正文就是几个大字：红帽子巷不需要你们这种人！请速搬离！

眼泪从刘晓娜的眼眶里涌出来。刘晓娜站在铺门口，转过身去，迎着红帽子巷的深处，向前方眺望。她在这里待了五年了，多少对这里还是有感情的，不！是有着深厚感情的。现在，大家联名要将她从红帽子巷逐出。她觉得大家从来没有把她当成与他们是同一种人，现在终于找到了借口驱逐她，她感到愤慨，感到不公，感到羞耻。可是，她又感到无能为力。她虚弱地坐到了门口的小马扎上，就那么呆呆地坐在那里。

后来，她听到她的手机发出嘟的一声响。她没精打采地从口袋里掏出手机，是一条短信。看好你的男人！请别让他再扯谎了！刘晓娜瞬间脑子一凛，她飞速用指头点击，回过去一条短信，你是谁？为什么这么说？过了许久，回信才来：被你丈夫骚扰过的无辜女人之一。刘晓娜拨响这个电话，对方决然挂掉了，而且关了机。刘晓娜持续打，但这手机再不开启了。第三天她再打这手机，提示语音

261

告诉她，该号码不存在。

方大亿出院，刘晓娜没去接他。他一个人回到小卖铺时，刘晓娜正在收拾东西。货架上的东西全部打包了。方大亿看着空空荡荡的货架，感到惊讶。这惊讶令刘晓娜恼火，她认为方大亿的惊讶实在可笑。她觉得事情到了现在这种地步，他根本没有必要惊讶。可他惊讶了，那说明了什么呢？说明他留恋红帽子巷的生活，他不想离开红帽子巷。

如果可以，他愿意在这里永远生活下去，乐乐呵呵地生活下去，直到死。他享受这几年来的生活，十分享受。他窥见了红帽子巷这城市里的这条并不特别的街巷里的某种秘密，得到了关于这街巷的某种秘诀。他觉得离开这里，等于是放弃对这秘诀的掌控、驾驭，这对他这种一无所长、一无优势的男人来说，太可惜了，所以，他抗拒离开这里，绝对是这样的。

刘晓娜用力地想，我必须与他背道而驰，必须让他舍弃他所拥有的秘诀，成为一个不靠利用特殊秘诀去生活的男人。这样，她最近这几年来对他不得已而为之的接受，抑或忍耐，便有了回报。也许，在有了这种回报之后，她再不会对他颐指气使了，她对他的态度将变得平和，将不再对他骂骂咧咧。那样一种她和他之间的关系，不可谓不是一种回归。这种回归挺好的，她要。

刘晓娜在自己擅长理性思维的个人世界里漫无目的地游荡着，坠入了虚空中。方大亿已经恢复了平静的表情，摇着头，向一旁走去。刘晓娜看着他的背影，忽然，她感到自己再次被他打败了。她走向已经装得鼓鼓囊囊的蛇皮袋，慢慢地把里面的东西往外掏。

刘晓娜最终还是决定在这里待下去。她将那张联名驱逐令拿出来，扔到地上，用力踩，直到它脏得上面的字迹看不清。叫我走我就走吗？我偏不走！就是不走！她的声音很大，她希望有人听见。

十三

刘晓娜骑着方大亿的电瓶车，沿街而行。车后座两个筐，里面装着她刚从批发市场进过来的油盐酱醋。前面是十字路口，刘晓娜眼睛有点闪，没看清是红灯还是绿灯，往前冲了过去。然后，她发现她和电瓶车被南来北往的私家车裹挟了，她和车像来到了风暴的中心，随时有被席卷进去的危险。事实上，这样的事马上就发生了——一辆黑色的奥迪 A6 刹车不及，撞到了她的电瓶车了。刘晓娜感觉到胯下的车座突然变成了一只铁拳，用力对她的裆部来了一记猛击。她整个人往上冲去，有一种直冲云霄的气势，然后她在惊恐中坠跌在了马路上。

刘晓娜一骨碌爬起来，跑向翻倒的电瓶车，去扶它。等她扶起它来，她才发现它已经歪了，而那些油盐酱醋变成玻璃碎片和黑黑红红的液体，洒了一马路。刘晓娜望着它们，这个时候才感觉到疼痛。她快速反应，低头找到了疼痛的部位——她的胳膊肘上擦出了一大块严重的伤痕，血正在往外渗。刘晓娜发出一声惊叫。

你有没有事？摔得严不严重？刘晓娜听到有人在她耳边唤她。一抬头，她看到刚从奥迪车上下来的那个年轻男子。二十七八岁的样子，穿着黑色西装。年轻男子这样问罢，听到左右传来鸣喇叭的声音，忙对刘晓娜说，大姐，你等我一下，我先把车开到路边，别挡了别的车的道。在刘晓娜还没反应过来的时候，他已经上车了。很快，将车在路边停罢的他迎着车流，向刘晓娜奔过来。哎呀！流血了，还流得不少！这样吧，我送你去医院吧！

刘晓娜看着他，不说话，她感觉到她的脑袋是静态的，这真是奇怪。当然，这样的状态在这年轻男子紧随的再一声的催促中消失了。走吧！快去医院吧！我送你！

刘晓娜一瘸一拐地走近了电瓶车，用力推动它，而后，她就这么推着它，往前走了起来。年轻男子从她身后追过来，大姐，你摔得不轻，应该去医院啊！你怎么了？刘晓娜终于说话了，谢谢你！你不用管了，是我自己闯红灯，怪不到你。年轻男子说，可是，你摔伤了啊。我有车，比你的电瓶车快，我送你去医院吧。刘晓娜说，真的不用！是我自己不遵守交通规则，错在我，我看你应该挺忙的，现在应该是你的上班时间，你赶紧回去上班去吧！年轻男子说，我忙是忙，但再忙我也应该送你去医院啊，你就让我送你去吧！刘晓娜坚决地说，不用，谢谢你了！年轻男子没办法了，快速从兜里掏出钱夹，把里面大额的人民币全部掏了出来，看着有一千多的样子，又加了一张名片，他将它们塞向刘晓娜。那这样吧，这点钱你先拿去看病，名片是我的，你有问题就找我。看病的单据你到时候都留下，等有时间打电话给我，我给你报。

刘晓娜没有接那钱和名片，在年轻男子诧异的目光中走远了。走到车流稀少的地方，刘晓娜将车停下，站到车前面去，把车头扶正，而后骑到电瓶车上，走了。电瓶车竟然还能正常使用，她骑得并不费劲。

十四

终审前一晚，刘晓娜彻夜难眠。一晚上她都在想象明天法庭上会出现的各种情况。第二天，她心事重重地走进了法庭，坐到了证人席上。

轮到刘晓娜说话了。人们都以为她会像从前那样，以十分坚决的语气说，是的！千真万确！我看到林女士的车撞上了吴秋兰老人。但是，刘晓娜没有。她大声而坚决地说出了完全不一样的话。

我没看见！我没有看见林女士的车撞人！

法庭骚动了。坐在正中席位的三位法官，因刘晓娜的话而震惊。显而易见，这大大出乎他们的预料。吴秋兰的儿子、儿媳妇，以及只有四分之一意识的吴秋兰，都因刘晓娜的话呆住了。

证人"刘晓腊"！法官终于说话了，我想提醒你，你要为你说的话负责。

我负责，我负得起这个责任！刘晓娜说。

你的前后证词矛盾。如果你坚持刚才的证词，那说明你之前做了伪证，你明白这个道理吗？

我明白！

也就是说，你将面临相应的惩罚，这一点，你也明白？

我当然明白！

那么，证人"刘晓腊"女士，我现在宣判——

刘晓娜突然咯咯笑出了声。法官同志，我想纠正你，我叫刘晓娜，是 na，不是 la！请您读对我的名字。

265

旁听席上，有人被刘晓娜逗笑了。

肃静！法官压着嗓音制止来自旁听席上的笑声。"刘晓腊"女士！难道你还有什么证词没说完吗？你还有一次发言的机会。

我只有一句话，就是，我想提醒你，我叫刘晓娜，是 na，不是 la！其他的，我没有了。

刘晓娜忽然觉得世界特别安静。她深吸一口气，呼出去，随后别了一下头，向林谨站立的方向看了一眼。她看到林谨也正在看她。不过，在与刘晓娜四目相接之后，林谨马上把头别开了。刘晓娜无法从林谨脸上读出她此刻的心情，她拒绝向刘晓娜展示她的真实情绪。原因在于，她从未把刘晓娜当成跟她一样的人，不论刘晓娜站在她的对立面，还是与她并肩战斗，这一点都不会改变。刘晓娜是这样认为的。她感到一阵钻心的痛。

这是刘晓娜终审前一晚利用梦境细致入微地对次日庭审现场的一种想象。在梦中，起先，她对自己的表现很满意，但最终，她分明被那个想象的场景结束之后她可能面临的心痛震慑了。刘晓娜带着对这种震慑的恐惧，迎来了天亮。她赖着不起床，直到方大亿用力扯开紧紧兜住她头脸的被子，看到了她嘴角的鲜血发出一声大叫。方大亿用力掰开刘晓娜的嘴，从刘晓娜的口腔里掉出一截血肉——她咬断了自己的舌头。

这仍然是刘晓娜终审前一晚做的一个梦。那个晚上，她做了太多的梦，到最后，把自己做得头痛欲裂。天亮了，她跟跟跄跄地起了床，花了很长时间，把自己收拾得比往日漂亮许多，而后，她迈着松软的步子走出了铺子。才走了一小截路，她的头晕了一下，不得不停下脚步。铺子门口的方大亿见状追过来扶住她。你今天身体状况不太好，要不就别去了吧？方大亿说。

刘晓娜扭脸向方大亿怒视。她觉得方大亿的话简直糟透了。

她用力推开方大亿，大步向民安路走去。

（原载《人民文学》2015 年第 4 期）

图书在版编目（CIP）数据

我不叫刘晓腊／王棵著. －－北京：中国文史出版
社，2021.3

（中国专业作家作品典藏文库. 王棵卷）

ISBN 978－7－5205－2592－3

Ⅰ. ①我… Ⅱ. ①王… Ⅲ. ①中篇小说－小说集－中
国－当代 Ⅳ. ①I247.5

中国版本图书馆 CIP 数据核字（2020）第 232319 号

责任编辑：牟国煜　薛未未

出版发行　**中国文史出版社**

社　　　址：北京市海淀区西八里庄路 69 号院　邮编：100142

电　　　话：010－81136606　81136602　81136603（发行部）

传　　　真：010－81136655

印　　　装：北京新华印刷有限公司

经　　　销：全国新华书店

开　　　本：720×1020　1/16

印　　　张：17.25　　　字数：187 千字

版　　　次：2021 年 3 月第 1 版

印　　　次：2021 年 3 月第 1 次印刷

定　　　价：58.00 元